本漫畫由 起點中文網台灣分站

（ http://www.qidian.com.tw/ ）授權

米卡繪製。

4.
於是...他決定常常去那間餐館
並且繼續毒舌的批評下去
哈哈哈~!!妳出來了齁!
吃了幾天你們家的菜
怎麼一點變化性都沒有!!
這傢伙又來了...
雖然他說的也是事實
但是...還是好討厭

1.
容瑾是出名的毒舌美食家 每個名廚
都被他批得一無是處,直到有一天...
這口味是怎麼回事?
加油好嗎~
對不起客官~
我們會改善
爹爹~外頭怎麼啦?
吵吵鬧鬧的
2.
相遇...
沒事沒事~
那個客人有事嗎?
好...好可愛
3.
離開之後的容瑾對於那餐館
的味道與 她 都念念不忘
如何才能再見一面
跟她說上幾句呢?
5.
於是寧汐決定要給他好好的報答一下
真的嗎?特別
為我做的嗎?
公子~感謝您對本店
長期的建言，我特地
為您量身訂做一道專屬佳餚
我的計畫終於
感動她了嗎?
6.
喔喔!是高級牛舌~可是好像哪邊怪怪?
嚼
嚼
嚼
7.
這兩人的關係將會如何發展~待續!
勒哩痾哩勒OX#@...
譯:這牛舌有毒!!
我的舌頭好麻~~
哈哈哈!你說啥?大聲點聽不見啦
喔~你說我們家的料理非常
美味是吧!!
by 杺

食全食美 1

風文創 092

尋找失落的愛情 著

風文創 092

目錄

自序 005
第一章 無緣孟婆湯 007
第二章 薏米杏仁粥 014
第三章 什麼是正途 021
第四章 豬肉茴香包 028
第五章 一品紅燒肉 035
第六章 真正的高明 041
第七章 奇怪的要求 047
第八章 各有各的盤算 054
第九章 最美是故鄉 059
第十章 初進太白樓 064
第十一章 大顯身手 069
第十二章 炒白菜 074
第十三章 玉米蓮藕 079
第十四章 心想事成 083
第十五章 有人驚訝了 087
第十六章 有人認輸了 092
第十七章 孫大掌櫃 097
第十八章 徹底不一樣 102

第十九章　寧家的「喜」事　106
第二十章　還是那樣的結局嗎　110
第二十一章　兄妹情深　115
第二十二章　太白樓裡的小學徒（一）　120
第二十三章　太白樓裡的小學徒（二）　125
第二十四章　炒三鮮　129
第二十五章　太白樓裡的學徒們　134
第二十六章　雞絲麵　139
第二十七章　最疼愛她的那個人　144
第二十八章　蘿蔔雕花　149
第二十九章　苦練刀功　153
第三十章　不招人嫉是　157
第三十一章　蘿蔔啊蘿蔔　161
第三十二章　說服寧大山　165
第三十三章　爭風吃醋的少年們　170
第三十四章　妳是誰　175
第三十五章　新朋友　180
第三十六章　糖醋排骨　187
第三十七章　粉墨登場　194
第三十八章　魚戲蓮葉間　201

第三十九章 好個伶牙俐齒的小丫頭……207
第四十章 父女談心……214
第四十一章 一本食譜……220
第四十二章 真正的天才……226
第四十三章 千萬別在人背後說壞話——……231
第四十四章 逮個正著……236
第四十五章 清蒸鱸魚……241
第四十六章 雞蛋裡挑骨頭……246
第四十七章 一切如舊……251
第四十八章 改變命運，就從此刻開始……256
第四十九章 各懷所思……263
第五十章 下定決心……270
第五十一章 加了料的素餡包子……274
第五十二章 鬧肚子了……281
第五十三章 愧疚……288
第五十四章 意想不到……295
第五十五章 做手腳……302
第五十六章 指責……309
第五十七章 邵晏……316
第五十八章 逃過一劫……323

自序

尋找失落的愛情

在寫《食全食美》之前，整整醞釀了幾個月之久。

一直很喜歡美食類的節目，也特別喜歡廚師這個職業。我一直夢想著能寫一個關於古代廚師的故事。

於是，我的腦海中忽然出現了這樣一個楚楚動人的美麗少女寧汐。她身體纖弱，卻意志堅強。她味覺敏銳，天賦出眾。她善良可愛，卻有著不堪的情傷和過往。前世遭愛人背叛，落了個家破人亡的淒慘結局。重生之後，她決心過全然不同的新生活。用自己的雙手，守護家人的一世平安。

有了這個創意之後，一個接一個的鮮明人物在我的腦海中漸漸浮現。

愛女如命性格豪爽的寧有方，溫柔慈愛性格堅韌的阮氏，正直善良疼愛妹妹的寧暉。當然，還有沈默寡言對寧汐一往情深的師兄張展瑜，還有屢屢出現的前世愛人邵晏。

男主容瑾，當然是一大亮點人物。

他驕傲任性，挑剔毒舌，明明喜歡寧汐，嘴上卻從不肯承認，就連表達好感都那麼彆扭。常被寧汐的伶牙俐齒氣得七竅生煙，卻還要故意裝著不在乎。

我很快就愛上了我筆下的人物。他們悲傷，我會跟著難過；他們歡喜，我會雀躍欣喜；他們鬧了誤會，我焦急的盼望著他們早些和好。

當他們終於攜手成連理的那一刻，我也覺得幸福圓滿了。
希望大家也會為這個愛情故事所感動。

第一章　無緣孟婆湯

天陰沈沈的，颳著陰冷冷的風，空氣中隱隱的飄浮著血腥味。

刑場上圍觀的人群早已散去，只有個穿著白衣的年輕女子直直跪在那具屍骨前。

女子年約二十一、二歲，容貌生得極美，臉色卻是一片慘白，淚水早已模糊了視線，髮絲散亂不堪，裙襬上沾了點點血跡。她卻恍然不察，只垂著頭不停的落淚。

她的身子不停的顫抖著，卻還是忍不住伸出手，輕輕的撫過那張沒了血肉只餘森森白骨的臉，心已痛得麻木了。

這一場滔天大禍毫無預兆的來臨，寧家一夕之間家破人亡。哥哥寧暉在牢中被灌了毒酒身亡，娘親阮氏上吊自盡，寧氏所有的族人都被禍及，男子被斬首女子被充作官妓，而爹爹寧有方，被凌遲至死……這一切，都一一發生在她眼前。

本就陰沈的天，漸漸起了風，豆大的雨滴就這麼落了下來。散亂的髮絲被雨水淋濕，狼狽的貼在臉頰和耳際，全身的衣物也已濕透，緊緊的貼在身上，隱隱露出姣好的曲線。可寧汐卻一無所覺，只茫然的跪在滿地的血水中，渾然不知時間流逝。

眼淚早已流盡，心底一片荒蕪。最疼愛她的兄長父母都死了，所有熟悉的親人都沒了，天地之間，只剩下她孤零零的一個人了……

「汐兒！」一個清朗悅耳的聲音響起，一個溫柔俊美的青年撐著傘緩緩走近，為她遮住風雨。

寧汐遲緩的抬起頭，明亮的雙眸卻蒙上了一層死灰般沈寂，毫無生氣。

那男子暗暗心驚，忍不住彎下身子，輕輕的撫上寧汐慘白冰涼的臉頰。「這兒交給我來善後，妳回去吧！」

回去？寧汐忽地笑了起來，那笑聲說不出的慘厲和淒涼。「邵晏，我對你已經毫無用處，你還來假惺惺的做什麼？」

邵晏面色一變，手顫抖了一下。可他卻什麼也沒辯解，只低低的說道：「汐兒，這是聖上親自下的命令，我……我救不了妳的家人……」

寧汐直直的盯著那張熟悉的臉龐，一字一頓的說道：「你保全了我的性命，我是不是該感激你？」曾有過的甜蜜回憶，在此刻卻化作了無數把利劍，狠狠地刺在心頭。本已麻木的心竟然又感受到了陣陣的劇痛。

邵晏，若不是因為你，我寧家何以落到今天這般結局？

邵晏呼吸一頓，竟是無言以對。

寧汐閉上眼睛，不想再看邵晏一眼。「滾！滾得遠遠的！我永生不想再見你！」

冰冷決絕的話語，是那般的冷然！

那是邵晏從不曾見過的寧汐！他的汐兒，是溫柔可人的，是善解人意的，是天底下最最愛他的那個人。縱使他做了再多的錯事，也不曾狠下心來責怪……

邵晏深呼吸口氣，輕輕的蹲下身子，溫柔的攬住寧汐。「汐兒，跟我回家。我不會再讓妳受委屈，此生只愛妳……」

寧汐像是聽到了什麼好笑的話一般，仰頭長笑，只是那笑聲說不出的悲涼。

此生只愛妳……這大概是世上最美最動聽的謊言了吧！偏偏她就是那麼傻，相信了他一次又一次。而她的癡傻究竟換來了什麼？

一次又一次的欺騙和利用，直至寧氏全族遭此滅門之禍。她所謂的愛情，只是一場最大的笑話罷了。青梅竹馬的情意，曾是她心底最最溫馨甜蜜的回憶。現在，卻成了刺骨的痛。深入骨髓，無法揮除。

一向沈穩有度的邵晏開始心慌了，略有些急促地哄著。「汐兒，妳相信我最後一次，我絕不會辜負了妳！」

寧汐卻仍是笑著，本就白皙的臉龐越發的慘白，竟是沒了一絲血色。然後，那笑聲漸漸的微弱，在風雨中飄搖如燭火。

邵晏終於察覺出了不對勁來，低頭一看，更是駭然的瞪大了眼睛。

不知何時，一把極鋒利極細長的刀深深的插入了寧汐的心口，鮮血迅速地染紅了衣衫，宛如怒放的鮮花，定格成了最最淒厲的畫面！

「汐兒——」邵晏拋開了傘，將寧汐緊緊的摟入懷中，素來儒雅鎮靜的臉龐流露出無比的駭然和悲慟。「不要離開我，不要扔下我……」

寧汐拚盡了最後一絲力氣，推開了邵晏，重重的摔落在那具屍骨旁。身體裡的鮮血不停的湧出胸口，帶走了所有的生機，眼前的世界漸漸模糊，終於化為一片虛無……

「汐兒！醒醒，妳快醒醒！」一個溫柔又熟悉的低語在她的耳邊不停的迴響。

過了片刻，換成了一個渾厚低沈的男子聲音。「汐兒，別怕，爹一直陪在妳身邊。」

爹……娘……我們是在陰間團聚了嗎？

她模糊地想著，忽地生出一絲激動，費力睜開了眼睛，口中逸出模糊不清的低語。

「太好了，妳終於醒了！」站在床前的那個婦人激動得不能自已，一把抓住了她的胳膊，掌心處傳來了陣陣溫熱。

不對，明明都成了鬼，哪裡來的體溫？

寧汐昏昏沈沈的腦中忽地浮起這個念頭，陡然清醒了不少。微微眯起的眼睛倏忽睜大了，定定的看著近在咫尺那張柔美溫柔的臉，心裡猛地一顫——這分明是娘親阮氏三十歲時的模樣。

寧汐顫抖著伸出手，輕輕的摸上了阮氏的臉，貼在掌下的皮膚是那麼的細膩柔軟溫熱，那分明是活生生的阮氏……

阮氏有些驚詫地笑了，親暱的俯下身子以便寧汐省些力氣。「汐兒，妳可總算醒了。妳整整發了三天的燒，把我和妳爹都給嚇壞了呢！」

寧汐張張嘴，卻一個字也說不出來。

一旁的俊朗男子快慰的笑了笑。「好了，醒過來就沒事了。汐兒，想吃什麼，爹這就給妳去做。」

完完整整、毫髮無傷的寧有方……寧汐不敢眨眼，定定地看著阮氏和寧有方。一直死死的咬著嘴唇，直到嘴唇處傳來陣陣刺痛，才漸漸的相信這一切都是真的。

她活過來了！爹沒死，娘也還好好的！

兩行熱淚毫無預兆的湧了出來，滑過白皙小巧的臉蛋，滴落在被褥中。然後，寧汐放聲哭了起來，似要把心底所有的痛苦和悽惶都借著淚水傾洩出來。

阮氏和寧有方都被嚇了一大跳。阮氏忙把寧汐摟入懷中，急急的安撫道：「汐兒，別哭。是不是還覺得頭痛？我這就去給妳請大夫去！」

寧有方皺眉阻止。「妳還是在這兒陪著汐兒吧，大夫我去請就是了。」說完，便要轉身。

「爹！」一隻細白的小手顫巍巍的扯住了他的衣襟。「您別走！」

寧有方訝然的回頭，卻看見最疼愛的小女兒滿臉淚痕可憐兮兮的看著他。

寧有方立刻心軟了，連連哄道：「好好好，爹不走，爹就在這兒陪著妳。」說著，便坐到了床邊。

寧汐渾身痠軟無力，卻掙扎著伸出細細的胳膊，同時摟住了阮氏和寧有方。如果這是一場最深切的美夢，就讓她從此長夢不醒吧！她不要愛情了，更不要什麼榮華富貴，只求能和親人朝夕相伴……

也不知哭了多久，寧汐昏昏沈沈的睡了過去。她的眼角仍然掛著淚珠，唇邊卻噙著一抹滿足幸福的笑容。

阮氏愛憐的看了女兒一眼，嘆道：「這丫頭，都十二歲了，還像個孩子似的。」

這個年齡說大不大說小也不小了，官宦之家的小姐們，到了這個年齡就開始議親了。可自家的女兒，還像個孩子似的說哭就哭，真讓人又是心疼又是好笑。

寧有方卻不以為然的笑了笑。「我們的女兒天生就是真性情，想哭便哭，愛笑就笑，我看倒是挺好的。」

阮氏噗哧一聲笑了起來，嗔怪的說道：「都是你這麼慣著她，才慣得她這般小性子。」

寧有方挑眉一笑。「我就這麼一個寶貝女兒，我不慣著她慣著誰？」阮氏只顧著數落他，也不想想自己，慣起女兒的程度比他有過之無不及啊！

夫妻兩個低聲說笑了幾句，對視一笑。

寧有方想了想，起身說道：「汐兒幾日沒吃飯了，我這就去給她熬點米粥來。」說著，便大步走了出去。

阮氏坐在床邊陪了會兒，也覺得睏了，打了個哈欠，便順勢睡到了寧汐的身邊，不消片刻便睡著了。

而此刻，寧汐卻悄然的醒了過來。她靜靜的躺在阮氏的臂彎裡，舒適得不想動彈，目光在屋子裡一一的掠過──淺粉色的紗帳，桌子上隨意放著的書本，梳妝鏡前擺滿了林林總總的小玩意兒……這個屋子裡所有的一切，她再熟悉不過。

自六歲起，她就住在這個屋子裡，一直到十二歲的時候，才跟著爹娘一起去了京城，過上了全然不同的生活。

她明明死了，為什麼會在這個屋子裡醒來？爹娘為什麼又都活生生的站在她的眼前？還有……她為什麼又縮小了整整一圈，成了十二歲的寧汐？

寧汐輕輕的起身下床，穿上小巧的繡鞋，然後緩步走到了梳妝鏡前。

鏡子中，一個纖弱美麗的女孩正靜靜的看著她。

彎彎的柳眉，盈盈如水的眼眸，挺直小巧的鼻梁，略有些乾澀的紅唇。正是她年少時的模樣！

第二章　薏米杏仁粥

她在看著鏡子中的寧汐，鏡子中那個熟悉又陌生的少女也在靜靜的看著她。

彷彿中間流淌的八年時光都是場夢，一切都沒發生過，她還是那個無憂無慮天真歡快的寧汐。

寧汐有一剎那的恍惚，旋即又清醒過來。

不，這一切不是夢！

一切的一切，她都記得很清楚。寧暉被灌了毒酒身亡後的慘厲，阮氏上吊自盡的悲涼，寧家男丁被斬首時的悲憤，還有寧有方被行刑時的慘絕人寰……那些血腥的畫面，深深的定格在她的腦海裡，永遠無法忘懷！可現在的這一幕又該如何解釋？

寧汐就這麼呆呆的站著，也不知過了多久，連阮氏醒來一直看著她都未察覺。

阮氏看著寧汐靜靜立著的背影，不知怎麼的，心裡微微一疼。那個總是天真嬌憨的女兒，似乎陡然長大了。明明只是站在那裡，瘦弱的背影卻隱隱透露出淒清與落寞……

「汐兒，」阮氏下床走了過來，小心翼翼地喊了聲。「妳什麼時候醒的？」

寧汐回過神來，轉過身子笑道：「剛醒了不久，下床照照鏡子。一生病，臉色果然好難看呢！」

阮氏果然被逗得開懷一笑，愛憐地哄道：「我的汐兒是最最漂亮的，哪裡會難看。」

聽著這十年如一日的溫柔話語，寧汐的眼眶悄然濕潤了，忽地撲到阮氏的懷中，緊緊的摟住阮氏的脖子不肯鬆手。

死而復生，重回到少年時代，親人猶在身畔，這一定是上蒼的美意吧！讓她能好好的活一回，不要再留下任何的遺憾。讓她有機會避開前世所有的禍端，守護所有的親人。讓她能睜大眼睛，看清楚所有人的真面目，不再受人欺瞞……

那麼，她必然不辜負上蒼的美意，一定要好好的活一回！

寧汐無聲的落著淚，在心裡暗暗立下誓言。

前世，她只是一株柔弱的菟絲花，依附著家人生存。後來，又依附邵晏活著。大禍來臨的時候，她什麼也做不了，只能眼睜睜的看著身邊的親人一個個的死去。她唯一能做的，就是結束自己的生命，希冀著和親人在九泉之下相聚。

而今生，她一定要做一棵能為家人遮風擋雨的大樹。守護親人，安度朝夕！

門咿呀一聲開了，寧有方端著一大碗熱騰騰的粥走了進來。本是滿臉的笑容，待看到寧汐滿臉淚痕時，頓時緊張地問道：「怎麼忽然哭起來了？是不是哪裡不舒服？」

看著那張熟悉的臉龐上毫不掩飾的關切，寧汐心裡暖暖的，卻又有些酸楚。

愛女如命的寧有方，為了女兒不惜做一切傻事的寧有方啊！若不是為了她，做了御廚的爹又豈敢在先皇的御膳中做手腳？又怎麼會落得狡兔死走狗烹的淒慘下場？

雖然沒有親眼目睹這一切，可聰慧的她，在臨死前的那一刻已然隱隱猜到了事情的真相……想及這些，寧汐的眼淚落得更凶更急了。

寧有方連忙放下了托盤，急急的走了過來問阮氏。「剛才還睡得好好的，怎麼一轉眼就哭哭啼啼的？」

阮氏邊拍著寧汐的後背邊嘆道：「我也不知道，剛才睡了片刻，起來的時候她就這副樣子了。」

寧有方略有些不快的瞪了阮氏一眼。「讓妳好好的陪著她，妳倒好，竟然呼呼大睡去了。」

阮氏有些委屈，卻也不敢爭辯。

寧汐一句不漏的將兩人的對話聽進了耳中，心裡溢滿了感動和幸福。擁有這樣疼她愛她的父母，她此生何其有幸！

從此刻開始，她再也不要隨意的落淚惹得父母擔憂了。她要笑著開心的活下去。

寧汐抬起頭來，用袖子擦去臉上的淚珠，輕輕的說道：「爹、娘，您們別吵了。我好好的，什麼事也沒有。」

兩雙眼睛齊齊的看了過來，異口同聲的問道：「真的嗎？」

寧汐綻放出最美的笑顏，用力地點點頭。

寧有方本就是個粗枝大葉的男人，見寧汐笑得開懷，便立刻釋然了，興沖沖地扯著寧汐坐到了桌子邊，獻寶似地舀了一勺遞到寧汐的唇邊。「乖女兒，爹特地給妳熬了薏米杏仁粥，快些嚐嚐看好不好吃。」

寧汐笑著喝了一口，使勁地讚道：「真是好吃得不得了，這米粥又香又甜又軟，爹的手藝越來越好了。」

寧有方身為洛陽城裡最有名的大廚，在太白樓坐鎮幾年來，酒樓生意極好，客似雲來，大半都是他的功勞。

不過，在太白樓裡，寧有方可不是所有酒席都上手的。只有顯赫的達官貴人鄉紳富商之流，才能煩勞他好好動手做桌酒席。其餘的時候，寧有方只要指揮著其他的廚子們動手就行了。

到了家中，卻又是另一番景象。寧有方常下廚做各種好吃的，讓寧汐吃了嚐鮮。那份精心，卻是最最頂級的客人也享受不到的。

而對寧有方來說，女兒吃得歡快舒暢，便是世上最令人愉快的事情。

見寧汐一口一口吃個不停，寧有方立刻眉開眼笑，連連說道：「要是喜歡吃，我晚上再給妳熬個紅棗枸杞粥，換個口味。」

阮氏早已習慣了寧有方寵溺女兒的勁兒，此刻卻也忍不住吃味了，嘟囔了句。「我生病的時候，也沒見你特意從酒樓裡回來熬粥給我吃。」

寧有方瞄了阮氏一眼。「喂喂喂，妳在女兒面前可別顛倒黑白。每次我要趕回來，妳偏偏不准，說是怕我累著了妳會心疼。現在怎麼又發起牢騷來了？」

阮氏有些惱羞的擰了寧有方一把。這個大老粗，在女兒面前也不知道兜著點兒，這等話也好意思說出口。

寧有方裝模作樣齜牙咧嘴的呼痛，眼裡卻滿滿的都是笑意。

寧汐看著他們兩個耍花腔，心裡暖融融的。口中的薏米杏仁粥似乎更美味了，緩緩的滑入腹中，胃裡暖暖的，心也暖暖的。

寧汐不經意的說了句。「爹，您熬薏米杏仁粥的時候，是先放薏米吧！等薏米煮開了才放杏仁。」

寧有方愣了一愣，旋即笑了起來。「汐兒可真厲害，只吃了幾口，竟連這個也猜到了。」

寧汐抿唇一笑，臉頰梨渦隱現，分外的甜美可愛。「爹果然細心，怕杏仁有苦味，之前泡了好長時間吧！」

若說寧有方剛才只是驚訝，現在卻是不折不扣的驚嘆了。他瞪大了眼睛，上上下下的打量寧汐兩圈。「妳是怎麼知道這些的？」

事實上，眼前這碗看似普通的薏米杏仁粥，他可是花了不少的苦心熬製出來的。薏米浸泡了兩個時辰才下鍋，杏仁泡的時間更久些，苦澀之味盡去，餘下的，卻是淡而不絕的香味和甘甜。

寧汐被問得一愣，下意識的應道：「我隨口猜的。」心裡卻也暗暗覺得奇怪，剛才只吃了一口，她便自然而然的知道了這一些，甚至還有……「爹，您是不是用了乾桂花泡過的水來熬粥的？」所以，粥裡的香味才會凝而不散，入口甘醇無比。

「妳……妳是怎麼知道的？」寧有方瞠目結舌的看著寧汐，彷彿看著一個陌生人。

寧汐的一顆心也撲騰撲騰的跳個不停，張了張嘴，卻是什麼也沒說。此事實在太過玄妙，她自己也說不清楚到底是怎麼回事呢！

阮氏見寧有方追問不休，忍不住白了寧有方一眼。「好了好了，知道便知道，問這麼多做什麼。汐兒昏迷了幾天才醒，身子還虛弱得很，別再纏著她說話了。」說著，便溫柔的朝寧汐一笑。「汐兒，妳吃妳的，別管妳爹。」

寧汐笑著點了點頭，又低頭吃了起來。

自小到大，寧汐不知吃了多少回寧有方親手做的飯菜。可從未像此刻這般滋味深刻。薏米的清香，杏仁的甘甜，還有淡而不絕的桂花香氣，交織成了無與倫比的絕佳味道，在她的口腔裡蔓延開來……這樣靈敏的味覺，簡直匪夷所思。

老天恩賜她新生命的同時，難道還賜給了她寶貴的靈敏味覺嗎？寧汐怔怔地想著，手中的動作漸漸慢了下來。

一旁的寧有方，卻在目不轉睛的看著寧汐，想起剛才寧汐說的那番話，忍不住嘆道：「汐兒有這麼靈敏的味覺，簡直天生就是做廚子的料子。」

阮氏聽了這樣的話卻不大高興，狠狠的白了寧有方一眼。「整天胡說八道沒個正經。好好的女孩子家，做什麼廚子，你休想讓我的寶貝女兒整天沾那些油鹽俗物。」

聽了這樣的話，寧有方立刻不樂意了，振振有詞的反駁。「廚子怎麼了？我們廚子靠手藝吃飯，行得正坐得直……」他平生最不能聽別人貶低廚子了。

阮氏瞄了口沫橫飛的寧有方一眼，撇撇嘴來了句。「你身為太白樓的主廚，整天和達官貴人們打交道。他們吃著你做的菜，可曾正眼看過你一眼？」

「妳……」寧有方被噎住了。廚子地位低下，被視為低賤的職業。不要說那些貴人們，就連普通的百姓提起廚子來，也不免輕視的撇撇嘴。他的廚藝再高明，賺的工錢再多，也改變不了身分卑微的事實。

阮氏見戳中了寧有方心底的痛處，心裡也暗生悔意。唉，說什麼不好，非要說這些。明知道寧有方生平最大的憾事便是這一樁，每每說及，便會爭得臉紅脖子粗的。

第三章　什麼是正途？

寧汐沒料到自己隨口的一番話，竟惹得爹娘起了爭執。連忙眨巴眨巴大眼，眼裡迅速地浮起了淚花。「爹、娘，都是汐兒不好，您們別吵了好不好？」

寧有方最見不得寶貝女兒流眼淚，立刻擠出笑臉，乾巴巴地安撫道：「乖女兒，別哭別哭。我和妳娘好好的，根本沒吵架。」一邊說邊自以為不著痕跡地朝阮氏使眼色。

阮氏很是配合地點頭。「是啊，我和妳爹隨便說著解悶罷了。」

寧汐見爹娘一臉討好的笑容，心裡浮起一股溫暖的甜意。那甜意裡，卻又夾雜著絲絲莫名的酸楚。自小到大都是如此，只要她擠出眼淚作勢欲哭，他們便全然投降。為了哄得她破涕為笑，說什麼做什麼都情願。

也正因為愛屋及烏，他們才會全然的信任那個叫邵晏的男人。只因為他們的寶貝女兒全心的愛著那個邵晏……

想起那個熟悉的名字，她的心陡然一陣劇痛，手微微一顫。

阮氏被寧汐蒼白的臉色嚇了一跳，急急的坐到床邊問道：「汐兒，妳這是怎麼了？哪裡不舒服了，快些告訴娘一聲……」

寧汐用力地咬著嘴唇，費盡了全身的力氣，將到了眼角邊的淚水壓了回去。「爹娘都這麼疼我，我好得很呢！」

從現在開始，她再也不要為那個男人掉一滴眼淚了。那個被愛情蒙蔽了雙眼的寧汐，早在前世痛得遍體鱗傷死去。

她的人生，從此刻真正的開始。

寧汐深呼吸一口氣，低頭飛速的將所有的粥都吃完，然後擠出一絲笑容。「我吃飽了。」

阮氏只覺得大病一場醒來之後的女兒有些怪怪的，卻也說不清楚那份怪異的感覺從何而來。

寧有方卻粗枝大葉，渾然沒察覺到寧汐的異樣，兀自眉開眼笑的自誇道：「我親手熬的粥，味道果然好得很。看看，汐兒把這麼一大碗都吃光了……」

寧汐聽著這熟悉的自吹自擂，忍俊不禁的笑了起來，連連附和道：「爹可是洛陽城裡最好的廚子了，手藝可是一等一的，誰也比不了。」

寧有方被誇了幾句，得意洋洋的笑了起來。

阮氏早忍不住噗哧一聲笑了出來。寧汐生得漂亮可愛，小嘴又生得甜，也難怪寧有方最最疼愛女兒呢！

就在此時，一個熟悉的聲音在門邊響起。「爹、娘，我回來了。」說著，一個濃眉大眼的俊朗少年走了進來。

那個少年年約十四、五歲，皮膚略黑，一雙眼睛卻大而有神。和寧有方有五分相似，任誰也不會錯辨這對父子。正是寧汐的哥哥寧暉。

寧暉上下打量寧汐兩眼，咧嘴一笑。「汐兒，妳可總算醒了。」

寧汐心裡一顫，情不自禁地喊了聲。「哥哥！」

她曾親眼看著親人一一淒慘的死去，可如今，他們都活生生的站在她的身邊……這份悲喜交加的心情，有誰能懂？

若不是強忍著眼淚，只怕寧汐早已哭了出來。饒是如此，她的聲音也已經哽咽了。「哥哥，你終於回來了！」

寧暉被寧汐的激動嚇了一跳，撓撓頭說道：「今天學堂散得遲了些，又有幾個同窗拉著我去茶樓坐了片刻，所以回來得有些遲了。要早知道妳這麼惦記我回來，我就不去茶樓了。」

不待寧汐有什麼反應，就見寧有方虎著臉冷哼一聲。「上那個什麼學堂，簡直就是浪費時間。有這工夫，跟我去太白樓練上兩年多好。將來正好子承父業，將我們寧家的廚藝發揚光大……」

寧暉最怕寧有方念叨這些，連連用眼神向阮氏求救。

阮氏立刻瞪了寧有方一眼。「暉兒一心用功讀書，日後考取功名為寧家爭光。你這個做爹的倒好，不但不支持，還老是潑冷水。你自己當了半輩子廚子，難道想讓兒女也跟你一樣嗎？」做廚子哪有什麼前途，當然是讀書考取功名才是正途！

寧有方哼了一聲，扭過頭去，一臉的不痛快。他廚藝絕頂名滿洛陽，唯一的兒子卻不肯繼承他的手藝，偏要去學堂讀書考什麼功名。每每想起這些，他就滿心鬱悶懊惱。

阮氏出身書香門第之家，只因為後來家道中落才下嫁了寧有方。兩人一個文雅嫻靜，一個卻粗魯直白連大字都不識幾個，這麼多年倒也頗為恩愛。

阮氏事事順著寧有方，唯有在寧暉的讀書一事上異常的堅持。若不是有阮氏給寧暉撐腰打氣，只怕寧暉早就被寧有方拖到太白樓裡做學徒去了。

眼看著寧有方和阮氏劍拔弩張一觸即發，寧暉壓根兒不敢吭聲，朝寧汐使了個眼色，便躡手躡腳悄悄的溜到了門邊。三十六計走為上計，還是等寧有方走了他再來看妹妹好了……

寧有方眼角餘光瞄到他的動靜，臉頓時黑了，揚起嗓門喊道：「寧暉，你給我站住！」當廚子的大多是大嗓門，寧有方更是其中翹楚，那一聲怒吼猶如平地一聲春雷，屋頂都顫了一顫。

寧暉反射性的哆嗦了一下，小腿都發軟了，心裡更是暗暗叫苦不迭。無奈的苦著臉停住了腳步，慢吞吞的轉了過來。

那一副「啊，這下我死定了」的可憐樣子，看得寧汐噗哧一聲笑了起來。那歡快的笑聲立刻打破了屋子裡的沈悶和壓抑，陡然輕鬆了不少。

寧有方雖然時常對寧暉大呼小叫的，可對寧汐卻是寵愛有加，從來捨不得說一句重話。見寧汐笑得甜甜的，原本緊繃著的臉很自然的柔和了起來。「汐兒，妳哥哥不聽話，爹現在就教訓他，妳別嚇著了啊！」

這差別待遇也太明顯了吧！寧暉心裡悲憤不已。別人家裡都是重男輕女，可到了他們家裡，妹妹寧汐就是人見人愛的那朵鮮花，他連塊牛糞都不如啊！

寧汐和寧暉做了這麼多年兄妹，他一挑眉毛，她便能猜出他心裡在想什麼。更不用說他臉上的悲憤是如此的明顯了。

寧汐忍住笑意，柔聲對寧有方說道：「爹，您就別數落哥哥了。他在學堂裡讀書寫字，辛苦得很呢！」

寧有方猶有餘怒的瞪了寧暉一眼。「他那算什麼辛苦。能比得上我天天站在爐子邊炒菜顛勺辛苦嗎？」

呃，這個根本不好比好不好……寧暉敢怒不敢言，眼裡滿是不服氣。

寧汐安撫地看了他一眼，然後笑著看向寧有方。「爹，這怎麼好比嘛！您天天炒菜顛勺，都是體力活兒，當然辛苦。哥哥讀書耗費腦力，也很辛苦的。」

阮氏介面。「汐兒說得對，妳爹大字不識一個，哪裡懂得讀書的辛苦。」

寧有方被這麼一奚落，頓時顏面無光，偏偏阮氏說的都是實情，根本無從反駁起。不由悻悻的閉了嘴。

寧暉逃過一劫，悄悄鬆口氣，朝寧汐感激的笑了笑。寧汐俏皮的眨眨眼。

正在兄妹兩人眉來眼去之際，就聽門被咚咚的敲響了。

阮氏連忙過去開了門，一個穿著棗紅色印暗花夾襖的婦人笑吟吟的走了進來。這個婦人長相平平，臉略有些狹長，嘴邊有顆黑痣，一笑起來，那顆黑痣也跟著顫動。

「老三媳婦，汐丫頭可好些了嗎？」婦人的聲音有些尖細，聽在耳中實在不算舒服。

阮氏笑著應道：「多謝二嫂關心，汐兒已經醒過來了呢！」

婦人目光一掃，在寧汐的身上打了個轉。「喲，汐丫頭可總算醒了。前兩天一直發著高燒昏迷不醒，可把我們都給嚇壞了。真怕她有個三長兩短的……」明明是關心的話語，可怎麼聽怎麼刺耳。

阮氏早習慣了來人的口無遮攔，隨意的笑著應對了幾句。

寧汐靜靜的看著口沫橫飛說個不停的婦人，心裡掠過一絲莫名的唏噓。

這個婦人，正是寧家的二兒媳王氏。王氏心眼極小，又愛占小便宜，一張嘴成天東家長西家短說個不停。往日的她，最不喜歡的人便是眼前的這個王氏了。

可前生的那一場滔天之禍中，寧家人死的死亡的亡，她曾眼睜睜的看著令人討厭的王氏淒厲的哭喊著被官差捆綁著帶走。那個時候的她，只覺得天都塌了一般。

現在親眼看到了活蹦亂跳的王氏，寧汐忽然覺得那略有些刺耳的聲音也變得順耳起來。

活著真好！親人們都安然無恙的活著，真好！

突如其來的淚意突然湧了上來，寧汐不知花了多少力氣，才將眼淚又逼了回去。靜靜的聽著阮氏耐心的應付著王氏。

寧有方最不耐煩聽王氏的長舌絮叨，隨意找了藉口便出去了。寧暉有學有樣，笑咪咪地說道：「二娘，先生佈置的課業我還沒完成，就不多奉陪了。」

王氏笑著說道：「想走就快走，這麼文謅謅的我可聽不慣。」

寧暉嘻嘻一笑，朝寧汐擺擺手，便溜之大吉了。

寧汐忍住笑意，目送寧暉出了屋子。還沒來得及收回目光，王氏便笑著湊了過來，噼哩

第四章　豬肉茴香包

寧汐的耐心比往日強了數倍，一直微笑著聽王氏絮叨，並未露出半點不耐煩的樣子。

「二娘，外面究竟發生了什麼熱鬧事情了？」

王氏最樂意聽到有人這麼問，立刻抖擻了精神說了起來。芝麻綠豆的小事到了她口中，也成了驚天動地的大事。所以不用懷疑，王氏口中的「熱鬧」其實就是隔壁李家生了個孫子，隔壁的隔壁陶家老爺又娶了個小老婆諸如此類。

寧汐聽得津津有味，時不時地插嘴問上幾句。

王氏見寧汐對她的話題如此感興趣，頓時有如找到了同道中人的歡喜雀躍，不自覺的捋起了袖子，大有不說到天黑不走人的架勢。

阮氏咳嗽兩聲，笑著暗示道：「二嫂，汐兒剛醒不久，身子還虛得很。得多多休息才好。有什麼話，等以後慢慢說吧！」

王氏意猶未盡的住了口，笑著點點頭。「好好好，那我明兒個再來看汐丫頭。」說著，便笑著朝寧汐擺擺手，一扭一扭的出了屋子。

待王氏出了屋子，阮氏頓時鬆了口氣，笑著打趣道：「汐兒，我記得妳一直不喜歡和她說話，總嫌她多舌。今兒個怎麼改了性子？」居然和王氏聊得異常投機呢！

寧汐抿著唇笑了笑，若有所指的嘆道：「我生了這場病，一直昏昏沈沈的，今天好不容易醒了過來，聽著二娘的絮叨，也覺得親切呢！」

過去種種，如大夢一場！如今她在十二歲這年「醒」過來，只願所有的親人都平平安安的活著，包括這個不討人喜歡的二娘王氏。就算這意味著她的耳朵天天都飽受折磨，她也甘之如飴啊！

阮氏略有些訝然的看了寧汐一眼。原本嬌憨天真的女兒，似乎真的變了許多。剛才那番略帶滄桑的話語，哪裡像是一個未解世事的少女能說得出來的？

寧汐似是看出阮氏心底的疑惑一般，嬌嗔地扯著阮氏的衣襟。「娘，我累了，好想睡覺。」口氣一如往日的嬌憨。

阮氏的注意力立刻被吸引了過來，愛憐的摸了摸寧汐的髮絲。「想睡就睡吧！到了吃晚飯的時候，我再叫妳。」

寧汐乖乖的點了點頭，縮到了被窩裡閉上了眼睛假寐。阮氏陪了片刻，見寧汐果然睡得香甜，笑著掖好被子，悄聲走了出去。

待阮氏出了屋子，寧汐才重新睜開了眼睛。近乎貪婪看著周圍熟悉的一切，口中喃喃自語。「不是夢，這一切都是真的……」無意識地伸出手腕湊到唇邊，然後狠狠地咬了下去。

好痛……那痛楚的感覺如此的真切，她甚至清晰的感受到了牙齒和肌膚相觸時的溫度。還有，口中淡淡的血腥味。

寧汐愣愣的看著手腕上深深的一圈牙印，眼淚就這麼湧了出來。

她真的活過來了，所有的悲劇都還沒有上演。所有的親人都健在，寧家還是洛陽城裡的一戶普通人家。她還只是一個無憂無慮活在親人庇護愛寵裡的天真少女……

寧汐瑟縮著身子，雙臂環抱著自己，眼淚肆意的橫流。似要把前世所有的痛楚和淒涼都發洩出來一般。

也不知哭了多久，倦意漸漸上湧。她就這麼蜷縮著睡著了，眼角猶有未乾的淚跡。

朦朦朧朧中，似有人輕輕推開了門，然後為她蓋好了被子。一隻溫暖的手，略有些笨拙的擦去了她臉上的淚痕。還咕噥著數落了一句。「好哭的丫頭，睡覺還哭。」

是哥哥寧暉的聲音……

寧汐在睡夢中模模糊糊的想著，翻了個身，又沈沈的睡了過去。

寧暉被她突如其來的動靜嚇了一跳，等了片刻，見她又睡著了，才搖搖頭笑著出去了。

不知到底睡了多久，寧汐漸漸醒來。

剛一睜眼，阮氏的笑臉便出現在眼前。「汐兒，妳可總算醒了，妳可足足睡了十個時辰了。我見妳睡得香甜，昨天晚上便沒喊妳。」邊說便熟稔的扶了寧汐起身，順手拿了衣服要給寧汐穿上。

寧汐連忙說道：「娘，我自己穿就行了。」說著便接過阮氏手裡的衣物，三下兩下便穿好了。

阮氏啞然失笑，忙又拿了梳子過來。還沒等她動手，寧汐便又搶著說道：「我自己梳頭就行了。」然後，快速的搶了梳子到手，兩隻手靈活的繞來繞去，很快便梳了個包包頭。

寧汐又從梳妝鏡前找了兩根淺粉色的髮帶，分別綁在兩個小髮髻上，那粉色的髮帶垂在她秀氣的小臉邊，更添了幾分可愛。

阮氏不自覺的瞪大了眼睛。「汐兒，妳什麼時候學會給自己梳頭了？」往日裡可都是她為寧汐梳頭的呢！

寧汐俏皮的扭頭一笑。「娘，過了年我都十二歲了，總不能還要您為我穿衣梳頭吧！」前世的她，心安理得的享受著阮氏的呵護關愛，一直到十四歲的時候才開始為自己梳髮。現在她可不願再這般嬌慣著自己。

阮氏安慰地笑了笑。「我的乖汐兒真的長大了！」

寧汐鼻子有些酸酸的，臉上卻露出了淘氣的笑容。「我才不要長大，我要一直陪在娘的身邊。」

「傻丫頭，又說傻話了。」阮氏溫柔地一笑。「女孩子總要長大嫁人的，怎麼能一直陪在我身邊。」

寧汐笑了笑，並不爭辯，心裡卻淡漠的想著，這世上最最靠不住的，便是男人了。前世的教訓歷歷在目，今生，她再也不想和任何一個男人有感情的牽扯。

就算到了適婚的年齡，到了不得不嫁人的那一天，她也不會再任性的執著所謂的愛情。就找一個老實安分可靠的男人嫁了吧！平平安安的過自己的小日子，永生不要和那些貴人們有任何牽扯……

「妹妹，快點出來吃包子啦！」寧暉笑嘻嘻的推門而入，手裡還拿了個熱呼呼香噴噴的包子，一口咬下去，一股肉香便飄滿了整個屋子。

寧汐飄飛的思緒立刻回到了當下，微翹的鼻子用力嗅了一口香氣，眼睛亮了起來。「豬肉茴香包，對不對？」

寧暉只顧著吃，哪裡分得清口中的包子餡兒到底是什麼，胡亂的點點頭。

寧汐歡快地笑了，扯著寧暉跑出了屋子，一路小跑到了寧家的廚房。

剛一踏進廚房，那股子濃郁的香氣便將寧汐包圍了。高高的蒸籠冒著騰騰的熱氣，正在忙活著蒸包子的身影正是寧汐的二伯寧有財。

寧有財身子略胖，個子又不高，遠不如寧有方高大俊朗。不過，寧有財脾氣卻極好，一臉的和氣。

寧汐脆生生的喊了聲。「二伯！」

寧有財忙裡偷閒的回頭笑了笑，親暱的喊道：「汐丫頭，妳總算能下床了。剛出鍋的包子，快些嚐嚐。」

忙著燒火的王氏也探出了頭。「儘管放開了肚皮吃，今天管飽管夠。」

寧汐嘻嘻一笑。「我吃一個嚐嚐就行了，其餘的包子，留著二伯二娘待會兒推出去賣了賺錢。」說著，輕巧的拿起一個熱呼呼的包子。

那白生生軟乎乎的包子，個頭不算大，寧汐的小手拿著正好。

還沒吃只看了一眼，寧汐便使勁地讚道：「二伯，您的手藝可真是好。瞧這包子，皮薄餡兒多，褶子細密漂亮，我哪裡還捨得吃嘛！」

寧有財被逗得開懷一笑。「妳這丫頭，一張嘴生得這麼甜，今天可不准妳少吃。」寧家的幾個孩子裡，就數聰慧機靈的寧汐最討人喜歡了。

寧汐嘻嘻笑著，輕巧地咬了一口包子，一股濃烈的香氣在口中瞬間瀰漫開來，混合著茴香香氣的肉餡，異常的鮮美，足可見寧有財和餡兒功夫了得。

咦？不對，這個肉餡中好像摻雜了些別的東西……

「二伯，這肉餡真香！」寧汐的眼睛一閃一閃的，異常的明亮。「好像不只加了茴香呢！」

寧有財頭也沒回，樂呵呵地答道：「嗯，還放了些蔥花。」

寧汐又用力的咬了一口，邊吃邊含糊不清的說道：「二伯，您就別騙我了，裡面明明還放了幾種香料，有丁香、花椒，好像還有陳皮……」

寧有財一驚，陡然回過頭來，目光炯炯的打量著寧汐。「妳是怎麼知道的？」

這可是他做包子的獨家秘方，就連親弟弟寧有方也不知道到底用了哪幾種香料。寧汐竟然只吃了一口包子就隨口說了出來，簡直令人不敢置信。

寧汐笑容未減，淘氣的扮了個鬼臉。「我隨便猜的，竟然一猜就中了，我可真是太厲害了！」

寧有財啞然失笑。原來寧汐只是隨口胡猜而已，他真是緊張過度了。哪有人能吃一口就知道食材配料的嘛！寧有財不再多說，又轉頭忙活了起來。

寧汐漫不經心地繼續吃著美味的豬肉茴香包，思緒早已飄遠了。

身旁的親人還和記憶中的一樣，可此時的她，卻似乎悄然發生了一些微妙的變化。味覺的靈敏程度，簡直令人咋舌。

昨天的那碗薏米杏仁粥，還有今早手中的這個豬肉茴香包，她都只嚐了一口，便能清楚的知道用了哪些食材配料……

這樣天賦異稟的味覺，簡直就是老天的恩賜啊！

第五章 一品紅燒肉

忙活得差不多了，寧有財和王氏便各自挑著擔子出去賣包子。

味道這麼好的包子，自然不愁買主，在洛陽城最熱鬧的街道上叫賣上一個來回，就能變成嘩嘩作響的銅板回來了。

寧暉得趕著去學堂，和堂兄弟寧皓有說有笑的一路小跑著出了門。

阮氏忙著洗衣服掃地收拾屋子等等，一時也顧不上陪寧汐說話。大病初癒的寧汐，就這麼坐在院子裡曬著太陽發呆……呃，是沈思。

寧汐正在回憶著當年十二歲時寧家發生的所有大事。

這一年，哥哥寧暉沒考中童生，無奈的跟著寧有方做了學徒學起了廚藝。

這一年，還會發生一件極重要的大事。寧有方會在幾個月後遇到生命中的「貴人」，從此飛黃騰達，卻也走上了不歸路……

寧汐的臉白了一白，呼吸紊亂起來。

此事是寧有方生命中最最得意驕傲的一件事，曾在之後的歲月中津津樂道提了不下數百次。因此，寧汐記得分外的清楚。

算一算日子，大概還有三個月左右，那位「貴人」就會出現在洛陽城。洛陽知府為了迎接這位貴客的到來，特地在太白樓擺下最頂級的宴席。寧有方身為太白樓的主廚，責無旁貸的使出了渾身解數，做出了那桌在後來名滿天下的頂級魚翅宴。

那位「貴人」對吃最是挑剔，卻對寧有方的手藝讚不絕口。回京城的時候，特地重金聘請了寧有方去府中做廚子。過了兩年，在門客邵晏的建議下，這位「貴人」又特地向聖上舉薦，寧有方才有幸入宮做了御廚……

福兮，禍之所倚。誰能想到這樣天降的好事，卻是寧家走向繁華最終衰敗的開始？

而那個口口聲聲說愛她的邵晏，一直推波助瀾將寧有方一步步的逼到那樣的絕境……

寧汐死死的咬著嘴唇，蒼白的小臉上流露出無比的堅定。

不，她不能眼睜睜的看著前世的事情重來一次。她一定要想辦法改變這一切！

還有三個月……她要在這三個月裡，想出最好的辦法來……

寧汐在院子裡坐了整整一個上午，連根手指都沒動彈過，就這麼愣愣的想著心事，渾然不知時間流逝。

阮氏忙完了所有的雜事之後，才想起半天都沒見寧汐了，立刻到處找了起來。待看到寧汐蹙著眉頭坐在凳子上發呆時，立刻笑了起來。「汐兒，妳坐在這兒發什麼呆，怎的半天都沒聽見妳說話？」

寧汐回過神來，抿唇笑了笑。「我在想，娘今天中午會做什麼好吃的。我早上只吃了個包子，肚子早就餓了呢！」

阮氏最聽不得女兒撒嬌，連忙笑道：「好好好，我這就去做午飯。」

寧汐抛開滿腹心事，歡快的起身。「我也來幫忙。」

寧家共有弟兄三人，早已各自成家立業。老大寧有德長年在外，妻子兒女便也跟著一起去了。只有到了逢年過節之時才回來。

老二寧有財一家五口，和寧有方的一家四口，卻是同住一個院子裡。抬頭不見低頭見，難免有些磕磕碰碰。不過，大體來說還算和睦。

阮氏要忙活一家子的午飯，不免有些忙亂。

寧汐要幫忙洗菜理菜，阮氏卻又捨不得了，連連吩咐道：「妳才剛好，身子虛弱得很，好好的歇著，我來忙就是了。」

寧汐拗不過阮氏，只得笑著應了，站在一旁看阮氏忙碌。

寧家三兄弟都是廚子，各有各的特長。就連寧家的兒媳也是個個一手好廚藝。就見阮氏利索的手起刀落，砧板上的豬肉快速的變成了方寸大小的塊狀。

「娘，您的刀功真是了得。」寧汐忍不住驚嘆。

阮氏啞然失笑，打趣道：「妳背地裡誇我兩句沒關係，可千萬別當著妳爹的面誇才好。」不然，寧有方一定會發揮出太白樓主廚的架勢來，滔滔不絕的從頭批評到尾。

寧汐想了想，也呵呵笑了起來。

寧有方一生癡於廚藝之道，不管做什麼都精益求精。從選擇食材到處理食材、下鍋蒸煮烹炒，最後出鍋裝盤都極其的講究，對刀功自然也是如此。

「速度太慢，肉塊大小不一，每塊肉都該有肥有瘦。」寧汐一本正經的學起了寧有方說話的樣子，故意瞪大了眼睛抬高了音量。「聽清楚沒有？」

阮氏被逗得哈哈笑了起來。

廚房裡的歡聲笑語，把在外面閒著無事溜達的寧大山吸引了進來。

寧汐見了寧大山，立刻笑著喊了聲「祖父」。

寧大山笑著應了一聲，上下打量寧汐兩眼。「汐丫頭總算能下床走動了，今天可要做些好吃的，給汐丫頭好好補一補。」說著，就瞄了砧板上的豬肉一眼，立刻手癢起來。

想當年，他也是名震一方赫赫有名的名廚啊！如今雖然年過六旬頭髮花白，不能再到酒樓裡掌勺，可在家裡閒閒無事，不免也有技癢的時候。

「老三媳婦，妳去燒火，今天我來露一手。」寧大山興致勃勃的說道。紅燒肉可是他的拿手好菜，今天少不得要露一手了。

阮氏自然清楚寧大山說一不二的脾氣，也不多推辭，笑著點頭應了，便去生了火。

寧大山站在鍋灶前，立刻來了精神，放油熱鍋將蔥薑末爆香，再迅速的煸炒肉塊，適時的加入各種調味料，再蓋上鍋蓋放水烹煮。動作如行雲流水熟稔至極。

技藝精湛的琴師，撥弄琴弦時會陶醉在琴聲中無法自拔；身法美妙的舞者，則會沈溺在舞姿中不能自已；而真正熱愛廚藝之道的廚子，在鍋灶前掌勺的那一刻，心無旁騖眼中只有食物。

此刻的寧大山，便是如此。

寧汐不是第一次看寧大山下廚，卻是第一次真正領略到其中的奧妙之處，忍不住讚道：「祖父真是好手藝。」

寧大山挑眉一笑。「肉還沒吃到嘴，妳倒先誇上了。先別急著誇，等肉出鍋了，妳嚐嚐再說。」語氣中充滿了強大的自信。

寧汐忍俊不禁的笑了起來。寧家的男人們，在別的方面可能各不相同，唯有在這一點上是全然相同。每每提起自己的廚藝，都是一臉的傲然和自信！

寧大山揚起聲量吩咐道：「老三媳婦，火燒得太旺了。」燒肉最忌諱大火，得小火慢燉才入味。

阮氏應了一聲，忙將鍋灶裡的柴火抽了一些出來放在一旁，寧汐眼明手快的舀了些冷水澆在上面，隨著「哧」的一聲輕響，木柴上的火苗便熄滅了，只留下黑乎乎的印跡。

寧大山聚精會神的照看著鍋裡的紅燒肉，手中卻是一直未停，不消片刻就將桌子上洗得乾乾淨淨的蘿蔔切成了方寸大小，接著就是那些嫩生生的竹筍，在寧大山的手起刀落之下，變成了一根根寸許長的細絲。

那把厚重的刀在寧大山的手中變得無比靈巧，發出規律的咚咚聲響。竟像樂曲一般歡快動聽。寧汐看了一眼，心裡悄然一動。

前世的她，被爹娘呵護著長大，雖然比不上錦衣玉食的閨閣千金們嬌貴，可自小到大根本沒吃過什麼苦頭。也不曾在廚藝上下過功夫。女紅刺繡倒是都略懂一、二，卻沒有一樣真正精通的。細細想來，竟是一無所長。

這樣的她，又怎麼能守護身邊所有的親人？

做一棵能為家人遮風擋雨的大樹，這話說來輕巧，真正落實到行動上，卻是難之又難。

她到底該做些什麼？

大大的鐵鍋裡漸漸地瀰漫出了一股濃濃的肉香。寧大山鼻子動了動，只聞了一聞，便熟稔的掀開鍋蓋，翻炒了幾下之後又放了些鹽巴調味。從頭至尾都未曾動口嚐過。

「好香啊！」那股濃而不膩的肉香勾起了寧汐肚子裡的饞蟲，她眉眼彎彎的笑了。

寧大山是個粗人，一輩子只懂顛勺做菜，最引以為豪的也是這一手廚藝。聽寧汐如此盛讚，早已樂得眉開眼笑，親自用筷子挾了一塊紅燒肉遞到了寧汐的嘴邊。「汐丫頭，嚐嚐看味道怎麼樣。」

那塊紅燒肉冒著騰騰的熱氣，略呈紅色，離得這麼近，甚至能看到上面隱隱冒出的油花。那濃濃的肉香迎面而來，簡直令人食指大動。

寧汐也沒客氣，張口便將那塊肉咬進了口中。那紅燒肉入口綿軟，油而不膩，鮮香中帶著淡淡的甜味，咀嚼了兩口，濃濃的肉香便在口中蔓延開來。

寧汐的味覺比前世靈敏了數倍，也就意味著她更能品嚐出食物的美味和妙處。這一塊紅燒肉在口中咀嚼片刻，才緩緩地嚥了下肚，她的眼睛卻越發亮了起來。

實在無法用言語去形容這紅燒肉絕妙的滋味。

明明是親眼看著寧大山做出了這一鍋紅燒肉，明明什麼特別的佐料也沒有，甚至連常見的五香、八角等香料也沒加。可這看似普通的紅燒肉，卻是她吃過最最美味的佳餚了。

寧汐使勁讚道：「這紅燒肉真是太好吃了。我還從沒吃過這麼好吃的紅燒肉呢！」

寧大山得意的笑了起來，像個孩子一般神氣至極。

第六章　真正的高明

寧汐忍不住追問道：「祖父，您剛才燒肉的時候，根本沒加任何特別的佐料和香料，這紅燒肉怎麼會這麼的好吃？」

這道最簡單的家常菜，幾乎誰都會做，阮氏也是個中好手，可怎麼也做不出這樣的味道來呢！

寧大山咧嘴一笑，眼角的皺紋也飛揚起來。「汐丫頭，這可就是妳祖父我的真正本事了。靠各種名貴食材和香料輔佐，那樣燒出來的肉當然也美味，不過，總少了份原汁原味的香濃。要想做出真正美味的食物，一定要切記，不能讓配料喧賓奪主。要盡力發揮出食物原本的鮮美，這樣做出來的菜餚，才是真正的美味。」

寧汐聽得津津有味，忍不住問道：「怎麼樣才能發揮出食物原本的鮮美呢？」

寧大山傲然一笑。「這就得看廚子的手藝了。什麼時候該加鹽，什麼時候該添水，還有火候的掌握，都得留意。」這道理聽來簡單，可卻是寧大山摸索了大半輩子得來的經驗。

返璞歸真……寧汐在心裡默默的想起了這四個字。

頂級的琴師不會賣弄炫目的琴技；飽讀詩書的才子不必時刻之乎者也炫耀自己的學問；真正的美人無須珠翠脂粉點綴，依舊豔冠群芳；手藝絕頂的廚子，能將最普通的食材做成令人驚豔的美味佳餚。這才是真正的高明啊！

寧大山見她聽得專注，立刻起了談興，繼續說了下去。「妳爹他們弟兄三個，雖然都是廚子，可手藝卻有高低，妳知道是為什麼嗎？」

寧汐以前從未想過這個問題，很自然的搖了搖頭。

寧有方弟兄三人，都隨寧大山學廚。現在也都靠著手藝吃飯。不過，際遇卻各不相同。

大伯寧有德擅長製作各類糕點，如今在京城最出名的老字型大小珍味齋裡做糕點師傅。每個月的工錢足夠養活妻兒老小，還在京城置了一個小宅院，算是有些成就了。

二伯寧有財曾在酒樓裡待過幾年，卻因為手藝平平一直沒做到主廚，後來索性辭工回家，搗鼓做起了賣包子的小生意。賺得不算多，卻也逍遙自在。

爹爹寧有方，排行第三，在廚藝上最有天分。比起寧大山年輕的時候，也是有過之而無不及。在二十八歲那年，便成了洛陽城裡最有名的酒樓太白樓的主廚，名噪一時。也因此，寧大山最最器重的就是三兒子寧有方了。

「妳大伯身為堂堂男兒，卻成天搗鼓那些女人家愛吃的糕點，實在是沒什麼出息。」寧大山略有些嫌棄的撇撇嘴。「妳二伯勤奮是夠了，卻少了天分，在廚藝上一直沒什麼長進。還是妳爹最得我的真傳，妳爹不僅有天分，而且踏實肯幹，從不搗鼓那些歪門邪道的事情，手藝總算還不錯。」

在寧大山的口中，糕點師傅寧有德是沒出息，做包子的寧有財是庸才，只有寧有方才勉強入眼。

寧汐被逗得開懷一笑。「祖父，您可真是挑剔。大伯做糕點的手藝可是頂呱呱的，就算在京城也是大大有名氣，怎麼能說沒出息？還有，二伯做的包子，可是頂頂美味的。每天蒸十幾籠也不夠賣呢！」當然，還是自己的爹寧有方最最能幹就是了。

寧大山不以為然的搖頭。「做糕點做包子都不是正途，真正的廚子，當然要站在鍋邊煎炒烹炸做菜才對。」

寧汐忍俊不禁的笑了，原來做廚子也有這麼多的講究啊！今兒個真是開了眼界了。「對了，祖父，您剛才說什麼歪門邪道，我可聽不懂了。做廚子的每天忙著做菜伺候客人，哪裡來的歪門邪道？」

寧大山不屑的輕哼一聲。「怎麼沒有。有些食物相沖相剋，各自分開吃不要緊，可要是一起食用，就大大的有問題。做廚子的手藝不精，說不定就會害人害己。」

這隨口的兩句話，聽得寧汐面色發白，心裡一緊。

在前世，寧有方做了御廚之後，一直頗受器重。御膳房幾十個御廚裡，無人能出其左右。高祖皇帝蕭毅很是欣賞寧有方的手藝，每天的飯食幾乎都出自寧有方之手。

後來，高祖皇帝忽然生了重病，御醫們束手無策，怎麼也查找不出其中的原因。很自然的便追查起了平日的飲食來，這麼一查，便追究到了寧有方的身上。寧有方和寧暉一起鋃鐺入獄，受盡各種嚴刑拷問。

過沒幾天，高祖皇帝不治而亡，新帝登基之後，第一件事便是雷厲風行的處置了寧有方一案。一夕之間，寧家家破人亡。只是，直到臨死前的那一刻，寧汐都不相信寧有方真的會做出那等大逆不道的事情來……

寧汐的心被狠狠的糾痛著，卻逼著自己擠出笑容來。「祖父，到底哪些食物會相沖相剋？您能說給我聽聽嗎？」前世那個謎團，她一定要慢慢的解開。

寧大山卻不肯再細說了，笑著扯開話題。「女孩子家關心這些幹什麼。對了，妳身體好些了嗎？」

寧汐還待追問，卻又怕寧大山起疑心，只得配合的轉移話題。來日方長，以後慢慢再探聽好了。

阮氏見祖孫兩個談興頗濃，也不出聲打擾，忙碌著又炒了兩個素菜。待飯菜都擺上了桌，寧有財夫婦兩個也回來了。

寧暉和寧皓兩人在學堂裡讀書，中午不回來吃飯，寧有方每天早出晚歸。因此寧家的午飯桌上，只有寥寥幾人。

王氏扯著嗓子喊道：「雅丫頭，敏丫頭，磨蹭什麼呢，快些出來吃飯。」寧雅和寧敏，是王氏的兩個女兒，也是寧汐的堂姊。

隨著王氏尖細的呼叫，兩個少女一前一後的走了過來。

走在前面的少女是寧雅，她皮膚白皙，容貌清秀，今年十六歲，正是窈窕之齡。她性子靦覥，並不多話，見了寧汐只抿唇笑了笑，便穩穩的坐了下來。

寧敏只有十三歲，長得和王氏有五分相似，皮膚略黑，一雙眼骨碌碌的亂轉。比起寧雅和寧汐出眾的容貌來，卻是不起眼了。

寧汐笑著和兩位堂姊打了招呼。

寧敏用手拍了拍寧汐的肩膀。「七妹，妳總算能下床走動了，前幾天老是病殃殃的在床上躺著，可把我們都嚇壞了呢！」果然不愧是母女，就連說話的語氣都差不多。

前世的寧汐，一直不太喜歡大大咧咧的寧敏，可重生之後心態有了極大的轉變，見到每個親人都覺得無比的親切，臉上自然的露出了笑容。「多謝六姊關心，我已經徹底好啦！」

寧家這一輩共有七個孩子，大伯寧有德的兒子寧曜今年十七，排行最長。其次就是十六歲的寧雅。

寧暉和寧皓同齡，只相差幾個月，分別排第三、第四。堂姊寧慧今年十四，排行第五，也隨著寧有德在京城生活。再接下來，便輪到了寧敏和寧汐了。寧汐年齡最小，排行第七，堂兄堂姊們都稱呼她七妹。

這個既熟悉又遙遠的稱呼，如今聽來異常的親切溫馨。寧汐細細的品味著心底那份幸福和滿足，腦中那個信念越發的堅定起來。

她不能靜待著前世的噩夢重演。這一世，她要做嶄新的寧汐。守護所有的家人，平平安安的活下去。

寧汐吃著午飯，靜靜的聽身邊的人邊吃邊閒聊。

此刻的寧家還是洛陽城裡的普通人家，寧氏一門三兄弟，都繼承了寧大山的衣缽做了廚子。廚子是個卑賤的職業，就算工錢賺得再多，也改變不了身分低微的事實。

前世的寧有方，就是因為不甘心一輩子做個身分低下的酒樓大廚，才會對那位「貴人」的提攜那般的感恩戴德吧！

做廚子的，有哪一個不夢想著能到皇宮裡做御廚？

一旦做上御廚，便成了大燕王朝裡最最頂級的廚子，優厚的待遇且不必細說，還有了正式的品階。不僅徹底擺脫了低賤的身分，還處處受人尊敬。相當於苦讀十年的酸書生，一朝考中了狀元榮耀鄉里。這也是普天之下所有廚子的最高夢想了。

只是，榮耀光鮮的背後，卻也隱藏著血光之災和重重的殺機。一不留神，便會被牽扯進皇宮的權力爭鬥中。寧有方為了報答那位「貴人」的提攜之恩，真的做出什麼大逆不道的事情來也是有可能的吧！

想及這些，寧汐心底暗暗的自責起來。

前世的她，一味的沈浸在自己的小天地裡。根本沒有留心過寧有方在宮中的事情，對很多事情都懵懂無知。等到一場滔天之禍真正來臨，卻是一切都遲了。

算了，不想這些了。總之，今生她絕不能讓寧有方走上前世的老路。只要離京城遠遠的，避開有關皇宮的一切，平平安安的生活就行了。

寧汐腦子裡不停的盤算著這些，暗暗打定了主意要有所行動。

等今天晚上寧有方回來了，她要抓住機會，用盡一切法子，也要讓寧有方點頭同意她的要求才行。

第七章　奇怪的要求

不大的屋子裡，點了煤油燈。那昏黃的燈光雖然不夠明亮，卻照出了一室的溫馨。

阮氏在燈下納鞋底，寧暉在一旁捧著一本書默默的溫習，寧汐則不停地往外張望，等著寧有方回來。

眼看著時辰已經不早了，阮氏終於放下了手中的事情，笑著說道：「暉兒、汐兒，你們兩個都別等了，洗洗去睡吧！都這麼遲了，你爹今晚不一定回來呢！」

太白樓裡生意火爆，寧有方又是主廚，每天都要忙到很晚才回來。有時候太晚了，便會在太白樓裡專供廚子們居住的屋子裡湊合著睡上一晚。略略算來，一個月至少也有半個月不在家。

寧汐笑了笑，語氣卻異常的堅定。「不，爹肯定會回來的。」寧有方愛女如命，在她身子還沒痊癒的情況下，就算再晚也一定會趕回來看看她的。

阮氏失笑。「妳今兒個是怎麼了？非要等妳爹回來，難不成有什麼要事和他說嗎？」這當然是打趣寧汐了。現在的寧汐不過是個十二歲的女孩子，整日裡待在家中，又哪來的要事？

卻不料寧汐一本正經的點頭應了。「我確實有事要和爹商量。」

阮氏被逗得笑了起來，就連一直埋頭看書的寧暉也咧嘴笑了。「汐兒，妳到底有什麼要事，不如先說出來給我們聽聽，說不定我就能幫妳。」

寧汐朝寧暉吐吐舌頭扮了個鬼臉。「你還是安心的看你的書吧，還有一個多月就要考童生試了呢！」

寧暉被這麼一提醒，立刻苦著臉重重的嘆了口氣，顯然對這次童生考試全無把握。

阮氏柔聲安撫道：「暉兒，只要你好好用功，這次定能考中的。」

寧暉扯了個笑容，胡亂的點了點頭。

寧汐心裡卻在悄然嘆息，只有她知道，寧暉今年的童生考試根本沒中。還被寧有方逼著退了學改學起了廚藝。在之後的幾年中，寧暉也算小有成就，廚藝雖然遠不及寧有方，可到底也算有了謀生的本事。

只是，寧暉的鬱鬱不得志也是顯而易見。他對廚藝天生不感興趣，被逼著做了廚子，也是滿心的不痛快。曾經活潑爽朗的寧暉，就這麼一日一日的沈默了下來。到了後來，竟成了沈默少言的男子了。

想及此，寧汐的眼中多了絲絲憐惜，忽地說道：「哥哥，如果今年童生考不中，你還想繼續讀書嗎？」

寧暉不假思索的點點頭。「當然想。」旋即，又沮喪的嘆了口氣。「可爹說過，要是今年我沒考中童生的話，就必須要跟著他做學徒。」

寧有方的理由也很簡單。寧暉今年已經十五了，要是讀書不成，就得學點別的，不然將來連個謀生的本事都沒有。

阮氏當年也曾軟言相求過幾次，可寧有方卻異常的堅持。到了後來，寧暉只能不情不願的順著寧有方的心意做了廚子。

寧汐當然知道寧有方的心結在哪裡。

寧家幾代都是廚子出身，手藝是一輩一輩的傳承下來的。到了這一輩，寧家卻顯出了後繼無人的架勢，寧有方自然著急，因此才會不管不顧的逼著寧暉學廚藝做廚子。

如果，有人能繼承寧家的廚藝並將之發揚光大，寧有方就不會這麼逼寧暉了吧！

寧汐靜靜的看了寧暉一眼，忽地笑道：「哥哥別擔心，你一定會考中的。」就算今年考不中，明年後年總會考中的。今生有我，一定會讓你過上真正想要的生活。

寧汐的眼底閃過一絲堅定。

寧暉卻沒察覺到寧汐的異樣神情，兀自笑道：「託妳吉言，但願我今年能考中。」打起精神又看書去了。

這一等，直等到亥時三刻，滿臉疲憊的寧有方才回來了。

待見到屋子裡的三人時，寧有方反而被嚇了一跳。「暉兒汐兒，你們怎麼還沒睡？」平日裡，最多也就是阮氏等門罷了。

阮氏笑著放下手裡的活計，起身相迎。「汐兒今天非鬧騰著要等你回來，暉兒又在溫習書本，便一起等到現在了。」

寧汐殷勤的扯著寧有方坐下休息，又忙碌著去倒了杯熱茶來。「爹，您忙了一天，一定很累了，快些喝口茶歇息歇息。」

「還是我的乖女兒好，最懂心疼爹了。」寧有方見寶貝女兒如此貼心，早樂得合不攏嘴了。

寧汐笑嘻嘻的，腦子裡卻在迅速的盤算著該怎麼開口。

寧有方上下打量寧汐幾眼，關切地問道：「汐兒，妳今天好些了嗎？」

寧汐抿唇笑道：「好多了呢，今天還吃了好多的紅燒肉。」

一提到紅燒肉，寧有方頓時咧嘴笑了。「紅燒肉可是妳祖父的拿手菜，今天妳可算有口福了。」

阮氏笑著插嘴。「可不是嗎？今天公爹興致很高，不僅做了紅燒肉，還和汐兒聊了好長時間呢！」

「哦？」寧有方興味盎然的挑眉。「汐兒，妳都和祖父聊了些什麼？說來給我聽聽。」

寧暉也豎起了耳朵，滿臉好奇的看了過來。

寧汐呵呵輕笑。「也沒說什麼，就是聽祖父提起爹和大伯、二伯當年學廚時候的事情來了。」

一提到這些，寧有方立刻露出了得意的笑容來。「當年我們兄弟三人一起跟著祖父學廚，雖然我年紀最小學的時間最短，不過，我的天分可是最好的。」

寧汐心裡已經有了主意，笑咪咪的引著寧有方往下說：「爹，做廚子還要有什麼天分嗎？」

寧有方一說起本行來，那可是滔滔不絕口若懸河。「乖女兒，妳可別小瞧了做廚子的，若是沒點天分，就算學得再久也成不了真正的大廚。首先，做廚子的要身體健康相貌端正……」

話猶未完，寧暉已經悶笑起來。「爹，您也別說得太誇張了好不好？做廚子是靠手藝吃飯，又不是花街柳巷裡的那些姊兒，誰還管您長得醜俊……」

「渾小子，居然敢拿我和那些賺皮肉銀子的女人相比。」寧有方笑罵了一句，倒是沒怎麼生氣。反而很有耐心的解釋道：「要是長得醜陋，或是一臉猥瑣，這樣的廚子做出來的菜你會想吃嗎？」

面容端正好看的廚子們，給人留下的第一印象也會好得多。尤其是那些達官貴人富紳商賈們，對這些細節尤其重視。寧有方本人便是一個俊朗的成年男子，雖然肚子稍稍圓了一些、稍顯胖了些，不過，總體來說絕對是順眼級別的。

「爹說得有道理。」寧汐聽得津津有味，連連點頭附和。

見寧汐聽得專心，寧有方笑著繼續說道：「做廚子的，還要有個好記性。性子靈活反應靈敏，這些都很重要，不過，要想做一個真正的好廚子，這些還遠遠不夠。」

寧汐抿唇一笑，清晰地接了一句。「還要肯吃苦，有上進心，味覺靈敏。我說的對吧！」

寧有方一愣，滿臉的驚訝。「汐兒，妳這是聽誰說的？」竟然全都說中了……

寧汐的雙眸亮得不可思議，並未回答寧有方的疑問，忽地撲通一聲跪到了地上。

這動靜把各人都嚇了一跳，寧有方不假思索的扯了寧汐的胳膊讓她起身。「妳這丫頭，有什麼話好好說就是了，下跪幹什麼。」

阮氏也連連說道：「是啊，地上涼得很，妳身子還沒好，快些起來。」

寧汐卻執意不肯起身，直直的跪在地上，揚起巴掌大的小臉哀求道：「爹、娘，女兒有事相求。」

寧有方皺起了濃眉，沈聲說道：「不管有什麼事情，站起來再說，我們家可沒有跪著說話的習慣。」

只有那些大戶人家或是達官顯貴們的家裡，才會有動輒下跪的習慣吧！普通的百姓人家，哪有這麼說話的。

寧汐低低的應了一聲站了起來，心裡自嘲的一笑。前世在那樣突如其來的榮華富貴裡活了幾年，和貴人們接觸的機會也是不少。竟是在不知不覺中染上了下跪的習慣，今後得慢慢改正才是啊……

寧汐深呼吸口氣，揮去腦中紛亂的思緒，直直的看著寧有方說道：「爹，我想跟著您去太白樓。」

寧有方的眉頭立刻舒展開來，笑著說道：「妳可把我嚇了一大跳，原來就是這等小事啊！好，沒問題，明天爹就帶妳去開開眼界，再親自下廚給妳做幾道拿手菜，讓妳大飽口福。」顯然，寧有方誤會了寧汐的意思。

阮氏卻細心得多，敏感地察覺出不對勁來。不，不對！汐兒鬧騰了半天，不可能只為這一點點小事。

果然，就聽寧汐一字一頓的說道：「爹，我想跟您去太白樓學廚。」
屋子裡頓時一片安靜。忽聽得「啪」地一聲，卻是寧暉手中的書本掉落到了地上。
寧暉張大了嘴巴，說話都不順暢了。「妹妹，妳……妳是開玩笑的吧！」
阮氏和寧有方的心裡也同時冒出了這個想法，齊齊的盯著寧汐。
寧汐微微一笑，清晰無比的說道：「我沒有開玩笑。爹，您就讓我跟著您去做學徒吧！」

第八章　各有各的盤算

屋子裡又是一片靜默，掉根針在地上都能清晰地聽見。

半晌，寧有方終於反應了過來。「汐兒，妳是一時興起，還是真的想跟著我學廚藝？」

寧汐用力的點頭，小小的臉孔異常的真摯誠懇。「我當然是真心想跟著爹學習廚藝。爹說過，我們寧家幾代都是做廚子的，手藝一輩一輩的傳下來，到了我們這一輩也萬萬不能斷了。就讓我來繼承我們寧家的廚藝吧！我一定會做一個最出色的廚子，將我們寧家的廚藝發揚光大。」

寧汐嬌軟悅耳的聲音，在這一刻竟是如此的鏗鏘有力、擲地有聲！想了一天，這是寧汐所能想出的最好的主意了。她跟著寧有方去太白樓，可以窺準時機，讓寧有方和那位「貴人」失之交臂沒有接觸的機會。這樣一來，寧有方也就不會去京城，更不會入宮做御廚了。

而她，也不會再和邵晏相遇。

或許日子會過得平淡些，可至少能保全家人的性命。榮華富貴不過是過眼雲煙，有什麼比家人相守平安度日更重要？

寧汐緊緊的抿著嘴唇，眼裡閃爍著堅定和執著。這一剎那，竟是無比的光彩奪目。

寧有方動容了，愣愣的看著女兒，像是第一次見到寧汐一般。這還是他那個天真嬌憨的女兒嗎？簡直像換了個人似的……

「不行！」第一個出言反對的不是別人，卻是阮氏。她皺著眉頭看著寧汐，堅決地說道：「我不同意。」

寧汐早有心理準備，說道：「娘，我不是隨口說著玩玩，是真心想跟著爹學廚藝。」

阮氏的臉色越發難看起來。「那我就更加不同意了，女孩子學著下廚，確實是件好事。可哪有女子拋頭露面做廚子的。不行，絕對不行！」

阮氏平日裡最是溫柔，可遇到事情時，卻極有主見，就連寧有方也拗不過她。她這麼一板著臉孔，屋子裡的氣氛頓時沈悶了下來。

寧汐卻更是執拗。「娘，我心意已決，您就不要阻攔我了，我不想天天閒在家裡無所事事，我想學點謀生的手藝……」

「妳一個女孩子家，學什麼謀生的手藝。」阮氏很少這麼繃著臉生氣。「賺錢養家是男人的事，現在有妳爹，將來還有妳哥哥。再過幾年，給妳找個好夫婿也就是了。」

寧汐據理力爭寸步不讓。「娘，您這麼說我可不同意。女孩子怎麼了？女孩子就不能學點真正的本事嗎？我覺得做廚子沒什麼不好的。爹，您說對不對？」

寧有方正聽得暈頭轉向，冷不防被點了名，反射性的點頭應道：「對對對，做廚子挺好的……」話音未落，阮氏便不悅的瞪了他一眼。

寧有方立刻改口。「不好不好，女孩子還是安分的待在家裡，學學刺繡女紅什麼的最好。」

女子會下廚本是理所當然的事情，尤其是出嫁為人婦之後，得在夫家忙活一家老少的飯食，若是連頓飯都做不好，可是會被夫家嫌棄的。只不過，女子拋頭露面做廚娘的，卻是少之又少。偶爾有一、兩個廚藝出眾的，也大多寄身在富貴之家。酒肆飯莊這類地方，基本上看不到女子的身影。

也難怪寧汐提出這樣的要求之後，阮氏會有這麼大的反應了。做廚子的地位低下，又整日裡忙碌辛苦，阮氏哪裡捨得讓寶貝女兒踏入這樣的行當裡去？

寧汐今天卻是鐵了心要說服父母，放軟了語氣說道：「爹、娘，我對廚藝真的很感興趣，也是真心的想跟著爹去學廚藝。至於將來到底要不要做一名廚娘，得等以後再說了。不瞞您們說，我這次生病醒來之後，味覺變得異常靈敏。不管吃什麼東西，都能辨別出裡面的食材和調料。老天賜我這樣的天賦，我豈能白白的辜負？」

阮氏一時有些詞窮，求救的看了寧有方一眼。

寧有方的注意力卻被寧汐的那句話吸引了過去，眼睛驟然亮了起來。「汐兒，妳說的是真的嗎？妳的味覺真有這麼靈敏嗎？」

寧汐抿唇一笑，輕輕的點頭。「爹，您若不相信，明天就帶我去太白樓吧！您可以讓我嚐任意一道菜，我就能將其中的食材和配料都說給您聽。等爹考驗過了，再決定是否讓我學廚也不遲。」

寧有方早已聽得意動了，正待點頭，就聽阮氏皺著眉頭說道：「我可從沒聽說過誰的味覺能靈敏到如此地步，汐兒，妳沒騙我們吧？」

寧汐微微一笑，眼神無比的清亮。「若是娘不相信的話，明天陪著我一起去太白樓吧，我一定會證明給您們看。」

阮氏和寧有方對視一眼，一時也不知該怎麼勸服寧汐了。偏偏寧汐睜著那雙水靈靈的眼眸，眨也不眨地看著他們，屋子裡的氣氛一時有些凝滯。

寧暉咳嗽一聲，笑著插嘴道：「爹、娘，要不明天您們就帶妹妹去太白樓吧！妹妹整天待在家裡，只怕是悶壞了，出去走一走玩一玩也好。」說不定等明天一過，寧汐就改了主意呢！

被寧暉這麼一提醒，寧有方和阮氏頓時醒悟了過來。汐兒才十二歲，有些異想天開的想法也屬正常，哄著她玩上兩天，等她的興頭一過，自然就會忘了這個念頭了。

寧有方率先應道：「暉兒說得對，我明天就帶著汐兒去太白樓開開眼界。」

阮氏也附和著點了點頭。

寧汐雙眸一亮，高興得不得了，親暱的摟住阮氏和寧有方的胳膊撒嬌。「謝謝爹，謝謝娘，您們對汐兒最好了。」

寧有方和阮氏寵溺的看了女兒一眼，對視一笑。也罷，明天就好好帶女兒出去散散心好了。這一陣子天天待在家裡，肯定是被悶壞了。

寧汐豈能看不出爹娘在想些什麼，卻也不說破。不管怎麼樣，總算先爭取到了明天去太白樓的機會。到時候只要一展身手，也能多些籌碼說服他們了。

尤其是寧有方，如果親眼見識到了她的本事，怎麼可能捨得浪費她這樣的天賦？說不定會主動的拖著她去學廚呢！

想及此，寧汐的嘴角浮起一絲自得的笑容，眼神恰巧和一旁的寧暉對了個正著。

寧暉咧嘴一笑，朝寧汐眨了眨眼。

寧汐俏皮的吐了吐舌頭，心裡開始期待起明天的太白樓之行來。

第九章　最美是故鄉

第二天一大早，天還沒亮，寧汐便起床了。待她穿好衣服之後，寧有方和阮氏也正好起身了。

見一向愛睡懶覺的寧汐竟然早早的就起床，阮氏忍不住笑道：「汐兒，妳今兒個倒是起得早。」

寧汐俏皮的一笑。「以後我天天都要起早呢，得早些適應嘛！」寧有方每天卯時起床，辰時一刻之前就要趕到太白樓。她既是下定了決心要苦練廚藝，自然會改掉過去懶散的生活習慣。

寧有方啞然失笑，親暱的拍了拍寧汐的頭。「汐兒真是乖。」分明沒把寧汐說的話當真。

寧汐不以為意，只抿唇笑了一笑。不久的將來，爹和娘一定會看到她的誠意和決心。此刻說得再多，他們也不會放在心上，倒不如什麼也不多說了，說得再好不如做得好啊！

阮氏匆匆的去廚房做了些簡單的早飯端出來，一家四口圍著飯桌坐下。雖然只是普通的米粥饅頭鹹菜，可是能這麼和家人坐在一起有說有笑的吃早飯，真是件幸福的事情。

寧汐努力克制著自己不要去想過去種種，專心致志的吃起了早飯。

「娘，米粥熬的時間有點短了，不夠黏稠。饅頭蒸得有些久了，吃著少了份嚼勁，鹹菜倒是很好吃，是爹以前就醃下的吧！」寧汐隨口說道。

阮氏一愣，旋即笑道：「妳這丫頭，從來不見妳下廚，說起來倒是頭頭是道。」

寧汐慧黠的一笑。「娘，您可別小看了我，今天一起去太白樓，一定讓您見識見識我的本事。」

寧有方爽朗地笑開了。「好好好，今天我們就等著汐兒讓我們大開眼界。」

寧暉在旁邊聽了心癢癢的，忍不住說道：「我也想去……」太白樓這三個字雖然一直掛在嘴邊，也曾在外面遠遠的看過幾次，可還從來沒有真正進去過呢！

「想去就一起去……」寧有方不假思索地接道。

寧暉一聽頓時眉開眼笑，還沒等笑容完全綻開，就在聽到寧有方的下一句話之後僵住了。「……反正你今年考不中童生就得跟著我去太白樓學廚，早些去見識見識也好。」

一說起這個話題，寧暉就不敢再吭聲了，連連朝阮氏使眼色。

阮氏立刻笑著為寧暉解圍。「暉兒，再過些日子，你就要去考童生了，哪裡有閒空到處晃悠。還是快些去學堂，請夫子們多多指點才是。」

寧暉連連點頭。「娘說的對，我這就去學堂了。」說著，便忙不迭地開溜了，跑得簡直比兔子還快。

「這個渾小子，一提到這個就溜得比什麼都快。」寧有方不滿地發著牢騷，眼中卻流露出不自覺的疼愛之情。

寧汐露出會心的微笑。

寧有方天生一副大嗓門，又愛板著臉孔說教。寧暉見了他總是縮手縮腳的不敢多說話。其實，哪有做父親不疼愛自己兒子的？正所謂愛之深責之切，正因為寧有方對寧暉期望極高，才會不自覺的用最嚴厲的標準去要求寧暉吧！

阮氏忙咳嗽一聲，笑著打岔。「行了，我們也別管暉兒了。得早些動身才是。」若是去得遲了，寧有方不免要被數落幾句了。

寧有方連連點頭，一家三口匆匆的出發了。

此時天剛濛濛亮，初春的空氣還有些微的寒意和凜冽。微風輕輕吹拂過臉頰，異常的舒適。

寧汐精神極好，四處打量著。

觸目所及盡是熟悉的街道商鋪，耳邊聽的是賣包子饅頭的小販們的吆喝聲，時不時的還能看到一些熟悉的面孔。這種鮮活而樸實的感覺，真是讓人打從心底裡愉快。

阮氏不疑有他，只愛憐的看了寧汐一眼，然後低聲說道：「這些天汐兒身子不舒服，一直悶在家裡，看來是悶壞了。」不然，也不會想著要去太白樓見識一番了吧！

寧有方笑著附和。「是啊，今天就帶她去散散心。若是在太白樓裡待得膩歪了，妳就領著汐兒去脂粉鋪子裡轉轉，或是到布鋪子裡看看。想買什麼只管買，別捨不得。」

別看做廚子的地位卑微，可收入著實不少。寧有方年紀輕輕便是名震一方的大廚，被重金聘到了太白樓裡做主廚，這工錢自然是極其豐厚。再加上伺候的都是有錢的官商之流，時不時有打賞。因此，寧有方賺的錢足夠一家子過上悠閒自在的小日子。

阮氏聞言，笑著點頭應了。

寧汐卻顧不得身後的爹娘到底在討論些什麼，只是靜靜的看著周圍的一切，眼眶早已悄然濕潤了。

前世的自己，在十二歲這一年便會隨著爹娘遠赴京城，過上和以前完全不同的生活，故鄉的一切早已漸漸淡忘。可此刻，看著遙遠又熟悉的這一切，她的心底浮出無比的歡喜，那歡喜之中，又夾雜著淡淡的酸楚和苦澀。

原來，這一切她從未真正忘懷，只是一直深深的壓在了心底。

一個人不管走得多遠，肯定都永生難忘自己的故鄉吧！

到了這一刻，寧汐真正下定了決心，不管京城有多繁華有多好，她都絕不會去京城。因為這裡，才是她的故鄉她的家啊！

「汐兒，該拐彎了。」眼見著寧汐直直的往前走，寧有方適時的提醒了一句。

洛陽城裡的街道交錯複雜，而且並不特別寬敞，若是不熟悉，很容易走岔了呢！

寧汐回眸一笑。「知道了，爹。我跟在您們後面好了，不然，走錯了可就丟人了。」

這一刻，朝陽初昇，散發出柔和的光芒。寧汐清朗明亮的笑容，卻比陽光更加奪目美麗。

寧有方和阮氏早已看慣了女兒的秀美，可此刻也都看得呆了一呆。心裡不約而同的想著，自家的女兒小小年紀便生得這等出眾，再過上幾年，只怕更是光華難掩。

這樣出眾的美麗，若是生在大戶人家或是官宦府邸，倒是好事一樁，可生在平民百姓的家中，便像是木匣子裡裝了顆明珠。

待明珠漸漸綻放光輝的那一刻，木匣子怎麼可能遮擋住那份光芒？

第十章　初進太白樓

在洛陽城的大小街坊裡，清河坊稱得上首屈一指，太白樓就坐落在清河坊裡。

這條街道並不特別寬敞，卻異常的乾淨整齊。從南到北約莫兩里有餘，地上鋪著一水兒的青磚，煞是好看。

街道兩旁都是商鋪。胭脂鋪雜貨鋪油鋪米鋪麵鋪布鋪酒樓飯莊茶樓等等，只要你能想到的，這兒幾乎應有盡有。

此時天已亮了，街道漸漸熱鬧起來，來來往往的商戶小販行人絡繹不絕，叫賣聲吆喝聲說話聲等等聲響交雜在一起，很是熱鬧。

有坐著轎子的貴婦小姐，亦有走在街邊閒逛的鄉野村婦。有鮮衣怒馬的公子哥兒，有出口成章的書生秀才，還有滿臉橫肉不知做什麼營生的壯漢……

寧汐嘴角含笑的看著眼前的這一切，心情分外的愉快。

那些沈甸甸的舊事暫且拋到腦後吧！最重要的是活在眼下才對。一切悲劇都沒開始，她一定能想出法子改變這一切的。

「汐兒，快看，前面就是太白樓了。」寧有方樂呵呵的打斷寧汐的思緒，聲音裡絲毫不掩自豪。

寧汐精神一振，立刻凝神看了過去，只可惜沒見到想像中的高堂廣廈，只有一棟二層木樓罷了。招牌倒是頗為醒目，「太白樓」三個大字龍飛鳳舞。

寧有方見寧汐略有些失望，笑道：「可別看外面不起眼，我們這裡的菜餚可是一等一的的美味，不知多少人慕名前來，光是正經的大廚就有六個。負責切菜配菜的二廚有十個，加上打雜的跑堂的還有帳房掌櫃，有五、六十個人呢！」

這可真不是個小數字了。

寧汐收起了小覷之心，笑著點了點頭，跟在寧有方的身後一起向太白樓裡走去。

此時還沒到開門營業的時間，太白樓的正門還沒開，寧有方熟稔的領著阮氏和寧汐兩人繞到了後門走了進去，太白樓的廚房便在這個大院子裡。

寧汐好奇地打量了幾眼，心裡暗暗驚嘆，這地方可真不小呢！比起寧家的院子來還要大得多。院子裡的空地上堆滿了各種時令蔬菜，幾個打雜的婦人正低頭忙著理菜洗菜，見了寧有方，紛紛笑著打起了招呼。

一個雙眼嫵媚的婦人，似乎和寧有方分外的熟稔，竟是起身走了過來，殷勤地笑道：「寧大廚，今兒個來得比往日遲了一些呢！」

寧有方爽朗的一笑。「今天我帶了婆娘和閨女過來開開眼界，確實來得遲了一些。」然後很自然的笑著為阮氏介紹。「這是孫家妹子，她是太白樓孫掌櫃的表妹，在這裡幫襯著做點雜事。」

說得雖然含蓄，可寧汐一聽便懂了。這個頗有幾分姿色的孫氏是有靠山的，不能輕易得罪啊！

阮氏自然也聽了出來，忙笑著和孫氏寒暄了幾句。

孫氏倒是能說會道，笑吟吟的和阮氏閒扯了幾句，在看清寧汐的相貌之後，又使勁的誇讚了幾句。「……什麼樣的父母生什麼樣的兒女，這話真是一點不假。寧家嫂子生得標緻，閨女更是水靈。」

這話可說到寧有方心坎裡去了，頓時哈哈笑了起來，滿臉得意之色，就差沒跟著誇上幾句了。

就在此時，一個三十多歲矮矮胖胖的漢子走了過來，笑呵呵的拍了拍寧有方的肩膀。「寧老弟，今兒個怎的把婆娘和閨女也帶來了？」

寧有方笑道：「閨女鬧著要來開開眼界，這就帶來了。汐兒，快些叫甄伯伯。」

寧汐很是乖巧的喊了聲。「甄伯伯好。」

那漢子哈哈一笑，聲音極是洪亮。「好好好，被這麼個漂亮女娃兒喊上一聲，我待會兒炒菜肯定是渾身的力氣。」

做廚子的，果然都是大嗓門，就連笑聲都特別的響亮，震得耳朵隱隱發麻。

寧汐心裡偷偷樂了。物以類聚人以群分，此話果然半點不假。平日裡總覺得寧有方嗓門大，這個姓甄的漢子也是不遑多讓啊！

「甄胖子，你也不怕你的大嗓門嚇壞了人家小姑娘。」孫氏笑著調侃道。

甄胖子摸了摸後腦勺，嘿嘿的一笑。「孫家妹子教訓的是，往後我一定聽妳的話，說話捏著嗓子就是了。」

此言一出，低頭理菜的幾個婦人都促狹的笑了起來。都是天天待在一個廚房裡做事的，自然都很熟稔，說話也是不拘小節。

果然，孫氏絲毫沒介意，反倒是笑吟吟的拋了個媚眼過去，和甄胖子眉來眼去了一番。

寧有方唯恐阮氏見了這一幕會覺得不自在，咳嗽一聲，笑著說道：「我帶妳們去廚房裡看看。」

寧汐笑著點了點頭，拉著阮氏的手跟了上去。

待進了廚房，寧汐頓時驚嘆出聲。「好大的廚房啊！」

偌大的廚房裡，大大小小的各式爐灶至少也有十幾個，再加上乾淨的案板和各式餐盤，看得人眼花撩亂。

此時有兩個廚子在裡面忙著切菜，見了寧有方，都很客氣的打了個招呼，便又低頭忙活起來。

寧有方不以為意的笑了笑。「這兒是共用的廚房，切菜配菜都在這兒。普通客人點的菜，都是在這兒做。那邊還有幾個單獨的小廚房，我再帶妳們過去看看。」

寧汐的好奇心被勾了起來，邊走邊笑著問道：「這個廚房這麼大，足夠所有廚子在這兒忙活了吧！還要小廚房做什麼？」

寧有方笑而不語，意味深長的瞄了那兩個忙著切菜的二廚一眼。

寧汐何等聰慧，立刻會意了過來。是啊，做大廚的，誰沒有幾手自己的絕活？當然不願意讓別人隨便偷師了。單獨的小廚房，便是為幾個大廚預備的了。

寧有方見寧汐乖巧的沒有多問，滿意的笑了笑，抬腳向隔壁的幾個單間走了過去。

幾個供大廚們使用的小廚房，其實一點也不小，每一個都比寧家的廚房還要大得多。裡面除了一應廚房用具之外，還有不少貴一些的食材，諸如牛肉、羊肉、魚類。

到了最後一間廚房，寧有方挑眉笑道：「乖女兒，這兒就是我平日用的廚房了，快些進來看看。」

寧汐欣然應了，抬腳走了進去。

第十一章　大顯身手

身為太白樓的主廚，寧有方享受的待遇自然最高。

廚房特別的寬敞，鍋灶用具都是最好的。長長的桌子被擦得光可鑑人，幾張椅子也放得極為整齊。

靠牆放著的木櫃裡，放著精緻的碗碟，都是正宗的官窯出品。另一個櫃子，則放了各式貴重食材。細細看去，寧汐竟是一小半都不認識。

寧有方到了這兒，立刻抬頭挺胸不無驕傲的問道：「這兒怎麼樣？」

寧汐由衷的讚了句。「比我想像中還要好得多呢！」本該油膩膩的廚房卻保持得這般乾淨，真是不容易啊！

寧有方咧嘴笑了，滿臉的自得和驕傲。

阮氏也是第一次來這裡，好奇的打量了片刻，忍不住問道：「你一個人能忙得過來嗎？」這麼大的地方，光是收拾也頗費些功夫吧！

寧有方笑著應道：「孫掌櫃給我配了一個跑堂的，兩個打雜的，還有一個二廚專門切菜配菜。忙是忙了點，不過，還能應付。」手下這麼多做事的人，做主廚果然風光得很。

正說著話，一個跑堂模樣十六、七歲的小夥子跑了進來，笑著喊道：「寧大廚，孫掌櫃讓我來和您說一聲，今天煩請您做上兩桌，都是前兩天就預定下的，照著五兩銀子的桌席準備就行。」邊說邊忍不住向寧汐看了過來。

十一、二歲的小姑娘，穿得極為樸素，可那張俏生生的笑臉卻異常的鮮嫩水靈，讓人看了一眼便移不開目光……

寧有方咳嗽一聲，很自然的上前一步擋住那個跑堂的目光。「好了，來福，我知道了，我這就做準備。等客人一到，你就通知我一聲，免得耽誤了上菜。」

跑堂的來福訕訕的笑著應了，戀戀不捨的收回目光，又跑了出去。

寧汐前世便是個少見的美人兒，對這類驚豔的目光早已司空見慣，心裡卻不免暗暗唏噓起來。如果可以，她寧願長得平凡普通些，不要那麼的出挑。自古紅顏多薄命，生活得幸福與否，其實和容貌並沒有太多的關係。

寧有方和阮氏自然不知道寧汐心裡的唏噓感慨，心裡俱是暗暗的驕傲不已。女兒生得漂亮聰慧，也難怪來福看得捨不得眨眼了呢！

寧有方笑著說道：「妳們兩個在這兒隨意轉轉，我得開始忙活了。」

五兩銀子足夠普通之家幾個月花用的了，能訂這麼高規格桌席的客人自然來頭不小，得拿出看家本事才行。

寧汐立刻笑著說道：「爹，我是來跟您做學徒的，當然得好好看您怎麼做菜才行。對了，我還要讓您和娘看看我的本事呢！」

寧有方啞然失笑，隨口哄道：「好好好，妳高興就好。」說著，便揚聲喊道：「張展瑜，快些過來。」

話音剛落沒多久，一個十八、九歲的男子便匆匆的跑了過來。

寧汐忍俊不禁的笑了起來。這下她可總算明白為什麼做廚子的都是大嗓門了。隔著這麼老遠嚎一嗓子都能讓人聽見，聲音不大可不行啊！

張展瑜就是跟在寧有方身邊做事的二廚，平時專門負責切菜配菜還有冷盤。寧有方簡單的吩咐幾句過後，張展瑜便點頭應了，低頭忙活起來。

寧汐好奇的打量低頭認真做事的男子一眼。這個張展瑜長相不算出眾，只能算是五官端正而已。不過眉毛生得極為濃厚，顯得很是沈穩。握著菜刀的手更是極穩妥，迅速地將手中的茄子切成了細長條，細細看去，竟是每條都一般長短粗細，令人嘆為觀止。

寧有方卻還不太滿意，皺著眉頭說道：「動作快一些，像這樣磨蹭，得準備到什麼時候。」一板著臉孔的寧有方倒是多了幾分平日裡沒有的威嚴。

張展瑜不敢怠慢，連忙點頭應了，手下的動作果然快了許多。

寧有方一邊指揮著張展瑜將各類蔬菜切成片狀塊狀條狀或是細絲，一邊又揚聲喊了兩個打雜的人進來，給爐子生火加炭。還得處理一些名貴的食材，一時也顧不得寧汐和阮氏了。

寧汐仔細的看著眼前的這一切。既已有了學廚的心思，當然要處處留意小心多學才是。

過了片刻，隔壁的幾個廚房裡也都熱鬧了起來，說話聲切菜聲等等各種嘈雜的聲音傳了過來。

阮氏忍不住笑道：「這動靜可真是不小。」

寧有方忙裡偷閒的笑著應了句。「等真正開始上鍋炒菜了，那才叫動靜大，妳等著看好了。」

果然，過了片刻，隔壁又響起了熱油在鍋中翻滾的啪啪聲。

寧有方笑罵了句。「這個甄胖子，這麼早就開始忙活了。看來，他的客人倒是來得早。」

話音剛落，跑堂的小夥子來福便急匆匆的跑了進來，口中嚷嚷道：「寧大廚，您的客人已經來了一桌，說是一盞茶之內要上菜。」

寧有方精神抖擻的應了，開始站在鍋灶前忙碌了起來。

旺盛的火苗高高的躍起，厚重的大鐵鍋在寧有方的手中卻似輕飄飄的沒有重量一般，一勺熱油下鍋，蔥花薑末隨之放入，發出了噼哩啪啦的響聲。

張展瑜不待吩咐，就迅速的將準備好的蔬菜倒入鍋中，寧有方順勢顛勺，火苗一竄老高。寧有方一手握著鐵鍋，另一隻手穩穩的握著勺子顛炒，不慌不忙的放入各式調味料。然後，熱騰騰的菜香迅速的瀰漫開來。

寧汐看著這一幕，眼眸漸漸亮了起來。

前世她只知寧有方廚藝超群，不知吃了多少他親自烹煮的美味佳餚，可從未真正的留意過寧有方是怎麼下廚的。原來，專注於做菜的寧有方是如此的高大威猛，散發出異樣的魅力。

寧汐忍不住瞄了阮氏一眼，待見到阮氏嘴角含笑滿眼柔情後，寧汐抿唇笑了起來。爹娘性格截然不同，可卻一直和睦恩愛呢！

第十二章　炒白菜

寧汐聽了這句話，忍不住笑了。「爹，您最拿手的竟然是炒白菜嗎？」這可是最最簡單普通的家常菜了，基本上人人都會的吧！

寧有方挑眉一笑。「汐兒，今天爹就露一手給妳看看。」說著，揚聲吩咐道：「展瑜，去切兩盤炒白菜。」

兩盤？張展瑜微微一愣，旋即點頭應了。利索的挑了兩顆鮮嫩的白菜，剝去外面的幾層，只留下菜心，然後手起刀落，切成了片狀。他的刀功著實了得，手起刀落絲毫不見猶豫，那個菜心就成了一片片。細細看去，竟是每片都一般大小。

他這廂忙著切菜，寧有方也沒閒著。先是舀了勺豬油下鍋，待油熱之後，又放入花椒和乾辣椒煸炒片刻，一股略有些嗆人的香辣味瞬間傳了出來。

寧有方目不轉睛的盯著油鍋，待花椒和乾辣椒的香味越發的濃厚之際，迅速的端起一盤切好的白菜倒入鍋中，發出「哧哧」的聲響。

寧有方一刻沒敢停頓，熟稔的顛鍋翻炒，還沒等各人反應過來，那盤炒白菜便已被裝了盤。精美的白底藍花的盤子上，白生生嫩生生的白菜冒著騰騰的熱氣和香氣，那股子濃烈的香氣令在場的人都垂涎三尺。

來福嚥了口口水，笑嘻嘻地讚道：「不用嚐也知道，肯定好吃得不得了。」說著，便俐落的端起盤子去上菜。

寧有方依樣又炒了一盤，朝寧汐笑了笑。「乖女兒，妳來嚐嚐看。」

寧汐早已看得食指大動，拿起筷子，挾了一口送入口中，頓時被那美妙的口感擊中了。先是一股濃烈的香辣味，細細咀嚼幾口，白菜原有的脆爽鮮嫩便在口腔裡瀰漫開來。待嚥下去之後，還餘下一絲淡淡的甜味。

好吃，真好吃！

寧汐忍不住又吃了一口，連連誇道：「爹，我從來沒吃過這麼好吃的炒白菜呢！」

寧有方一臉自得的笑容，故意問道：「哦？妳倒是來說說看，我這道炒白菜好吃在哪裡？」

這就開始考她了嗎？

寧汐挑眉一笑，緩緩的咀嚼幾下，細細的體會口中白菜絕妙的美味，然後不疾不徐的點評道：「這道看似最家常的炒白菜，最考究廚子的手藝。鍋要熱，油要多，火要猛。這樣嗆炒出來的白菜，既斷了生入了味，又保持了那份清脆水靈，口感極佳。尤其是在宴席進行到一半以後，上這道菜最合適不過了。這個時候，客人們早已吃膩了各式魚肉葷食，這樣一道清脆爽口的炒白菜，反而會讓客人胃口大開。」

寧有方先還笑著，待聽到後面，漸漸的收斂了笑容，眼睛卻越發的亮了起來。看著寧汐的目光，有激賞有驚喜有快慰，還有一絲隱隱的驕傲。

美味菜餚人人愛吃，可真正「會吃」的人卻沒幾個。寧汐不過吃了幾口，竟然就將這道炒白菜的特點說得一清二楚一字不錯，簡直是奇才啊！

阮氏也愣住了，怔怔地看著寧汐，心裡又是歡喜又是發愁。歡喜的是女兒果然味覺靈敏天賦極佳。發愁的是，難道真順了她的心意，讓一個好好的女孩子家學習廚藝將來做個廚娘？

一直低著頭做事不吭聲的張展瑜也驚詫的抬起頭來。這個嬌嬌弱弱的小女孩，舌頭竟然如此靈敏，真是厲害啊！

寧汐那張白皙秀美的小臉上浮上了甜甜的笑意。「爹，我有資格跟您做學徒了嗎？」

寧有方哪裡肯輕易答應，眼珠一轉，計上心來。「剛才妳一直在旁邊看著，當然什麼都知道。這樣吧，接下來我做菜的時候，妳就到隔壁的小飯廳裡待著。等會兒我讓展瑜端出去給妳嚐嚐，妳要是能把裡面的配料食材說得分毫不差，我再考慮妳的要求。」

寧汐微微一笑。「好，我這就出去。」

阮氏連忙說道：「汐兒，我也和妳一起去。」

張展瑜目送著阮氏和寧汐的身影消失在廚房門口，忍不住問道：「寧大廚，您閨女今天不是來玩的嗎？怎麼好像……」一副要學廚藝的架勢？

寧有方長嘆口氣。「別提了，這丫頭也不知怎麼回事，好好的非要跟著我來學廚藝。我就這麼一個閨女，哪裡捨得讓她吃這份苦啊！」

做廚子都是苦練出來的。再有天分，若是沒有個三、五年的磨練，根本做不了廚子。要想做出色的大廚，那就更是難上加難了，至少也得有十年以上的苦練才行。

當年的他十歲起跟著寧大山學廚，六年之後才做了二廚，從切菜配菜到做冷盤，再到最後的上鍋炒菜，其中花了多少心血和努力，只有自己最清楚。他哪裡捨得讓寧汐吃這樣的苦頭？

張展瑜的眼裡飛快的閃過了一絲什麼，旋即若無其事的笑道：「她如此有天分，不學廚實在是可惜了。」聰慧伶俐，觀察力強，還有那份異常靈敏的味覺，簡直天生就是學廚藝的好人選。

寧有方何嘗不知道這一點，猶豫了片刻，卻是左右為難下不了決心。

順了女兒的心意？莫說阮氏，他自己也是捨不得女兒吃苦的。好好的女孩子家，還不如學點女紅刺繡之類的，將來找個好夫婿和和美美的過日子才是正途啊！

可若是不答應她，心底似乎又有些遺憾。

寧家到了這一輩，有三男四女共七個孩子。女子暫且不論，單說幾個男孩子吧！

寧曜在京城謀了份差事，在一個不大不小的鋪子裡做了帳房，看樣子是不會再做廚子了；自己的兒子寧暉一門心思讀書，壓根兒不想學廚；而寧皓，卻是個庸才，一點廚藝上的天分都沒有。

寧家傳承了幾代的廚藝，難道到了這一輩就這麼斷了嗎？

寧有方思來想去，也沒想出個主意來，不由得皺起眉頭長長的嘆了口氣。

張展瑜忽地笑著說道：「您不是要考考她嗎？索性做一道羹湯，讓她嚐嚐看。要是她還能說出裡面的食材配料來，那可真的了不得。」

這個主意倒是不錯！寧有方想了想，立刻笑開了。「好，我這就動手，倒要看看這個丫頭有沒有這份本事嚐得出來。」

第十三章　玉米蓮藕蘿蔔排骨湯

一般來說，炒菜和燒菜中用哪些食材都是能看得到的，辨別起來並沒什麼太大的難度。可湯羹之類的菜餚就不同了。不同的羹湯，需要用不同的高湯來調製。為了保持湯的口感和美感，還會在起鍋的時候將部分食材撇除。

所以，要辨別一道湯羹裡究竟用了哪些食材，是件很困難的事情。莫說是沒下過廚的小姑娘，就算是長年做菜的廚子，也不見得能辨別得出來。

張展瑜不知出於什麼心思，竟出了這樣一個主意。寧有方也沒深想，一口便應了下來。要想讓寧汐徹底斷了這個心思，也只能這樣了。

此刻的寧汐當然不知道寧有方在打什麼主意，正和阮氏坐在飯廳裡閒聊呢！

這個飯廳裡有五、六張桌子，每張桌子旁邊都放了長板凳，看來定是太白樓的廚子們平日裡用餐的地方了。

寧汐打量了幾眼，便笑著讚道：「這裡收拾得真乾淨。」

一個酒樓待客的地方乾淨不稀奇，難得的是連客人看不到的地方也如此的整潔乾淨，太白樓能在洛陽眾多的酒樓裡聲名鵲起果然有幾分道理。

阮氏最最關心的卻不是這個，她蹙著眉頭看了寧汐一眼，遲疑地問道：「汐兒，妳真的那麼想學廚藝嗎？」

寧汐收斂了笑容，認真地點了點頭。「娘，我對女紅刺繡絲毫不感興趣，只想好好跟著爹學廚藝。將來若是能做個廚子自然最好，就算做不了廚子，也能有個一技之長。說句沒羞沒臊的話，若是能有一手好廚藝，將來嫁到夫家也不必為下廚發愁了。」

這些話，自然都是說來哄阮氏的。事實上，寧汐早已打定了主意，一定要繼承寧有方的廚藝，做個最出色最優秀的廚子。不過，這些話放在心裡就好，還是別讓阮氏知道了。不然，阮氏肯定繼續堅定不移的反對下去！

果然，本來態度很堅決的阮氏，聽了這些話之後臉色頓時柔和了許多，不自覺的點了點頭。

寧汐心裡暗喜，這一招以退為進示之以弱果然很有效呢！

「娘，您就讓我試一試吧！我一定乖乖的聽話，絕不會給爹添一點麻煩。」寧汐軟軟的央求著。「再說了，只要有我在，爹就不會再逼著哥哥退學了。」

阮氏不吭聲了，默默地想了片刻，卻是什麼也沒說。

寧汐心裡暗喜，阮氏已經動搖了，真是再好不過了。今天有這樣的進展，也算不錯了。以後時常這麼念叨，阮氏和寧有方總會改變心意的。

想及此，寧汐的心情陡然好了起來。

悠閒的等了一盞茶時分，寧有方總算過來了，手裡正小心翼翼的捧著一碗湯，殷勤的笑道：「乖女兒，是不是等得著急了？」

寧汐瞄了寧有方手中精緻漂亮的湯碗一眼，忽地笑了起來。「爹，我正好有些渴了，這碗湯來得真及時呢！」這碗湯，就是寧有方出的第二道考題了吧！

那湯呈乳白色，冒著熱氣，可除此之外，就什麼也看不到了。裡面熬煮過的食材分明已經都被撈光了，只餘下純粹的湯了……果然是不遺餘力的想來為難她啊！

寧有方略有些自得的笑了笑。「來來來，快些過來嚐一口。」

寧汐抿唇一笑，接過了那個精緻的青瓷碗。碗中有個花色相同的勺子，寧汐拿起勺子，很順手的在碗中攪拌了一下，果然空蕩蕩的毫無「內容」。

寧汐忍住笑意，舀了一口，輕輕吹了吹，然後緩緩的喝進了口中。

寧有方目光灼灼的盯著寧汐，心裡說不出的矛盾和複雜。既盼著女兒什麼也嚐不出來，就此打消學廚的心思，又隱隱的有一絲期待。如果在這樣的情況下，寧汐都能將熬湯用到的食材配料說得一清二楚，那簡直就是驚世駭俗了……

寧汐沒有急著將那口湯嚥下去，細細的品味著湯的味道。

不油不膩，香濃入口，偏又帶著些清甜，滑入喉嚨之後，猶有餘甘，滋味果然美妙絕倫。喝了一口，忍不住就想再喝第二口。

寧汐很順手的又舀了一口送入口中，然後是第三口、第四口，不消片刻，竟然將碗中的湯喝了個精光。從頭至尾忙得很，喝得不亦樂乎，卻是什麼也沒說。

寧有方笑容未減，眼底卻掠過了一絲莫名的失望。

張展瑜不知什麼時候也走了過來，瞄了空空如也的湯碗一眼，眼中掠過一絲笑意，口中卻問道：「汐妹子，這碗湯的味道如何？」

寧汐不緊不慢的掏出帕子擦了擦唇角，笑吟吟的抬起頭來，脆生生的應道：「爹的手藝果然極好，這碗排骨湯好喝得很呢！」

寧有方的眼睛一亮。「哦？妳確定這是排骨湯嗎？」

寧汐笑了笑，慢條斯理的應道：「排骨湯最是香濃，但是卻有些油膩。爹在熬湯的時候，放了清甜的蓮藕，自然就少了油膩了。」

不待寧有方回應，寧汐又接著說道：「不過，這湯裡可不只放了蓮藕，還有蘿蔔的味道，還有……」

「還有什麼？」寧有方迫不及待的追問道。

「玉米！」寧汐笑盈盈的宣佈答案。「鮮嫩的玉米粒，我說的對不對？」

寧有方哪裡還能說得出話來，瞠目結舌的看著寧汐，眼裡滿是震驚和不敢置信。居然全被她說中了……這一刻，寧有方的心裡猶如翻江倒海，壓根兒沒法子平靜。

阮氏見寧有方久久不答，忍不住催促道：「你倒是說話啊，汐兒究竟說得對不對？」

寧有方緩緩的點頭。「都說對了。」那語氣裡蘊含著莫名的複雜。

一旁的張展瑜沒有說話，愣愣的看著那個滿臉微笑的小女孩，心裡反覆的迴響著——世上竟有這般靈敏的味覺……

寧汐一臉期盼的看著寧有方，軟軟的央求道：「爹，既然我都說對了，您就讓我跟著您做學徒吧！我一定很努力很用心，絕不會讓您失望的。」

寧有方卻沈默了，既不點頭也不搖頭，眼底滿是掙扎。

第十四章　心想事成

寧有方的掙扎和猶豫，所有人都看得一清二楚。

寧汐沒有氣餒，黑白分明的眸子裡滿是祈求。「爹，要不您再考考我吧！隨便拿什麼菜來給我嚐嚐，若是我有一樣嚐錯了，我就再也不提這個要求了。」

寧有方本就動搖的心意，此刻已是搖搖欲墜就快投降了。

阮氏想了想，低聲說道：「既然汐兒有這樣的天分，就讓她試試吧！」

「娘……」寧汐萬萬沒料到阮氏會為自己說情，驚喜地看了阮氏一眼。

阮氏笑著輕嘆口氣，憐愛的看了寧汐一眼。「女孩子學下廚也是件好事，有點手藝傍身，將來找個好婆家也容易些。」只要不拋頭露面的做廚子就好。

寧有方默然片刻，終於長長的嘆了口氣。「也罷，就讓汐兒試試好了。」

寧汐的眼眸頓時亮了起來。太好了，寧有方終於點頭了。從今天起，她就能正大光明的到太白樓來，可以在那位貴人到來之前，及早籌謀一番了。

想及此，寧汐的心情簡直雀躍得快要飛到天上去了。笑嘻嘻的扯著寧有方的袖子搖個不停。「爹，您實在是太好了，您是世上最好的爹了。」

這等肉麻的馬屁，寧有方聽著受用極了，卻故意繃著臉說道：「我可告訴妳，做學徒是件很辛苦的事情，妳可別撐不了幾天就哭著鬧著要回去。」

會吃是一回事，會做可就是另外一回事了。想做一個好廚子，不下苦功可是不行的。別的不說，單只說練習腕力刀功這一項就夠受的了，也不知寧汐能不能吃得了這份苦……

寧汐俏皮地眨眨眼。「爹，您只管放心，我一定努力認真的學習，絕不會讓您失望的。」

寧有方正待再說什麼，就聽來福的聲音在門口響了起來。「寧大廚，客人又點菜了。」

「好，這就來！」寧有方不假思索的應了，立刻領著張展瑜一起忙活去了。

寧汐第一步目標如願達成，心裡別提多高興了，連忙抬腳也跟了過去。

廚房裡做事的人著實不少，她當然幫不了什麼忙。不過，沒事陪寧有方說說話解解悶也總是好的嘛！

太白樓裡生意著實好，寧有方一直忙到未時才稍稍歇了下來。

他身為主廚得照應著整個廚房，因此也不得清閒，又去了各個大小廚房轉悠了一圈。待客人都散得差不多了，整個廚房才算消停了下來。

收拾碗盤之類的瑣事自然有人去做，寧有方招呼著一干廚子們到飯廳裡坐下來休息，順便吩咐。「展瑜，今兒個你辛苦些，做幾個好菜來。大伙兒忙到現在，也夠辛苦的了。」

張展瑜笑著應了，利索的去了廚房忙活。

然後，眾人的目光一起往寧有方身邊的寧汐和阮氏看了過來。

乍然被十幾個大男人這麼直勾勾的打量著，饒是沈穩的阮氏也有些吃不消。眼角餘光瞄了寧汐一眼，微微一愣。

卻見寧汐坦然自若的回視眾人，嘴角那抹甜甜的微笑分外的亮眼，絲毫不見侷促。

甄胖子之前見過寧汐，笑著介紹道：「這位漂亮可愛的小姑娘，就是我們寧大廚的掌上明珠，叫……」叫什麼來著？甄胖子遲疑的撓撓頭，滿臉的為難。

眾人都善意的哄笑起來。

「甄伯伯，我叫寧汐，叫我汐丫頭就行了。」寧汐笑著為甄胖子解圍。「以後我會天天跟著爹到太白樓來做學徒，還請各位叔叔伯伯多多指教提點。」

什麼？做學徒？剛才還哄笑不已的廚子們都是一愣，齊刷刷的向寧有方看去。不是吧，這麼標緻水靈的小姑娘不在家裡好好待著，跑到這兒來做什麼學徒。該不是開玩笑的吧！

寧有方咳嗽一聲，笑道：「正好大伙兒都在，我正式的向大家宣佈一下。我閨女從今天起就跟著我做學徒了。各人有什麼髒活累活，只管說一聲，讓她去做就行。」

做學徒的，都得從雜事做起，這也是老規矩了。

一個看起來年齡最大的廚子打趣道：「寧老弟，你就別逗我們了。你閨女長得像個花骨朵似的水靈，怎麼肯到我們這兒來做什麼學徒。」

寧有方一本正經的應道：「胡老大，我可不是在開玩笑。我這閨女天生聰慧伶俐，又生了個好舌頭，天生便是學廚藝的好苗子。難得她自己樂意，我當然不會攔著她了。」

看寧有方一臉正色，絕不像是開玩笑，各人才慢慢的開始接受消化這個事實。

一時之間，竊笑者有之，看熱鬧者有之。總之，個個的目光都在寧汐和寧有方的臉上來回打量個不停。

寧汐笑咪咪的任由各人打量。既已決定了今後的人生方向，今後和各式各樣的人打交道都是在所難免，那些忸怩的小女兒情態不要也罷。

胡老大頗有興致的追問道：「寧老弟，你說你女兒生了個好舌頭是什麼意思？」

「是啊是啊，說來聽聽。」甄胖子也是滿臉的好奇。寧有方年紀不大，廚藝卻是一等一的高明。平日裡極少誇讚過誰，如今口口聲聲誇自己的閨女，倒是讓各人都好奇了起來。

寧有方謙虛的一笑。「也沒什麼，就是味覺靈敏些，吃什麼菜都能嚐出食材配料而已。」

廚子們俱是聽得一愣，面面相覷，狐疑不已。在座的都是內行，自然清楚這個「而已」是多麼的了不得。如果是入行多年廚藝高明的大廚有這樣的本事，還說得過去。可眼前這個嬌嬌弱弱秀秀氣氣不過十二歲的小姑娘……

眾人的眼裡明顯的流露出不以為然。肯定是在吹牛了吧！這怎麼可能嘛！

寧有方本就是個好強的性子，見沒人相信，立刻說道：「你們若是不相信，今天我就讓你們開開眼界。待會兒不管展瑜上什麼菜，你們都先別出聲，讓我家汐兒先嚐一口。她要是能說出所有的食材配料，你們今天每人都罰酒一斤。」

「好！」胡老大第一個領頭應了。「要是汐丫頭嚐不出來，倒也不用罰她。罰你一人喝兩斤，怎麼樣？」

第十五章　有人驚訝了

「好！就這麼說定了！」寧有方不假思索的一口答應。

甄胖子哈哈一笑。「寧老弟，你可別說我們欺負你。今天你這兩斤酒肯定是喝定了。要是到了晚上還醉醺醺的沒醒酒做不了菜，到時候可別賴我們。」

眾廚子一聽，都哈哈笑了起來，紛紛出言附和，彷彿已經看到寧有方愁眉苦臉一碗一碗喝個不停的樣子了。

寧有方哪裡肯在嘴頭上輸人，哈哈笑道：「彼此彼此，到時候你們要是被孫掌櫃罵一頓，可別怪我了。」

寧汐在一旁早聽得笑了起來。一堆大男人鬥起嘴來，就像孩子似的，雖然略有些粗魯，倒也不失直率可愛呢！

寧有方笑呵呵的看了寧汐一眼。「乖女兒，今天露一手給這些叔叔伯伯們看看。」他對女兒可是信心十足。

寧汐俏皮的一笑。「爹，這可是我第一次見諸位叔叔伯伯，若是真的讓他們都喝醉，只怕不太好吧！」語氣裡充滿了自信。

寧有方仰頭大笑。「好好好，這才是我寧有方的女兒。妳別客氣，只管把妳的本事都顯出來，讓他們今天輸個心服口服！」

眾人紛紛笑罵了幾句，沒有一個把寧有方的話當真的。

有個臉上長了幾顆麻子的廚子卻是思慮周詳，笑著說道：「既然打了賭，我可要去吩咐展瑜一聲，做菜得稍微留點神了。」

若是端些炒菜上來，只要長了眼睛都能看得出裡面的食材配料了。怎麼著也得準備兩道費功夫的菜餚才是。

寧有方笑罵道：「就數你王麻子心眼最多。我可告訴你，我之前特地熬了一道湯，汐兒喝了幾口，便將裡面用的食材說得一清二楚的。你們若是不信，就讓展瑜也動手做道羹湯送上來好了。」

此言一出，各人都是一驚，忍不住一起看向寧汐。

寧汐顯得分外鎮靜自若，抿唇笑道：「爹，您可別再誇我了，若是待會兒我出了醜，看您怎麼下臺。」話雖說得謙虛，可臉上的笑容卻越發的燦爛明媚。

寧有方咧嘴一笑，總算閉了嘴。

這麼一來，眾廚子反而有些摸不準了。彼此面面相覷，心裡同時浮起一個念頭來。這個叫寧汐的小丫頭，到底是真厲害還是在吹牛？

就在此時，來福雙手各托了一個大大的盤子走了進來，笑嘻嘻的高聲喊著──「上菜嘍！」他小心的將盤子放到了桌子上。

那菜熱騰騰的冒著熱氣香氣，沒想到竟是無人伸筷子。

來福不由得一愣，疑惑地問道：「怎麼了？大伙兒今天怎麼都不吃飯了？」

寧有方笑著接過話茬兒。「他們惦記著喝酒呢！你去酒窖那邊多拿幾罈子過來。對了，記得和孫掌櫃說一聲。」

來福歡快地應了，一路小跑著走了。

寧有方親自挾了一筷子菜遞到寧汐的唇邊，殷勤的笑道：「乖女兒，快些嚐嚐看。」

這舉動在家中也是常有的事情，寧汐很自然的張口吃了，細細的咀嚼了幾口，卻不急著嚥下去，只在口中慢慢的品味。

王麻子忍不住低聲咕噥一句。「不過是道最平常的炒茄子，根本不用猜了吧！」裡面左右不過是放了些青椒、蒜泥之類的。

那個清甜悅耳的聲音適時的響了起來。「爹，這個炒茄子原料就不必說了，就是茄子和青椒，配料也只放了蒜泥。張大哥的刀功是極好的，這茄絲切得很細，看起來很漂亮……」

聽到這兒，各人都笑了起來，心裡不約而同的想道，果然是個稚嫩的小丫頭啊！說來說去，也只懂得說些表面皮毛的東西，剛才寧有方的誇讚之詞分明是太過了嘛！

「……不過，這道菜有個無傷大雅的小問題。」

寧汐頓了頓，笑著瞄了眾人一眼，才繼續說道：「茄子最吃油，多放油本是沒錯的。可張大哥炒菜的時候，放的是豬油，而且放得太多了，未免有些油膩了。不知我說的是也不是，還請各位叔叔伯伯指點。」

胡老大率先嚐了一口，果然正如寧汐所說。這道茄子色香味俱全，只是失之油膩。忍不住讚道：「汐丫頭說得好，展瑜的手藝還要再磨練才是。」

眾人一聽，忙也挾了一口嚐嚐，忍不住齊齊點頭。再看向寧汐的時候，眼神都有了微妙的變化。只嚐一口，便能說出這道菜的敗筆之處，果然有幾分本事。

寧汐拿起筷子，又挾了另一個盤子裡的糖醋排骨放入口中。這食材配料就更不用說了，不過就是排骨和各種調味料罷了。

廚子們都是一臉興味的等著寧汐點評。

寧汐將骨頭吐出，輕快的說道：「這道糖醋排骨，糖醋的比例恰到好處，酸中帶甜，入口香濃，實在沒什麼可挑剔的。如果硬要在雞蛋裡挑骨頭，就是花椒和八角放得稍微多了些，味道雖然更濃香，可也將排骨原本的香氣蓋住了。」

甄胖子早忍不住挾了一塊吃了起來，邊吃邊點頭。「汐丫頭說得沒錯，花椒和八角的味道有些重了。」

只是稍微重了那麼一點點，竟然都被寧汐嚐了出來。真是令人驚嘆不已！

寧有方咧嘴一笑，臉上竟是自得之色。「我可沒騙你們吧！若是還不服氣，儘管再端些菜上來……」

話音未落，張展瑜便親自端了一大砂鍋熱湯上來了。蓋子一掀開，那濃濃的香氣便四處飄散，令人食指大動。

王麻子主動起身，笑著說道：「這湯熱得很，我來替汐丫頭盛上一碗好了。」說著，便拿起了勺子，平平的舀了些熱湯放入碗中，然後端到了寧汐的面前。

那湯裡除了兩顆蔥花之外，什麼都沒有，自然是王麻子有意為之。

寧有方啞然失笑，對王麻子那點小心思瞭若指掌，卻也懶得說破，笑著對寧汐說道：

「汐丫頭，妳來喝一口，說說看到底是用什麼食材熬出來的。」

寧汐抿唇一笑，嘴角露出了小小的笑渦，說不出的甜美可愛。她低頭嚐了一口，忽地皺起了眉頭——咦？這是什麼味道？

第十六章 有人認輸了

寧汐又低頭喝了一口，細細的品味半晌，一聲未吭，似在苦苦的思索著什麼，眉頭卻是越皺越緊了。

寧有方本是滿臉笑容自信滿滿，見寧汐這副樣子，不由得緊張起來。「汐兒，怎麼了？」喝酒不喝酒的倒是無所謂，可丟不起這個臉啊！

寧汐遲疑了片刻，才輕聲說道：「這湯裡面的味道太多了。」奇怪，為什麼湯裡竟有這麼多的味道？一時之間，竟是分辨不出來……

王麻子眉頭一展，笑嘻嘻地說道：「嚐不出來，直說就是了。」不過是一碗湯而已，能有多少種味道，只怕是嚐不出來找的藉口吧！

話語中的揶揄和譏諷之意如此明顯，誰能聽不出來？

寧汐沒有生氣，依舊一小口一小口的慢慢喝著湯，仔細的品嚐著其中的各種味道。

寧有方卻不高興了，笑容頓時一斂。「王麻子，你說這話是什麼意思？」

王麻子皮笑肉不笑地應道：「寧老弟，我說的都是實話，你別惱羞成怒嘛！汐丫頭年紀還小，天分還是有的，不過，也沒厲害到你說的那個地步吧！」

寧有方本就是個急脾氣，又最是護短，聽了這話更是怒火直往上湧，頓時瞪起了眼。

「你說什麼？有膽子再說一遍！」

王麻子慢悠悠的笑道：「說笑而已，別發脾氣嘛！大不了待會兒我替你代些酒，不會真讓你喝趴下起不來的。」

「你……」寧有方氣得霍然站了起來。

胡老大一看事態不妙，連連過來拉著寧有方勸道：「寧老弟，別發火，有話好好說。」背著王麻子連連朝寧有方使眼色。

這個王麻子自覺手藝不錯，素來對寧有方這個主廚不太服氣，明面上說說笑笑的，私底下卻時不時的卯足一股勁兒的想壓過寧有方一頭。

好不容易逮到今天這樣的好機會，也難怪王麻子不肯輕易放過了。

寧有方被這麼一攔，稍稍冷靜了下來，也覺得自己有些衝動了，輕哼了一聲便坐了回去，氣氛一時有些尷尬和凝滯。

張展瑜咳嗽一聲，歉然的笑道：「這事都怪我，剛才圖省事，把廚房裡用剩的幾種湯摻雜在一起熱了熱就端了上來，也難怪汐妹子嚐不出來，寧大廚王大廚千萬別為這樣的小事生氣……」

「雞湯、豬骨湯，還有乳鴿的味道。」一個清脆甜美的聲音忽地響起，打斷了張展瑜的滔滔不絕。

寧汐的眼神異常的清亮，緩緩的繼續說道：「張大哥將這三種湯放在這個砂鍋裡煨熱，又放了竹筍、木耳、香菇和青菜調味。所以這道湯極為鮮美香濃，雖然味道雜了一些，可仍然不失為一道美味。張大哥，不知我說的是也不是？」

眾人都是一愣，齊齊的看向張展瑜。

張展瑜早已愣在當場，怔怔的看著那個眉目如畫笑語盈盈的小小少女，竟是忘了回答。

甄胖子最是性急，連連追問道：「展瑜，汐丫頭到底說得對不對？」

「是啊是啊，汐丫頭說對了沒有？」胡老大也是滿臉的好奇。

張展瑜深呼吸一口氣，用力的點了點頭。「汐妹子天資聰穎，味覺更是一等一的靈敏，說的一點不錯。這道湯，正是用雞湯、豬骨湯熬製出來的，裡面放了隻乳鴿，還放了、竹筍、木耳、香菇和青菜……」

話音未落，眾廚子一片譁然。

寧有方頓時挺直了腰桿，神氣活現的瞄了眾人一眼，一副「現在你們總該服氣了吧」的模樣。站在一旁的阮氏，也不自覺的露出了笑容。

寧汐看著寧有方那副得意張狂的樣子，抿唇笑了起來。明明是三十多歲的大男人了，可寧有方卻還是那副喜怒形於色的耿直脾氣，只怕這輩子也是改不了了呢！

「王麻子，現在你服氣不服氣？」寧有方挑眉一笑。

王麻子有些悻悻的嘟囔道：「誰知道是不是事先和展瑜串通好的……」

這下，連胡老大都聽不下去了，不高興地瞪了王麻子一眼。「你這說的是什麼話？寧老弟性子最耿直，怎麼可能做這樣的事情。再說了，展瑜是用廚房裡剩下的幾種湯做出的這道湯，只怕之前連他自己也不知道會剩下哪一些。」

胡老大在眾廚子中年齡最大，說話頗有些分量。王麻子也不願輕易得罪他，立刻訕訕的閉了嘴。

寧有方卻不肯這麼輕易放過他，故意咳了一聲。「對了，剛才有人口出狂言，要替我代酒，只可惜我沒這個機會喝了，不知道要不要我替某人代酒才是。」

那個某人自然非王麻子莫屬。做廚子的大多有個好酒量，偏偏王麻子就是個例外，最多喝上二兩就撐不住了。若是真的喝上一斤，今天不趴下才是怪事。

王麻子有心反駁兩句，卻又沒那個底氣，只當作沒聽見扭過了頭去。

胡老大笑著打圓場。「寧老弟有這麼聰慧的閨女，真是可喜可賀。來來來，快些上酒，今天這酒我可是喝定了。」

此言一出，眾廚子都笑開了。

累了半天，喝點酒休息片刻，才有氣力接著忙晚上的這一頓嘛！寧有方這一打賭不要緊，倒是給了他們喝酒的好藉口了。

來福和另外兩個跑堂笑嘻嘻的拎著酒罈子過來了，拍開泥封，幽幽的酒香就這麼飄了出來。眾人你倒一碗我斟一碗，煞是熱鬧。

寧有方的酒蟲也被勾得蠢蠢欲動，口中嚷著：「我也陪你們一起喝！」然後便稱兄道弟的喝了起來。

這樣熱鬧紛亂的場合，寧汐和阮氏待在這兒卻是有些格格不入，索性到了隔壁的廚房裡，隨意弄了些飯菜吃了果腹。

隔壁的喝酒划拳聲卻是一浪高過一浪，其中，尤以寧有方的笑聲最為響亮，想不聽見都不行。其中不免夾雜著「來來來乾了這一碗」之類豪氣干雲的話。

寧汐忍俊不禁的笑道：「爹每天活得倒是隨興開心。」

阮氏含笑點頭，旋即嘆道：「只可惜做廚子的，總是讓人瞧不起。」這也是阮氏心裡的一大遺憾了。

第十七章　孫大掌櫃

寧汐聽了阮氏的話，默然了片刻。

俗話說，萬般皆下品，唯有讀書高！但凡家底稍微殷實些的人家，都想讓家中的兒郎用功讀書考取功名。就算中了個秀才，也是有功名在身的人了。

阮氏一直期盼著寧暉能夠讀書有成，通過科舉走上仕途固然很好，就算做不了官，至少也能謀個文職或是到學堂裡做個夫子之類的，不管能賺多少，至少比手藝人體面多了。只是，做廚子也是靠手藝吃飯，難道天生便該被人瞧不起嗎？

她的重生，是否能躲開前世的悲劇命運？她的重生，是否能守護家人周全？這一切，都只是個未知數。她現在所能做的，就是一步一個腳印，踏踏實實的走下去，堅定不移的按著自己的心意活下去。

「娘，從明天起，我就跟著爹到太白樓來做學徒。」寧汐定定的看著阮氏，輕輕的說道：「女兒不孝，不能在家裡陪您了。」

阮氏溫柔的一笑，愛憐的拍了拍寧汐的手。「妳這傻丫頭，我要妳天天陪著我做什麼。只要妳喜歡，不嫌累不嫌辛苦就好。」做娘的，哪有不盼著閨女好的呢！

寧汐的鼻子一酸，緊緊的摟著阮氏不肯鬆手。有這樣疼愛她的爹娘，真是她最大的福氣了。

阮氏見寧汐如此激動，也有些傷感起來。閨女大了便會出嫁成了別人家的媳婦，最好的光景便是這承歡膝下的幾年時光了。既然她堅持著要學廚，便隨了她吧！

母女兩個就這麼相擁在一起，眼眶都有些濕潤了。

寧有方走過來的時候，看到的便是這幅情景，被嚇了一跳。連忙走上前來，關切的問道：「妳們這是怎麼了？好端端的，怎麼抹起眼淚來了？」

那滿嘴的酒氣頓時把寧汐和阮氏的那點低落情緒醺跑了，寧汐皺皺鼻子，略有些不滿的抱怨道：「爹，您到底喝了多少酒啊？」

寧有方嘿嘿一笑，神氣的揮了揮手。「不多不多，才幾碗酒而已。」

阮氏又是好氣又是好笑的瞪了他一眼。才幾碗而已？瞧他這副醉醺醺的樣子，還不知道喝了多少呢！

寧有方顯然十分暢快，眉飛色舞的說道：「汐兒今天可真是給我長臉，王麻子一向能說會道，今天可真是丟人丟大了。」一想到王麻子剛才那副吃癟的樣子，寧有方便哈哈笑了起來。

寧汐見寧有方說話聲音越來越大，連忙扯了扯他的衣袖。「爹，您小點聲，要是被人家聽見可不好。」

寧有方不以為然的聳聳肩。「王麻子早被灌醉了，正趴在桌子上打呼，睡得像豬一樣，就算妳在他身邊放鞭炮他都不會醒的。」

寧汐被逗得格格笑了起來。太白樓裡的這群廚子雖然大都粗魯了些，不過，卻都是些直率的漢子。今天雖然是第一次碰面，卻給她留下了不錯的印象呢！希望以後能和他們都好好相處才是。

阮氏想了想，便說道：「我先帶著汐兒出去轉轉，然後早些回去收拾準備一下。明天你再帶她過來吧！」寧有方每天都得忙到很晚，總不能一直在這兒等著吧！

寧有方不假思索的點頭應了，抬腳送了阮氏和寧汐出去。

剛出了廚房的門，迎面便走來了一個一臉精明的中年男子，正是太白樓的大掌櫃孫長發。

寧有方忙笑著迎了上去打招呼。「孫掌櫃，您怎麼過來了？」

孫掌櫃笑道：「聽來福說，你們幾個今天都喝了不少酒。我特地過來看看，可別一股腦兒的都醉倒了，今天晚上已經有人預定了幾桌酒席了。」

寧有方笑道：「孫掌櫃只管放心，我們心裡都有數的，保准不會耽誤了正經事。」

孫掌櫃笑著點點頭，忍不住朝寧汐和阮氏看了過來。

寧有方忙介紹道：「這是我婆娘和閨女……」還沒等他介紹完，就聽寧汐脆生生的喊了聲。「孫伯伯好！」她未來很長一段時間都得在太白樓裡度過，和這裡的人打好關係當然是必要的。尤其是眼前這位孫大掌櫃，可是太白樓幕後東家最信任的人，當然更要搞好關係。

孫掌櫃一愣，旋即笑道：「好好好，這閨女嘴甜又乖巧，真是討人喜歡。」

寧汐笑咪咪的自我介紹。「孫伯伯，我叫寧汐，您叫我汐丫頭吧！」

孫掌櫃比寧有方大了幾歲，家中也有個年齡差不多的女兒，見寧汐如此乖巧，倒是打心底裡生出歡喜來。「這名字好，看不出寧老弟還有這等才學。」

寧有方的虛榮心暴漲，臉上還要擠出謙虛的樣子來。「孫掌櫃過獎了，不過是隨便取的名字，哪裡比得上你家閨女的名字好聽。」

寧汐拚命忍住笑意，寧有方這一得意就會翹尾巴的毛病多年如一日。前世裡當了御廚之後，才勉強壓著自己變得穩重些。不過，現在看來，還是這樣的寧有方更鮮活可愛啊！

孫掌櫃和寧有方相識幾年，自然也知道寧有方的個性，笑了笑，並未放在心上。

寧汐甜甜的一笑。「孫伯伯，從明天起，我就跟著爹來做學徒。還請孫伯伯多多照應！」

孫掌櫃笑容一斂，驚訝不已。「什麼？妳要來做學徒？」做廚子的帶學徒，本是很常見的事情。這裡的六個大廚，幾乎人人都帶了學徒過來。反正只供吃喝不發工錢，所以多個人根本不算什麼。只不過，這麼嬌嬌嫩嫩的小姑娘也來做學徒，實在令人意想不到啊！

寧有方接過話頭，笑著說道：「是啊，這丫頭非鬧著要跟我學廚，我拗不過她，只好先應了。只怕熬不了幾天，就會鬧騰著要回去了。」

孫掌櫃一想果然如此，哪有小姑娘能吃得了這份苦的，鬧騰幾天只怕就要打退堂鼓了。不由得哈哈笑了起來。

寧汐被兩個大男人當著面取笑，也沒生氣，只笑了一笑。

總有一天寧有方會知道，她是認真的。

前世活在家人的庇護之下，她不懂人心險惡不知世事艱險。可經歷了那一場變故之後，

第十八章　徹底不一樣

出了太白樓，阮氏便領著寧汐在清河坊的各家鋪子裡轉悠起來。

此時正值下午，出來閒轉的人著實不少，尤其那些賣胭脂水粉的鋪子裡更是熱鬧。除了大姑娘小媳婦之外，還有許多大娘大嬸。由此可見，愛美是女人的天性，跟年齡無關。

阮氏笑著拉了寧汐進去，挑了幾個簪花幾個帕子，又打算給寧汐買幾盒脂粉。

寧汐抿唇一笑，婉言拒絕道：「娘，我年紀還小，用不著這些。」或許，以後也不大用得著了吧！每天待在油膩膩的廚房裡對著鍋碗瓢盆爐灶，還塗脂抹粉的做什麼？

阮氏想了想，便笑著點了頭，又領著寧汐到了隔壁的布鋪子裡。

那夥計見來了客人，很是熱情的迎了上來，滔滔不絕的介紹起了各式布料。

阮氏笑吟吟的看了起來。

寧汐含笑立在一邊，漫不經心的瞄了那些色彩鮮亮的布料一眼。

這個夥計倒是機靈得很，只拿了些好看又不貴的廉價布料過來，那些光滑柔軟的綾羅綢緞，卻不是普通百姓能買得起的了。

前世的她，自然是個愛惜自己容貌的女子。

她本就生得秀美，縱然穿著粗布衣衫也掩不住那份出眾的秀氣。待到了窈窕少女之齡，寧有方已經成了御廚，家境陡然有了轉變，寧汐也過上了閨閣小姐的生活。身邊有丫鬟伺候，吃的穿的用的無一不是上乘。那個時候的她，活得無憂無慮，每天最大的煩惱不過是要穿哪件衣服戴哪支釵才更漂亮……

想及此，寧汐不由得自嘲的笑了笑。長得再美打扮得再精緻又能如何？大禍來臨之際，美麗的容貌毫無用處，她根本什麼也做不了，只能絕望的和家人同赴黃泉。

這一生，她不想再做嬌弱的菟絲花，也不想將所有的時間和精力都放在修飾自己的容貌外表上。

「汐兒，快些過來看看。」阮氏笑盈盈的喊了一聲，獻寶似的將手中的布料遞到了寧汐的眼前。「這塊淺綠帶暗紋的布料真是漂亮，我扯幾尺給妳做身新衣服吧！」

寧汐隨意的瞄了一眼，笑道：「不用了，娘，我不想要。」

阮氏一愣。「怎麼了？妳不喜歡這個花色嗎？這邊還有別的，要不……」

「您給我扯幾尺結實耐磨的棉布吧！」寧汐笑著接道：「最好買灰色或是黑色，也耐髒些。」在廚房裡做事，穿得漂亮乾淨也是白費。

阮氏這才無奈的想起寧汐明天就要正式到太白樓做學徒的事情來，不由得嘆了口氣，將手裡的布料放了回去。

那夥計早已殷勤的又捧了幾塊棉布過來，笑著說道：「我們這兒的棉布最是厚實，穿上兩年都不會壞的。瞧瞧這幾種顏色，要挑哪一種？」

寧汐頗感興趣的看了過去。這種粗棉布價格低廉，大多是小作坊裡染出來的，當然漂亮不到哪兒去，勝在厚實耐磨，最受普通百姓的歡迎了。

這幾塊棉布顏色各自不同，有紅的有黑的有藍的有灰的。

阮氏打量幾眼，笑著說道：「汐兒，買這塊紅色的吧！穿著也顯得人精神些。」寧汐皮膚白皙，穿紅色一定很好看。

那夥計立刻接道：「這位娘子眼光可真是好，這種大紅顏色周正，最醒目不過了。」

寧汐含笑搖頭，纖細的手指直直的指著那塊灰色的棉布。「買這塊吧！」

阮氏順著寧汐的手看了過去，立刻皺起了眉頭。「這顏色太暗了，哪裡適合妳穿。」那略顯黯淡的灰色布料，在一堆布料中，實在太不起眼了。

寧汐卻越看越中意，嬌嗔的扯著阮氏的胳膊。「娘，就要這個嘛！我很喜歡呢！」她壓根兒不想別人注意到自己的相貌，穿得越不起眼越好呢！

阮氏猶豫起來，看看那塊紅色的，再看看那塊灰色的，一時也拿不定主意了。

那夥計一見這架勢，連忙笑著說道：「這位妹子可真是有眼光，這塊灰色的布料顏色染得最勻稱，又最耐髒，就算十天半月不洗也看不出來……」

事實上，這種灰色的布料是最難賣的。莫說大姑娘小媳婦不肯買，就連男子也寧願買黑色、藍色的布料做衣服穿。難得有人看中了這塊灰色布料，那夥計自然竭力的吹噓幾句，暗暗盼著把這滯銷的布料都賣出去才好。

寧汐瞄了那夥計一眼，忽地微微一笑。「這布料多少錢一尺？」

那笑容如春日枝頭的第一朵花徐徐綻放，說不出的嬌俏動人。

那夥計呆了一呆，才笑著答道：「四文錢一尺。若是妳把整塊布料都買去，就算妳三文如何？」

寧汐笑吟吟地說道：「這樣吧，我把這一整塊布料都買了，你就算我兩文錢一尺吧！」

那夥計連連搖頭，苦著臉說道：「這可萬萬不行，要是掌櫃的知道了，非剝了我的皮不可。這樣吧，我先給妳量一量，送妳一尺布頭如何？」

「送兩尺吧！」寧汐乘勝追擊。「不然，我就不要了。」說著，作勢欲走。

那夥計一急，連連喊道：「兩尺就兩尺！」

寧汐背著夥計，朝阮氏笑了一笑，眼神裡滿是淘氣和得意。

阮氏啞然失笑，只得將那塊足有八、九尺的布全數買下了。待出了布鋪，才抱怨了一句。「這麼大的一塊布，哪裡能用得完。」

寧汐笑嘻嘻地撒嬌。「用不完就做兩身衣服，我換著穿就是了。娘，反正待會兒也沒別的事，今晚就給我先做一身留著明天穿，好不好？」

面對笑顏如花的女兒，阮氏哪裡還能說得出一個不字，笑著點頭應了。

寧汐歡呼了一聲，歡喜地摟著阮氏的胳膊不放，親暱的靠著阮氏的肩膀一起往前走。

阮氏不免打趣了兩句。「妳這丫頭，倒是越過越小了。瞧瞧那邊，那個五、六歲的小娃娃也是這麼扯著大人的胳膊呢！」言若嗔之，心則喜之。

聽了這話，寧汐絲毫不覺害羞，俏皮的仰頭一笑。「我也小得很，才十二歲嘛！」尾音拖得長長的，說不出的嬌憨可愛。

阮氏被逗得呵呵笑了起來。女兒病了一場，現在倒是比以前更聰慧機靈可愛了呢！

第十九章　寧家的「喜」事

回家之後，阮氏先拿了軟尺過來替寧汐量了尺寸，然後將灰色的棉布攤開，用炭筆輕輕的畫了幾條線，再用剪刀沿著線條剪開。

這一番動作極為流暢，看得寧汐嘖嘖驚嘆不已。「娘，您的手藝真好。」

阮氏頭都不抬，繼續專心地忙活，口中卻笑著應道：「這都是女子該學的東西，說起來妳也不小了，今後有空也得學著一些，不然將來嫁到了夫家，不會女紅可是會被恥笑的。」

寧汐笑了笑，隨意的應了句。「我才不想嫁人。」

阮氏嗔怪地白了寧汐一眼。「又說傻話了，哪有女孩子不嫁人的？」

越是講究的官宦富貴之家，對待女子的親事就越慎重。到了十三、四歲就開始議親的比比皆是。普通百姓人家的女兒，也最多拖延到十五、六歲。若是到了十八歲還沒出嫁，可就是不折不扣的老姑娘了。

寧汐略有些悵然的笑了笑，語氣隱隱有些蒼涼。「等到了非嫁人不可的那一天再說吧！」她已經沒有了全心全意愛一個人的勇氣了。

阮氏一愣，心裡忽地浮起莫名的怪異感受。不由停下手裡的動作，向寧汐看了過去。

寧汐卻迅速的收拾了心情，朝阮氏扮了個鬼臉，調皮的一笑。「我要一直陪著爹娘和哥哥，到二十歲再嫁人。」

阮氏又是好氣又是好笑的白了她一眼。「淨是胡說，二十歲可就成了老姑娘了。最遲也得在十八歲之前出嫁。」

寧汐立刻回道：「好，那就等十八歲再說。」

阮氏啞然失笑，調侃道：「好好好，妳說什麼都好，只怕等妳遇到了如意郎君的時候，整日裡鬧騰著要嫁人呢！」

寧汐的笑容僵硬了，過往的回憶忽地鋪天蓋地而來。

十四歲的那一年，她和邵晏相遇，一見傾心。從此，她的世界裡便只剩下了一個男子。

那時候的邵晏，也是喜歡她的。可在他的心中，總有許多事情比她更重要。

為了他的理想他的抱負他的野心，他不惜利用她的一片真心，將寧有方拖下了那趟渾水。她懵懂無知，眼裡只有那個承諾要娶她愛她一輩子的男人。而到臨死的那一刻，她都沒有真正的嫁過他……

寧汐深呼吸口氣，用力的眨眨眼，將到了眼角的淚水全數嚥了回去，擠出笑容來。

「娘，您又來取笑我了。我才不管，反正我不想早早嫁人。」

阮氏沒有察覺寧汐的異樣，樂呵呵的哄道：「好了好了，妳先出去玩會兒，總這麼在我耳邊絮叨，我還怎麼給妳做衣服。」

寧汐笑著點頭，一直到出了屋子，那笑容都未停過。

所有的痛苦傷心都是過往雲煙了，今後的人生，她要笑著走下去。

「七妹，總算見著妳人影了。」寧敏歡快的小跑過來，扯著寧汐的胳膊嘰嘰喳喳的說道：「快些過來，我偷偷告訴妳一件喜事。」

寧汐揮開腦中紛亂的思緒，笑著問道：「六姊，家裡有什麼喜事了？」

寧敏咧嘴一笑，連連點頭，卻又故作神秘的不肯細說：「給妳三次機會，猜猜看嘛！」

寧汐很配合的皺眉苦思，腦子裡卻迅速的轉了起來。十二歲的這一年，家裡還發生過什麼樣的大事呢？對了，該不會是……

「二姊要訂親了！」寧汐喃喃的說了一句，語氣異常的肯定。

寧敏驚訝得嘴都合不攏了。「妳、妳怎麼知道的？」今天有媒婆上門提親，寧有財夫婦商量了一個下午才決定應了這門親事，她也是剛剛才知道呢！

「隨便猜的唄！」寧汐略有些自嘲地笑了笑。她不僅知道有人上門來提親，還知道寧雅的未來夫君姓李名君寶，是個遠近聞名的紈袴少爺。

前世的寧雅嫁給了李君寶之後，並沒過上幾天的舒心日子。李君寶吃喝嫖賭樣樣俱全，脾氣又不好，對寧雅動輒打罵。公婆壓根兒不管，反而時常冷言冷語的跟著數落幾句。寧雅的性子本就內向懦弱，受了氣也只會哭泣，連回娘家訴苦都不敢。

在接連生了兩個女兒之後，寧雅在李家的地位就更低了。公婆從指桑罵槐到後來的毫無顧忌當面辱罵，李君寶更是正大光明的納妾逛青樓。到後來，寧家出了事，寧雅也受了牽連，被官府抓去充作官妓。可以說，寧雅的一生也是個徹頭徹尾的悲劇。

寧汐滿腹的心事，笑容自然淡了下來。寧敏卻還在咋呼個不停。「哇，妳可真是太厲害了，竟然一猜就中。二姊要訂親嫁人了，這可不是天大的喜事嗎？」

喜事？寧汐的眼底閃過一絲冷意，故作好奇的問道：「六姊，今日來提親的是哪一家？」

寧敏喜孜孜的應道：「是隔壁鎮子上的李家，聽說他家裡有幾百畝地，每年光是收租子就吃喝不愁了。姊姊能嫁到這樣殷實的人家，可真是好福氣。」

寧汐抿了抿嘴唇，淡淡地說道：「是不是福氣，這可難說。」

聽了這話，寧敏頓時一愣。「七妹，妳這是什麼意思？」

寧汐不答反問。「六姊，二姊人呢？」既已知道了前世的結局，她怎麼也不忍心看著寧雅跳進火坑裡。不管成與不成，還是出份力吧！

「她當然在屋子裡……喂喂喂，妳走這麼快做什麼，等等我嘛……」寧敏邊嚷嚷邊追了上去。

寧汐走到寧雅的屋子外，輕輕的敲了門。

寧敏則扯著嗓子喊了起來。「姊姊，快開門，七妹來看妳了。」

門「咿呀」一聲開了，寧雅俏生生的站在那裡，見了寧汐和寧敏，寧雅略有些羞澀的笑了一笑，便讓兩人進了屋子。

寧敏笑嘻嘻地說道：「姊姊，七妹聽說了妳的好消息，特地來向妳道喜呢！」

寧雅的臉騰地紅了，雙手絞著帕子，低著頭不好意思說話。

寧汐心裡一動，看寧雅這反應，倒像是對這門親事頗為滿意。她若是貿然張口勸說，反而不美，還是先探探口風好了……

第二十章　還是那樣的結局嗎

寧汐故作隨意的問道：「二姊，聽說今天有媒婆來提親，可是真的嗎？」一雙眼密切的留意著寧雅的反應。

寧雅紅著臉點了點頭，聲音極小的說了句。「爹娘已經和我說過了。」

寧汐心裡一沈。看寧雅這反應，分明對這門親事中意得很。接下來的話她該怎麼說才好？

站在一旁的寧敏，見寧汐臉色怪怪的渾然不似高興的樣子，忍不住問道：「七妹，妳今天是怎麼了？這樣的大喜事，妳怎的還皺著眉頭？」

被寧敏這麼一提醒，寧雅也察覺出寧汐的不對勁來了，關切地看了過來。「七妹，妳是不是哪裡不舒服了？」

寧汐忙擠出笑容來。「沒有的事，我今天跟著爹去了太白樓，開心得很呢！」

寧雅和寧敏的注意力頓時都被吸引了過來，紛紛笑著問起了經過。

寧汐打起了精神，繪聲繪色的將在太白樓所見所聞一一道來。寧雅和寧敏都聽得入了神，俱是羨慕不已。

「七妹，妳真的打算跟著三叔去做學徒嗎？」寧雅好奇的問道。女孩子學廚沒什麼不好，不過，要到酒樓做學徒可就不一樣了。

寧汐笑著點點頭。

寧敏也湊了過來。「做學徒可是很辛苦的，妳能受得了嗎？」

寧汐微微一笑。「我待在家裡也沒什麼事，辛苦就辛苦些吧！至少也能學個傍身的手藝。」當著兩位堂姊的面，寧汐自發的把那些豪言壯語都收了起來，免得嚇到了她們……

饒是如此，寧雅和寧敏也是一臉的羨慕。整日裡待在家裡，其實無聊得很。能到酒樓裡做學徒，接觸外面的人和事，一定能大開眼界吧！對沒見過世面的閨閣少女來說，這當然是件了不得的大事。

寧汐故作不經意的問了句。「對了，二姊，那個李家怎麼會突然請媒婆來提親？」

一說回這個，寧雅的臉又騰地紅了，支支吾吾半天也沒說清楚。

寧敏擠眉弄眼的笑道：「七妹，這事妳可就不知道了。前幾天，妳生病躺在床上，我和姊姊一起去了寺廟給妳求了道平安符。結果，在廟裡遇到了李家少爺……」

寧雅生得秀麗婉約，很是出挑。立刻便入了李君寶的眼。隨意找了個藉口便上前搭話，寧雅內斂羞澀，不肯多說什麼。可寧敏卻是個聒噪的丫頭，竟是不避諱的將寧雅的姓名告訴了李君寶。結果，今天便有李家上門提親這一齣了。

寧雅羞紅著臉一聲不吭，可眼裡分明閃爍出少女的歡喜和甜蜜。

寧汐心裡又是咯噔一涼。寧雅眼中的光彩她再熟悉不過，當年她遇到邵晏之後，對著鏡子梳妝之時，看的便是這樣一對晶瑩的雙眸。難道，寧雅竟然喜歡上了這個李君寶？

寧汐斟酌著言詞，小心翼翼地試探道：「二姊，妳只見過李家少爺一面，就這麼定了終身大事，會不會太倉促了？」

寧雅咬著嘴唇，並不正面回應這個問題。「終身大事，自然要靠媒妁之言父母之命。爹娘自然會為我考慮的。」

完了，寧雅居然真的喜歡李君寶那個混帳！寧汐微微蹙起了眉頭，腦子裡忽地浮現出李君寶的面孔。前世她也見過李君寶幾次，卻從沒有說過話。只記得那個李君寶性子極為輕浮，眼睛總時不時的盯著漂亮的大姑娘小媳婦。不過，李君寶確實生了張俊俏面孔……

寧雅一向安分老實，從不隨意出去，幾乎從未接觸過同齡的男子。對初見一面的李君寶生出好感也是正常的吧！

寧汐想了想，試著勸道：「二姊，妳只見過他一次，根本不清楚他的性情脾氣如何。要不，還是請二伯二娘出去打聽打聽吧！不然，等親事訂下了，想反悔可就來不及了。」

寧敏不以為然的反駁。「七妹，那媒婆說得很清楚，李家少爺對二姊一見鍾情，回去便央求著家裡來提親了。再說了，李家家底殷實，二姊嫁過去就能過好日子，有什麼可擔心的？」

寧汐輕哼了一聲。「知人知面不知心，妳怎麼知道以後李家少爺就會對二姊好？」

當年的邵晏，何嘗不是溫柔一片深情款款？可到後來……

寧汐的心裡隱隱抽痛了一下，不知花了多少力氣，才將那股酸澀按捺下去，看向不知所措的寧雅，輕輕地說道：「二姊，嫁人可是一輩子的事，妳真的想好了嗎？」

寧雅靜默了片刻，才低低的說道：「七妹，我知道妳是為了我著想。不過，我……我心裡也是願意的。」

此言一出，寧敏頓時眉開眼笑，示威的看了寧汐一眼。

寧汐卻連笑也笑不出來了，心底的那一抹苦澀，緩緩的蔓延至全身，就連嘴裡也是苦苦的。

李家是個土財主，家底殷實，李君寶又是家中獨子，這樣的人家上門來提親，也難怪寧有財和王氏都會中意了。更重要的是，寧雅自己也是心甘情願。在這樣的情況下，她還怎麼阻止這門親事？

總不能直接告訴眾人，她知道在不久的將來，李君寶便會對寧雅又打又罵，從未讓寧雅過上一天舒心日子吧！

寧汐的手悄然握成了拳頭，聲音有些著急的緊繃和急切。「二姊，妳真的決定了嗎？要不，再好好考慮一下吧……」

「妳們來之前，爹娘都來過了。」寧雅鼓起勇氣說道：「我……我點了頭，他們已經去找媒婆回話了。」

寧汐頓時啞口無言，心裡忽地泛起了一陣無力和沮喪。原來，就算知道了結局，一切也沒什麼改變。

寧雅依然會嫁到李家去，過上那種卑微辛苦的日子……

那麼，寧有方呢？是不是還會在三個月後遇上那個貴人，然後跟著去京城？一切的一切，還會和前世一樣嗎？

寧汐的臉色白了一白，身子微微一顫。

寧雅被嚇了一跳，急急地問道：「七妹，說得好好的，妳的臉色怎的這麼難看？」

寧敏也收起了得意的笑容，關切的看了過來。「妳今兒個到底是怎麼了？」

第二十一章 兄妹情深

看著兩張滿是關心的面孔，寧汐心底的涼意慢慢地退散。

不，不一樣了。

至少，現在有知悉一切的她。就算寧雅還是會嫁到李家去，她也可以幫寧雅做些什麼改變前世悲劇的命運……

寧汐定定神，笑著說道：「我乍然聽到二姊要訂親了，心裡好生捨不得呢！」說著，嬌嗔的拉起寧雅的手搖了搖。「好二姊，我得恭喜妳，找到如意郎君呢！」

寧雅頓時紅了臉，眼底卻滿是歡喜。

寧敏這才拍拍胸脯鬆了口氣。「七妹，妳剛才的臉色好難看，可真把我們嚇了一跳。」

寧汐抿唇一笑，扯開了話題。「對了，二伯他們既已找了媒婆回話，訂親的事情也就快了吧！」

只等過了庚帖，就算是初步訂了親事，接下來還有一堆繁瑣的俗禮。若是換成了名門富戶的閨閣小姐出嫁，要講究的禮節就更多了。

寧雅輕輕地點頭，眼裡跳躍著歡喜和甜蜜。

寧汐被那份歡喜刺痛了眼，不知花了多少力氣，才將一切訴之於口的衝動忍了下來，若無其事地笑道：「那我可等著二姊的好消息了。我明天就要去太白樓做學徒，得回去做些準備，以後有空再來陪二姊說話可好？」
寧雅笑著點頭應了，目送著寧汐出了屋子。
寧汐的笑容在踏出房門之後便消退了，心事重重的回了屋子，靜靜的坐在窗子邊，心裡一片紛亂。
阮氏正忙碌著剪裁縫衣，一時也沒留意寧汐的異樣。
過了小半個時辰，寧暉捧著書本興沖沖的回來了，口中不停的嚷著。「娘、妹妹，我回來啦！」
阮氏抬頭一笑。「等我忙完了手裡的活兒就去做飯，你先等會兒。」
寧暉笑著點頭，向寧汐看了過去。
待見到寧汐蹙著眉頭毫無笑容，寧暉自作聰明的上前安撫道：「妹妹，是不是爹不肯同意讓妳做學徒？妳就別在這兒生悶氣了，做學徒又累又辛苦，依我看，實在沒什麼意思……」
寧汐啞然失笑的打斷寧暉。「哥哥，爹同意了。」
「什、什麼？同意了？」寧暉的滔滔不絕戛然而止，不自覺的張大了嘴巴。「是真的嗎？」
寧汐的心情陡然好了許多，含笑點頭。「當然是真的，爹已經同意了，我明天就正式開始到太白樓裡做學徒了。」
寧暉開始撓頭，嘴裡嘟囔個不停。「這怎麼可能，爹居然真的同意了……」妹妹是個女孩子，到酒樓裡做學徒實在不太合適吧！

寧暉每每遇到想不通的事情，就會不停的撓頭。

寧汐看到這個熟悉的小動作，只覺得無比的親切，笑著說道：「哥哥，你就別再胡思亂想了，只管安心的讀書，爭取今年就考中童生。」

寧暉似是想到了什麼，霍然抬起頭來，直直的看著寧汐。「妳執意要跟著爹去做學徒，是為了我嗎？」有了寧汐做學徒，寧有方定然不會再逼著他退學了……

寧汐當然不肯承認，連連笑道：「我想做學徒，是因為我自己想學廚藝，跟你一點關係都沒有，你別多想了。」

寧暉哪裡肯信這樣的說辭，想了想，下定決心說道：「妹妹，妳別去了。等爹回來，我跟他說，讓我去好了。」雖然，他打從心底裡不願意做學徒學廚藝。可他怎麼忍心看著嬌弱的妹妹去吃這份苦？

寧汐的鼻子有些酸酸的，可臉上卻越發笑得坦然自若。「你去幹什麼，你又沒我這麼聰明有天分，去了也只會惹爹生氣，還是好好讀書才是正經。等你將來有出息了，我這個做妹妹的，也能跟著沾沾光呢！」

寧暉不知要再說些什麼，看著寧汐俏生生的笑臉，他的眼圈忽地紅了，一雙手悄然握成了拳頭，從未有過的執念在心底緩緩的浮了上來。

他要好好讀書考取功名，他想出人頭地讓家人都過上好日子。至少，爹不用再做廚子這麼辛苦，妹妹也能安然的享受閨閣生活了……

阮氏一直在旁邊默默的聽著，心裡有一絲酸澀，卻又覺得暖暖的。一雙兒女如此相親相愛，真是件值得安慰的事情啊！

寧汐笑著扯開話題。「有件事情你們還不知道吧！今天有媒婆上門給二姊說親，二伯二娘都點頭應了呢！」

阮氏和寧暉的注意力果然都被吸引過來，異口同聲地問道：「是哪一家的兒郎？」

寧汐的眼裡閃過一絲冷意，臉上卻依舊笑吟吟的。「是隔壁鎮子上的李家，聽說家中有幾百畝地，家底很殷實呢！」

寧暉一聽到這個姓氏，忽地皺起了眉頭，自言自語道：「姓李，該不會是我認識的那個李君寶吧……」

這次，卻輪到寧汐訝然了。「哥哥，你也認識他嗎？」

寧暉瞠目結舌。「不是吧！真的是李君寶?!」

寧汐點了點頭。「是這個名字沒錯，哥哥，你是怎麼認識他的？」

一說起這個，寧暉便冷哼了一聲。「我上次和幾個同窗去茶樓，便遇到了這個小子，為了搶一個位置，差點打一架。」

看來，這個李君寶實在沒給寧暉留下什麼好印象，提到他的時候，寧暉一臉的不以為然。

阮氏聽得連連皺眉頭，眼看著就要長篇大論的訓斥一通，寧暉連忙解釋道：「妳們放心，後來我們把靠窗的好位置讓給他了，沒有打起來。」

阮氏這才鬆了口氣，繼續低頭忙活了起來。

寧汐嘆了口氣。「真沒想到李君寶是這樣的人，可是二伯二娘都已經點頭應了這門親事了。」最最重要的，是寧雅也是樂意這門親事的。

寧暉輕哼一聲。「他以後要是敢欺負二姊，我就領著寧皓打上門去。」

寧汐眼睛一亮，拍手道：「好主意。我們寧家人可不是任人欺負的，將來若是他敢欺負二姊，你和四哥都別客氣。」

「那是當然！」寧暉裝模作樣的揚了揚胳膊。

阮氏聽得好氣又好笑，白了兩兄妹一眼。「別胡說，既然快訂親了，以後見了面就是姻親，說話可得客氣些。」

寧汐吐吐舌頭，寧暉扮了個鬼臉，兄妹兩個對視一眼，齊齊笑了。

第二十二章　太白樓裡的小學徒（一）

第二天清晨，太白樓的後門剛開不久，寧有方的身影便出現了。後面，當然還跟了一個「小尾巴」。

寧汐穿著略有些寬大的衫子，下身穿著同色的褲子，腰間繫著灰色的棉布腰帶，越發顯得身姿輕盈，頭髮梳成了一條油光水滑的辮子，白皙光滑的臉蛋嬌俏可人。雖然穿得很樸素，可那份清新水靈卻是粗布衣衫遮也遮不住的。

寧有方邊走邊叮囑。「汐兒，從今兒個開始，妳就是我身邊的學徒了。做學徒有做學徒的規矩，得從雜事做起，要勤快些。記得多看多聽多學，有什麼不懂的，就來問我，不要在別的廚子做菜的時候張望……」

手藝人都對自己的傳承看得很重，等閒不肯輕易收學徒，更忌諱別人偷學自己的手藝。寧有方唯恐寧汐不懂事犯了別人的忌諱，因此一路上叮囑了不下數十次。

寧汐乖乖的點頭應了。

寧有方見寧汐如此乖巧聽話，心裡很是快慰。先是領著寧汐裡裡外外的轉了一圈，一一介紹了廚房裡的人給寧汐認識。

「這個是我們太白樓裡的周大廚，大廚房就是他負責的……」這個周大廚年約三十四、五，眼睛不大，一笑起來便瞇成了一條縫。

寧汐甜甜的喊了聲「周伯伯好」，心裡卻在胡思亂想著。這個周大廚眼睛這麼小，站在鍋邊的時候能看得清鍋中的菜餚嗎？

周大廚連連笑著應了，眼睛果然又成了一條細縫。

甄胖子、胡老大都是昨日見過的，不過，寧有方依舊正式的介紹了一遍。這其中的涵義眾人自然都清楚。看來，寧有方是真的將寧汐視作衣缽傳人了，不然，也不會如此慎重的介紹她給所有的大廚們認識。這麼一來，各人對寧汐不免又高看了一眼。

王麻子昨天被寧有方灌得爛醉，昏睡了一個下午外加一個晚上，到現在臉還隱隱的發青，心情自然好不到哪兒去。

寧汐口中喊著「王伯伯好」，心裡卻偷偷樂了。這個王麻子一肚子小心眼兒，昨天還說了那麼多難聽話。活該被灌醉成這樣！

對著這麼一個笑得甜美可愛的小姑娘，王麻子縱然有再多的不痛快，也是發作不出來了，笑著點了點頭。

太白樓裡的大廚一共有六個，連寧有方在內已經來了五個，還有一個姓朱的卻是遲遲未到。

寧有方皺著眉頭，不悅地問道：「朱二那個懶鬼，今天怎麼又來遲了？」

一個十四、五歲的少年怯生生地應道：「師傅昨天夜裡出去了，一直到現在都沒回來……」這個少年，正是朱二的徒弟。

寧有方輕哼了一聲。「肯定又是去賭坊了。這個朱二，我說過他多少次了，這麼熬夜賭錢最傷身體，今天哪還有力氣做事……」

話音未落，就見一個滿臉鬍渣的漢子匆匆忙忙的跑了進來，邊擦汗邊陪笑。「今兒個大家來得可真早啊！」

甄胖子笑著打趣道：「朱二哥，不是我們來得早，是你來得太遲了。昨天晚上又去賭坊了吧，贏了多少回來啊！」

眾人都忍俊不禁的笑了起來。

誰不知道這個朱二十賭九輸？每個月賺的工錢十有八、九都扔在賭桌上了。偏偏他死性不改，只要兜裡有兩個錢，就忍不住要往賭坊跑。幸虧太白樓裡供吃供住，不然，就憑朱二這副死德行，只怕連飯都吃不上了。

寧有方自然也清楚朱二的性子，有心勸幾句，當著這麼多人的面卻也不好說得太多。瞄了朱二一眼，溫和的勸道：「朱二哥，我們做廚子的是體力活，整天站在鍋邊，最耗費力氣，還是少熬夜的好。」

朱二訕訕的笑著應了，不過，眼睛卻一直骨碌碌的轉個不停，分明沒往心裡去。

寧有方心裡暗暗嘆口氣，打起精神笑道：「來，我給你正式介紹一下。這是我閨女寧汐，打今兒個起跟著我來做學徒，還請朱二哥多多指點。」

所謂的指點，當然是客套話。做廚子的誰肯輕易指點別人的廚藝？

寧汐連忙上前一步，甜甜的喊道：「朱伯伯好！」

朱二打量寧汐幾眼，誇讚個不停。「好好好，你家的汐丫頭，可比我那個不成器的徒弟機靈多了。」

寧有方心裡暗暗得意，口中卻不免謙虛了幾句。「哪裡哪裡，小四兒一向勤快，我家汐兒只怕是吃不了這個苦頭。」

那個叫做小四兒的少年，一聲不吭的在一旁聽著，忍不住偷偷瞄了寧汐兩眼。那個笑得甜美可愛的漂亮小姑娘，也會天天到太白樓來嗎？以後豈不是能天天見到她了？小四兒的面孔忽地脹紅了，低著頭不敢再多看，卻又忍不住用眼角餘光偷偷的瞄了過去。

寧汐早已留意到了小四兒的那點小動作，不由得啞然失笑。

只是，現在的她雖然是青蔥水嫩的小姑娘，可她的一顆心早已歷經滄桑，實在沒有這個心情為一個少年的注目竊喜或是羞澀，只當作什麼也沒留意罷了。

大廚們也輕鬆不了多久，過了片刻，孫掌櫃便過來了，吩咐道：「今天有貴客把樓上的雅間全都定下了，要宴請賓客。桌席照著六兩銀子預備，大伙兒可得打起精神來，不要砸了我們太白樓的招牌！」

各人立刻精神抖擻的應了。

孫掌櫃又笑著拍了拍寧有方的肩膀。「寧老弟，又得麻煩你了。」這樣的宴席規格很高，馬虎不得，得擬定統一的功能表。還得有人在廚房裡統籌安排。這樣的人選，非寧有方莫屬。

寧有方也不多說客套話，笑著應了一聲，然後沈聲吩咐各人忙活起來。

打雜的婦人們忙著理菜洗菜，二廚們負責切菜配菜，大廚們則要各自忙著處理各種食材備用，跑堂的則去忙著到前樓佈置雅間。眾人各司其職，各自忙得熱火朝天，時不時的便聽到各人的叫喊聲。其中，又數寧有方的聲音最大。

寧汐初來乍到，一時也幫不上忙，索性待在寧有方的廚房裡，替張展瑜打起了下手。

第二十三章　太白樓裡的小學徒（二）

張展瑜剛瞄了茄子一眼，寧汐立刻迅速的捧了一盆茄子過來，順便殷勤的把空盤子放好。

再看一眼白菜，勤快的小姑娘立刻又搬了白菜過來。

再然後，蘿蔔青椒竹筍青菜……

寧汐跑得樂呵呵的，小巧的臉蛋上早已冒出了汗珠。這些體力活對成年男子來說，確實不算什麼，不過，對一個十二歲的女孩子來說，可就不是那麼容易的事情了。不過，她從頭到尾一句牢騷都沒有，兀自樂顛顛的跑個不停。

張展瑜忍不住說道：「妳若是累了，就到一旁休息會兒。」

寧汐隨意的用袖子擦了擦額上的汗，笑咪咪的說道：「不用休息，我不累。」

張展瑜本就不愛多話，聞言也就閉了嘴，繼續低頭切菜配菜。

寧汐卻有了聊天的興致，好奇地問道：「張大哥，你學廚多久了?刀功可真是好呢！」

在一旁看張展瑜切菜，簡直就是一種享受。手起刀落，砧板上的蔬菜便成了細絲長條或是片狀，動作極為乾淨利索，細細聽去，竟然有種奇異的節奏。

張展瑜並未抬頭，只淡淡的應了句。「我這刀功不算什麼，不要說幾位大廚，就連大廚房裡負責炒菜的普通廚子也比我強多了。」

說完之後，便又忙活了起來，一副「我很忙請別來打擾我」的樣子。寧汐百試百靈的甜美笑容，到了張展瑜面前顯然沒多少作用。

寧汐識趣的閉了嘴，心裡卻暗暗奇怪起來，總覺得張展瑜對她不冷不熱的，甚至隱隱的透露出些許排斥，這是為什麼？

不過，下面她也沒時間多想這些了。雅間裡的客人全數到齊，酒宴正式開始，廚房裡的各人都忙得不得了，她做不了什麼重活，便跑來跑去的幫著端碗遞盤子。

寧有方忙裡偷閒看了寧汐一眼，見她小臉通紅額頭上都是汗珠，心疼不已，低聲說道：「汐兒，妳若是累了，就到隔壁的小飯廳裡歇會兒……」

寧汐呵呵一笑，歡快的說道：「爹，您只管忙您的，我不累。」說著，又去碗櫃裡端了一摞盤子過來，一一的在桌子上放好。

寧有方暗暗嘆口氣，卻也沒有說話的時間，扭過頭去繼續忙碌了。

寧汐趁著這個工夫，凝神打量起寧有方炒菜的步驟動作來。看了片刻，心裡驚嘆不已。爐火極為旺盛，火苗一竄老高。寧有方一手握著厚重的大鐵鍋，另一手握著大大的勺子，飛快的翻炒著鍋中的菜餚，不時的加入各式調味料。最厲害的是，從頭至尾都沒見他嚐過一口，裝盤後就讓跑堂的端走了。由此可見，寧有方對自己的廚藝是何等的自信。

「汐兒妳仔細看著，待會兒說給我聽聽有什麼收穫。」寧有方動作未停的吩咐了一句。

寧汐忙不迭的應了一聲，看得更加仔細了。

張展瑜本是背對著寧有方，聞言眼裡掠過一絲淡不可察的羨慕，頓時湧起了一股轉身的衝動，好不容易才按捺下去。

做大廚的，都很忌諱有人在旁邊偷師學藝。他花了不少心思才成了寧有方身邊的二廚，若是一時舉止不慎惹惱了寧有方可就大大的划不來了……

寧汐自然不知道張展瑜的那點小心思，雙眸一直緊緊盯著寧有方的一舉一動，漸漸的，似有所領悟一般，不自覺地點了點頭。

寧有方的眼角餘光瞄到寧汐目不轉睛的專注模樣，心裡滿意的點頭。

天分固然重要，可後天的努力更加重要，想學好一門手藝，不下苦功肯定是不行的。這半天過來，寧汐著實表現得可圈可點。幾乎挑不出毛病來，孺子可教啊！

待這一波忙過之後，寧有方總算有了歇口氣的機會。張展瑜早已知機的端了碗溫水過來，寧有方一飲而盡，才算有了精神力氣說話。「汐兒，妳剛才看了半天，看懂了什麼？」

寧汐想了想，笑著說道：「爹，我剛才一直在觀察您炒菜，有一點我覺得很奇怪。為什麼您從來都不嚐菜，就讓跑堂的端上桌了？」難道就不怕失手嗎？

寧有方爽朗的一笑，隨口應道：「我一天要炒這麼多菜，要是每一份都嚐來嚐去的，那也太耗費時間了。」話雖這麼說，可臉上的神情分明在說「我寧有方炒菜怎麼可能失手」。

「爹可真厲害！」寧汐啞然失笑，不失時機的拍了記馬屁。

寧有方笑著瞄了寧汐一眼。「好了，別顧著拍馬屁了。說說看，妳剛才看了這麼久，到底有什麼收穫？」

寧汐笑了笑，正待說話，寧有方忽地咳嗽一聲，朝張展瑜看了一眼。

張展瑜很是識趣，立刻笑道：「這兒暫時沒什麼事了，我到大廚房那邊看看有什麼能幫得上忙的。」說著，便抬腳走了出去。

打雜的人也識趣的閃人，轉眼之間，廚房裡便只剩下了寧有方和寧汐父女兩個。

寧汐忍不住問道：「爹，您為什麼要讓張大哥避開？」

寧有方不以為意的說道：「他又不是我的徒弟，我的廚藝當然不能隨便傳給他。好了，別管他了，快些說說看。」

寧汐收斂心神，認真地說道：「炒菜最最重要的，就是控制火候。火太大了，菜容易糊鍋。火太小了，翻炒的時間過長，菜餚就失了幾分鮮嫩。爹時不時的掂鍋，有時故意離火遠些，有時又緊貼著爐火翻炒，奧妙就在這裡吧！」

寧有方聽了這番話，久久沒有出聲，眼睛卻亮了起來，直直的盯著寧汐。

寧汐被看得渾身不自在，試探著問道：「我說的不對嗎？」

「對對對，簡直太對了！」寧有方哈哈大笑起來，忍不住拍了拍寧汐的肩膀。「乖女兒，妳果然天資聰穎，一眼便看出了炒菜最大的訣竅。」

那就是要善於用火！爐火時大時小，不好隨時控制。那麼便只能在掂鍋的時候下功夫了。這其中的奧妙說來簡單，可卻是最考較廚子的手藝的。

第二十四章　炒三鮮

寧有方壓根兒沒想到寧汐居然一眼便看出了控制火候的奧妙，心裡別提多高興了。大有後繼有人的欣慰。

寧汐見寧有方心情極好，笑著撒嬌。「爹，光是這麼說可不行，您再炒個菜給我看看可好？」

寧有方爽快地應了。「好，今天我就做個炒三鮮給妳看看，妳可仔細看好了！」說著，便興致勃勃的親自示範起來。

寧汐全神貫注的看了過去，連眼都捨不得眨一下。

豬油下鍋之後，迅速的在鍋底滑過一圈，蔥薑蒜片爆香。然後隨手放入切好的筍絲，大火翻炒至五分熟，再放些木耳絲、香菇絲、青椒絲。

此時，寧有方掂起了大鐵鍋，離著爐火約莫半尺高，待到鍋中的幾樣蔬菜都八分熟左右，又放入各式調料調味，起鍋之際澆了勺熱油。

轉眼間，一道熱氣騰騰的炒三鮮便裝盤呈現在寧汐的眼前。白生生的筍絲，黑的木耳絲，暗紅的香菇絲，再配著碧綠的青椒絲。顏色搭配得鮮亮奪目，只這麼看上一眼，便能勾起人的食慾來。

寧汐忍不住嚥了口口水，一臉期盼的看著寧有方。「爹，我能嚐一口嗎？」美味菜餚人人都愛，她的味覺靈敏遠勝普通人，自然更能品味出菜餚的美妙之處。見了好吃的，饞蟲便蠢蠢欲動了。

寧有方哈哈一笑，拿起筷子親自挾了一口遞到寧汐的嘴邊。

寧汐張口吃了，咀嚼了幾下，爽口鮮香的味道頓時在口腔裡瀰漫開來。筍絲的鮮嫩不必細說，木耳的嚼勁也是一大亮點。更令人回味無窮的，則是香菇絲的香濃。這種種味道匯聚起來，簡直令人愛不釋口。

忙了半天，寧汐本就餓了，如今再有這麼一盤美味的炒三鮮在面前，哪裡還能忍得住。拿著筷子津津有味的吃了起來。嘴裡含糊不清的說著。「爹，這炒三鮮真好吃，又鮮又香又爽口。」

寧有方憐愛的看著女兒，柔聲問道：「汐兒，爹再給妳下碗麵吧！」

今天她一直跑來跑去的忙個不停，他可全看在眼底，隱隱的驕傲之餘，又有說不出的心疼。平日裡寧汐也是嬌養慣了的，何曾吃過這等苦？

寧汐笑著搖頭。「不用了，待會兒和大家一起吃就行。」總是特殊待遇，可不太好。她是來做學徒的，又不是來享福的。

寧有方嘆口氣，點了點頭。

寧汐看了盤子裡的炒三鮮一眼，興致勃勃的提議道：「爹，我也來做一份炒三鮮給您嚐嚐吧！」

寧有方啞然失笑。「哪有剛做學徒就上鍋炒菜的，至少也得過個一年半載，等各項基本功都練好了再說。」

基本功？做廚子還要什麼基本功？寧汐滿眼的好奇，無聲的詢問著。

寧有方笑著解釋道：「刀功、顛勺、辨別食材，這些都是做廚子的基本功。若是這幾樣沒過關，自然是不能上鍋炒菜的。」

寧汐乖巧的點頭，不再胡亂說話了。既然這是做學徒的規矩，她也該遵守才是。

不過，說起刀功，寧汐不免想起了張展瑜來，忍不住讚道：「爹，張大哥的刀功好得很，可他怎麼到現在還在做二廚呢？」只能跟在大廚身邊切菜配菜，未免有些屈才了。

寧有方淡淡的一笑。「展瑜刀功確實了得，做事又踏實勤快，早已經夠資格到大廚房裡做事了，應付些普通客人絕對沒問題。不過，他堅持要跟著我做二廚，我也就隨他了。」

寧汐微微一愣，正想問為什麼，眼角餘光便瞄到了張展瑜的身影，立刻將到了嘴邊的話又嚥了回去，心裡卻悄悄琢磨起了寧有方說的那些話來。

張展瑜不肯去大廚房炒菜，偏要跟著寧有方打下手，這是為了什麼？

難道是為了……寧汐眸光一閃，不動聲色的瞄了張展瑜一眼。

這個外表憨厚老實的年輕男子，原來也有一肚子的彎彎繞繞。果真是人不可貌相啊！

寧汐第一次認真的打量張展瑜，這才發現他竟然是個眉目俊朗的男子。乍看不算太出色，細細看去，卻又覺得五官端正很是順眼。雖然不及邵晏的俊美耀目，也算入眼了。

張展瑜似是察覺到了寧汐的注目，略有些疑惑的看了過來。

寧汐立刻若無其事的收回了目光，走到案板邊，低頭看了看，忍不住嘟囔了一句。「這些刀怎麼看起來都好重的樣子。」

她小胳膊小腿的，壓根兒沒多少力氣，哪裡能拿得動這麼大的刀嘛！

寧有方被逗笑了，隨手拿起一把掂了掂，然後果斷的說道：「明天我就去鐵器鋪子為妳訂製一套刀具……」瞄了大鐵鍋和大鐵勺一眼，又加了句。「順便訂個小號的鐵鍋和勺子。」

張展瑜忍俊不禁的笑了，嚴肅的臉龐被這一絲笑容點亮了，竟是分外的年輕英俊。

寧汐略有些羞惱的瞪了張展瑜一眼。「你笑什麼笑，我是女孩子，當然不像你們有力氣……」

話音未落，張展瑜的笑聲更響了。

寧有方也低頭悶笑了起來。

寧汐惱羞成怒了，瞪了兩個偷笑不已的大男人一眼。「討厭，你們都笑話我。」噘著嘴巴別過了臉去。那巴掌大的俏臉白玉一般染著一抹嫣紅，眼眸似春水般瑩然，令人看了一眼便挪不開眼睛。

張展瑜看得愣了一愣，心裡暗暗感嘆。這麼小的年紀便生得如此嬌美，再過幾年，也不知是怎生的美麗動人呢！

寧有方卻習慣性的湊上前去哄道：「乖女兒，妳是女孩子，力氣小一點也是在所難免。這兒的刀具鍋具都太重了，妳根本不合用，爹給妳去訂一套小一些輕一點的，我們誰也沒笑話妳。是吧，展瑜？」連連朝張展瑜使眼色。

張展瑜很是識趣，立刻笑道：「是是是，我剛才是覺得寧大廚的主意好才笑的，絕不是笑話妳。汐妹子，妳就別生氣了。」

寧汐這才轉嗔為喜，甜甜的笑了。

張展瑜心裡又是一笑，果然還是個沒長大的孩子啊！

第二十五章　太白樓裡的學徒們

等前樓的客人都散了，廚房裡的人總算有時間坐下來歇口氣順便吃飯。

六個大廚自然坐在一起，普通的廚子們又是一桌，跑堂的坐在一起，學徒和打雜的卻是坐在另外的桌子上。看似不經意，實則涇渭分明。

寧有方瞄了寧汐一眼，剛想說「妳坐我身邊吧」，就聽寧汐笑咪咪的說道：「爹，我和小四兒哥哥坐一起了。」

寧有方愣了一愣，旋即笑著點頭應了，揚聲喊道：「小四兒，騰個位置。汐兒以後和你坐一起，你照應著她一些。」

小四兒顯然很是意外，又驚又喜的站了起來，說話都有些結巴了。「好、好的，我一定好好照顧汐妹子。」

同桌的幾個半大不小的少年都哄笑起來，紛紛朝小四兒擠眉弄眼。真是個沒出息的小子，見了女孩子連話都說不好了。

不過，這嘲笑聲只維持了不到片刻，待寧汐走了過來，妙目流轉，甜甜的一笑，幾個少年頓時不同程度的紅了臉。

好個水靈標緻的小姑娘！眼眸清亮得似會說話，笑容更是清甜嬌美。明明穿得極為簡單隨意，可灰撲撲的粗布衣衫，根本遮掩不住那份秀美。

小四兒殷勤的讓出自己的位置。「汐妹子，妳坐這兒吧！」這兒是專供廚房眾人用餐的地方，桌凳雖然乾淨，倒是並不講究，只是些長板凳罷了。

寧汐笑著道謝，順口說道：「小四兒哥哥，這板凳長得很，你也一起坐下好了。」

小四兒心裡美滋滋的，正待點頭，就聽一個粗聲粗氣的聲音響了起來。「小四兒，你坐我這兒來吧！」

發話的，是王麻子的兒子王喜。

王喜的名字雖然女裡女氣的，可卻生得高高壯壯，很有些力氣。小四兒素來有些怕他，聞言不敢反駁，依依不捨的看了寧汐一眼，便坐到了王喜的身邊。

寧汐果然朝王喜看了過來，笑吟吟的問道：「不知該怎麼稱呼這位大哥？」

那軟軟嫩嫩的「大哥」兩字，聽得王喜眉開眼笑。「汐妹子別客氣，以後咱們天天見面，就叫我王喜好了。」說著，又補充了一句。「我也是跟著爹來做學徒的。」

寧汐立刻明白過來，這個王喜，就是王麻子的兒子了。看看長相，確實有幾分相似，只不過，王喜的個頭比他爹還要高了些，膚色偏黑，連帶著臉上的幾顆淺淺的麻子也不算顯眼了。

「我初來乍到什麼規矩也不懂，還請王大哥多多指點。」寧汐微微一笑，毫不意外的看到王喜脹紅了臉。

前世的她一心愛著邵晏，不肯攀高枝。不然以她的容貌性情，想嫁個好親事實在不算難事。

眼前這些半大不小的少年，成日裡低頭做事，乍然見到她這麼一個水靈的小姑娘，獻獻殷勤什麼的也是正常，倒也不用大驚小怪了。

不出所料，另外兩個少年也搶著自我介紹起來。

那個圓頭圓腦的十五、六歲少年名叫小順，是甄胖子的徒弟。一臉的憨厚老實，說話的時候不敢直視寧汐，一直盯著面前的碗筷。

另一個十六、七歲的少年叫胡青，是胡老大的遠房親戚，在這裡做了三年學徒。說話頗為圓滑，顯然比其他幾個少年老練得多。可不知怎麼的，寧汐對胡青的印象反而遠不如小四兒他們幾個。是因為胡青說話時眼神飄浮不定？還是因為他的笑容略有些浮誇？

不，都不是。是因為那雙狹長的雙眸吧！笑起來的時候，竟隱隱的有幾分肖似邵晏……

寧汐淡淡的瞄了胡青一眼，便扭過了頭去，和小四兒閒聊起來。「小四兒哥哥，你的全名叫什麼？」

小四兒羞赧地笑了笑。「我爹娘死得早，是師傅好心收留了我，隨口給我取了這個名字，後來，我就一直叫小四兒了。」

王喜悶笑著拍了拍小四兒的肩膀。「以朱大廚的脾氣，沒給你取個發財白板的名字，就算不錯了。」朱二生性好賭，幾乎是人盡皆知了。

幾個少年都哈哈笑了起來。

寧汐也抿唇笑了起來。前世的她從沒有和這麼多的少年相處過，之前也曾有些忐忑。現在看來，倒是比想像中的容易多了。

男孩子們沒有那麼多小心思，脾氣大多爽直，又因為她是女孩子，難免要謙讓著她一些。可以想見的是，她以後的日子不會太難熬了。

午飯倒也簡單，大多是廚房裡剩下的菜餚簡單的熱了熱端了上來。各人忙活了半天，都餓得很了，一個個拿起筷子便狼吞虎嚥的吃了起來。

寧汐被各人的吃相嚇了一跳，拿著筷子不知道該怎麼下手才好。

小四兒見狀，連忙挾了一筷子菜放入寧汐的碗裡，笑著說道：「汐妹子，他們幾個吃飯就這樣，今天有妳在，他們還收斂了一些。平時可都搶著吃的，誰要是動作慢了，可就吃得最少了……」

王喜笑罵道：「得了，小四兒，你就別在汐妹子面前冒充斯文了，平日誰也沒你搶得凶好吧！」

都是半大小子，正值長身體的時候，飯量一個比一個大。吃飯時誰也不比誰斯文。不過，今天有寧汐在，一個個都不好意思露出平日裡餓虎搶食的德行，忍得不知多辛苦呢！

胡青也笑著道：「就是就是，今天在汐妹子面前倒是挺能裝的。」

小四兒清秀的臉頓時脹紅了，瞪了王喜和胡青一眼。這兩個傢伙，分明是故意在抹黑他嘛！

寧汐忍住笑意，柔聲勸道：「你們就照著往日的習慣吃飯好了，不用顧忌我。日後大伙兒天天在一起相處，不必客氣拘泥。」

話雖這麼說，可他們幾個哪裡還好意思在女孩子面前搶菜吃，反而越發的斯文了。

寧汐無奈的笑了笑，低頭慢慢的吃了起來。

吃慣了美味佳餚的舌頭，很自然的細細的品味起了菜餚的味道。

紅燒排骨味道稍微重了，有些油膩……清炒螺絲很是爽口，就是稍微鹹了一點點……

第二十六章　雞絲麵

忙碌了一整天下來，寧汐早累得雙腿痠軟了。

到了晚上，太白樓的生意絲毫不弱於中午。待客人全部散了，還得洗碗掃地打掃廚房等等。這些粗活大廚們自然是不上手的。至於一幫學徒們，卻得跟著打雜的人一起做這些瑣事。

寧汐一見油膩膩的碗筷便頭痛，寧願去擦桌子整理碗櫃也不肯洗碗。

寧有方見寧汐忙得滿頭是汗，別提多心疼了，忍不住湊過去說道：「汐兒，這些雜事留著他們去做，妳歇息會兒。」

寧汐的腿早已痠軟，胳膊也快抬不動了，卻倔強的堅持道：「我和大伙兒一起休息。」吃得苦中苦方為人上人，既然決定了要走這條路，就別嬌慣著自己了。

寧有方啞然無語，只得隨了她。

等到休息的時候，寧汐又累又乏，連說話的力氣都沒了。

一碗熱騰騰的雞絲麵放到了寧汐的面前。碧綠的青菜葉、撕成了長條的雞絲，配著筍絲和香菇，冒著騰騰的熱氣和香氣。

隨之出現的，還有寧有方關切的笑臉。「汐兒，爹親自給妳做的雞絲麵，快些嚐嚐。」

寧汐心裡一暖，又夾著些許酸楚。只要能看著寧有方安然無恙的在眼前，就算讓她吃再多的苦也心甘情願了。

寧有方見她沒動筷子，立刻笑道：「妳做了一天的事，胳膊一定痠了。來，爹餵妳吃。」說著，挾起麵條吹了吹，送到寧汐的嘴邊。

寧汐揮開紛亂的思緒，笑著張口吃了。那麵條不軟不硬，十分勁道，還帶著濃濃的雞湯味，口感好極了。她剛吃了一口，便覺得肚子更餓了，快速的拿起筷子，大口大口的吃了起來。

寧有方見寧汐吃得歡快，滿意的笑了。

寧汐中午吃得不多，又一直忙著做事，肚子早已餓得空空如也。竟是把一大碗雞絲麵都吃得光光，還把碗底的湯喝了大半，才滿意的嘆口氣。「真好吃！」

寧有方哈哈笑了，傲然的說道：「我做的手擀麵當然好吃。」

張展瑜在一旁聽著，也露出了笑容，插嘴道：「汐妹子真是有口福，一般人想吃寧大廚做的飯菜可不容易。」

寧有方是太白樓裡的主廚，只負責一些貴客宴席。普通客人點菜，都是由別的廚子做菜，他壓根兒不上手的。不過，一旦對上了寧汐，傲氣的寧有方立刻換了個人似的，讓熟悉他脾氣的張展瑜也驚訝了。見過疼閨女的，可這麼寵溺的實在少見啊！

寧汐笑盈盈的看了寧有方一眼，忽地問道：「爹，麵條還有嗎？」

寧有方笑道：「我剛才特地多擀了一些，妳若是想吃，我再去下一碗……」

「不用了，我吃得很飽了。」寧汐迅速的接過了話頭。「爹忙了半天，也沒吃晚飯呢，我來煮碗麵條給您吃吧！」

寧有方一愣，正待拒絕，可看到寧汐那雙盈滿期待的雙眸，不知怎麼的又點了點頭。雞湯、麵條都是現成的，煮麵條也不是什麼太難的事情，就讓她試一試好了。

寧汐見寧有方點了頭，立刻歡喜的起身走到了爐灶邊，挑了個不大不小的鐵鍋放了上去。

平日裡總見寧有方輕輕鬆鬆的端著鐵鍋，可一到了寧汐的手中，那鐵鍋頓時變得沈甸甸的。寧汐不敢露出吃力的樣子，故作鎮靜的將鐵鍋放好，然後迅速的舀了一大碗雞湯倒入鍋中。

待雞湯沸騰起來，寧汐將一旁的麵條放入鍋中，順手放了些青菜和筍絲、香菇。至於雞絲，也有撕現成的，直接放入鍋中就行了。不到片刻工夫，一碗雞絲麵便好了。

寧汐殷勤的端著大碗送到寧有方面前，一臉期待。「爹，您嚐嚐看。」這還是她第一次下廚做飯呢！

寧有方笑得合不攏嘴。「我閨女親手煮的麵，不用嚐也知道肯定好吃。對了，我去看看他們幾個有沒有吃晚飯。」說著，便像捧著寶貝似的，將那碗雞絲麵捧了出去，不用想也知道，肯定是打算著炫耀得瑟一圈再吃了。

果然，剛一到隔壁，就聽寧有方的大嗓門傳了過來。「喂喂喂，甄胖子、胡老大，你們幾個吃了晚飯沒有？我今天不跟你們一起吃了啊，我閨女煮了雞絲麵給我……」

張展瑜悶笑不已。

寧汐的臉隱隱發燙，太丟臉了……當然，更丟臉的還在後面。

王麻子瞄了寧有方手中的碗一眼，撇了撇嘴。「不過是一碗普通的雞絲麵而已，有什麼大不了的。」

寧有方立刻不樂意了，得意洋洋的炫耀道：「這可不是普通的麵條，這是我閨女親自動手煮的。」他還是第一次吃女兒親手煮的麵條，心裡正激動興奮呢！

胡老大忍住笑意，一本正經的應道：「寧老弟，你要是還不打算吃，我可就要『幫忙』了。」

寧有方嘿嘿一笑。「那可不行，這碗麵條誰也別想碰一口。」說著，故意當著幾個大廚的面唏哩呼嚕的吃了起來。

各人不免嘲笑寧有方幾句，寧有方只當作沒聽見，兀自美滋滋的吃著。

寧汐微紅著臉走了過來，小聲說道：「爹，您還是坐下來吃吧！」這麼端著碗站著吸溜麵條，也太誇張了吧！

胡老大笑著揶揄道：「汐ㄚ頭，妳就隨妳爹站著吃好了。不等這碗麵吃完，他是不會走的了。」成心要在他們幾個面前炫耀來著，捨得走才是怪事。

甄胖子也笑著接了句。「還是寧老弟有福氣，閨女長得漂亮，又聽話乖巧孝順。」

這話寧有方自然愛聽，眉開眼笑的應道：「說得是說得是，還是甄大哥眼光好……」

寧汐的俏臉早紅了一片，恨不得寧有方立刻住嘴才好。不過就是一碗雞絲麵，食材都是現成的，她就是把麵煮熟了而已。哪裡值得這般誇耀嘛！

第二十七章　最疼愛她的那個人

一切忙完之後，寧有方領著寧汐出了太白樓，慢慢往回走。此時約莫是子時了，一路上的鋪子都關了門。

月光明朗，在路上灑下一片銀白。

寧有方有些擔憂的看了寧汐一眼。「汐兒，妳一定很累了，要不，我揹著妳回去吧！」

寧汐連連搖頭拒絕。「不用了，我一點都不累。」寧有方足足忙了一整天，才是最累的那個人吧！她哪裡忍心讓寧有方揹著自己回去。

想到這個，寧汐忍不住嘆了句。「爹，您天天這麼忙碌，真是辛苦。」

寧有方爽朗的一笑。「這算得了什麼，只要妳和暉兒能過得好好的，再累我也心甘情願。」

聽了這番話，寧汐的眼眶忽地濕潤了。

寧有方雖然有諸多小毛病，可他卻是世上最最好的爹，總是這麼的疼愛兒女。尤其是對她，簡直是毫無原則的溺愛。

前世的她，視這一切理所當然，直到親眼目睹著寧有方受盡痛苦而死，那一刻的她，只覺得天都塌了……

一直苦苦壓抑著不願想起的那些殘酷的回憶，全部湧上了心頭。寧汐只覺得心痛如絞，臉色一片蒼白。

寧有方等了半晌，也沒聽見寧汐說話，很自然的看了過來，頓時一愣。

寧汐的額上全是汗珠，臉色更是異常的蒼白，總是蘊含著甜笑的雙眸，竟是那般的哀傷痛苦，流露出無盡的悲涼。看得寧有方一顆心都跟著糾痛起來，急急的問道：「汐兒妳怎麼了？」

寧汐張了張口，似乎想說些什麼，卻又眸光一黯，緊緊的咬著嘴唇。

不，不能說。

這樣驚世駭俗的事情，說出來也沒人敢相信吧！若是不顧一切的說了出來，只會引來寧有方的憂心。說不定會認為她中了邪胡言亂語，今後想出門都不容易了。

這些痛苦，就讓她一個人默默的埋在心底吧！

「爹，您別擔心，我沒什麼。」寧汐定定神，擠出一絲笑容。「就是忽然覺得腿有些痠。」

寧有方不疑有他，頓時鬆了口氣。笑著蹲下身子說道：「來來來，快些上來，爹揹妳回去。」

在寧有方的眼裡，寧汐還是個未成年的小女孩，還沒到顧忌男女之別的時候，因此這番動作很是自然。

寧汐卻猶豫了片刻。自打十歲之後，就再也沒有讓寧有方揹過了，還真是有些不好意思呢！

寧有方見寧汐沒有動彈，立刻扭頭催促。「快點過來，今天回家可又要遲了。妳娘和妳哥哥都在家裡等我們呢！」

是啊，娘和哥哥都在等著呢！

寧汐豁然開朗，之前的哀傷難過忽地煙消雲散。笑嘻嘻的伏在寧有方的背上，淘氣的拍了拍寧有方的腦袋。「大馬快跑！」

這熟悉的小動作，使得寧有方心情大好，立刻精神抖擻的站了起來，揹著寧汐往前小跑。

寧汐的胳膊摟著寧有方的脖子，將頭緊緊的貼在他寬闊溫暖的背上，一顆心都跟著暖了起來。

小時候，寧有方常這麼揹著她。她總是淘氣的拍著他的腦袋，喊著「大馬快跑」。然後，寧有方便會像現在一般，揹著她一路小跑，哄她高興。時隔多年，真沒想到她還能重溫這樣的情景。

寧汐笑咪咪的歪著頭，親暱的湊在寧有方耳邊說話。「爹，我可比以前重多了。您這麼揹著我，累不累？」

寧有方爽朗的笑了起來。「我的乖女兒輕得很，一點都不重，我一路跑回家都沒問題。」話雖說得豪邁，可呼吸卻急促了不少。

他站著忙了一天，到現在也著實累得很了。寧汐雖然不重，可這麼揹著她再小跑，卻是吃不消了。

寧汐對這一切心知肚明，卻清楚寧有方最是好面子，直接勸肯定沒用。略略思忖了片刻，便笑著說道：「爹，今晚月色這麼好，您走得慢些嘛！我們邊走邊賞月。」

寧有方果然笑著應了，放慢了腳步。

晚風微涼，吹著臉頰卻分外的舒適。月朗星稀，目光所及處，都被灑上了一層淡淡的銀輝。寧汐隨意的哼起了小調，時不時的為寧有方擦去額上的汗珠。

寧有方嘴角含笑，偶爾回頭，眼裡滿是疼惜。

父女兩個便這麼一路慢悠悠的回了家。

阮氏和寧暉早已站在門口等候多時，遠遠的便迎了過來。

寧汐歡快的喊了聲。「娘、哥哥，你們都還沒睡啊！」

阮氏嗔怪的說道：「你們兩個都沒回來，我們哪裡能安心睡覺。汐兒，妳這麼大的姑娘家了，怎麼還要妳爹揹著，讓人看見非取笑妳不可……」

寧有方不以為然理直氣壯的接過了話茬兒。「再大也還是我閨女，我揹著怎麼了？誰敢取笑？」絲毫沒有放下寧汐的意思，依舊揹著往前走。

阮氏也拿寧有方沒法子，瞪了他一眼，便住了嘴。

寧暉笑嘻嘻的湊了過來。「妹妹，今天一定累了吧！」不然，也不會連走路的力氣都沒有。

寧汐哪裡肯承認，笑嘻嘻的扮了個鬼臉。「比讀書可輕鬆多了。」順便朝寧暉眨了眨眼。

寧暉的心裡一暖。

寧汐代替他去做了學徒，不知吃了多少苦，嘴上卻不肯承認。他這個做哥哥的，心裡豈能不感動？

「爹，您揹了一路，肯定也累了。讓我來揹妹妹回家吧！」寧暉忽地笑著提議道。

寧有方這次倒是沒有推辭，笑著應了，微微蹲下身子，讓寧汐穩穩的落地。寧暉早已蹲了下來，笑嘻嘻的扭頭喊道：「妹妹，快上來。」

寧汐毫不客氣的伏了上去，待寧暉起身，便扯著寧暉的耳朵嚷道：「小馬兒快跑！」

寧暉樂呵呵的往前跑，口中還不服氣的反駁。「我身高力壯，怎麼就是小馬了？」

「爹是大馬，你當然是小馬。」寧汐狡黠的辯解，順便緊緊的摟住了寧暉的脖子。

寧暉故意裝作呼吸困難，嚷個不停。「勒得太緊了，小馬要被勒死了。」

寧汐格格笑了起來，故意摟得更緊，惹得寧暉叫嚷個不停。兩人的笑聲如銀鈴般清脆，在晚風中飄揚。

阮氏和寧有方看著兄妹兩個嬉鬧，對視一笑。

第二十八章 蘿蔔雕花

幾天之後，特地訂製的小號鍋具刀具被送到了太白樓。

寧有方立刻扯著嗓子喊道：「汐兒，快些過來看看。」

寧汐歡快的應了，立刻湊了過去，仔細的打量起來。

這是一整套的鍋具刀具。有帶著雙耳的湯鍋，還有專門用來炒菜的長柄鐵鍋，都是上好的生鐵打製出來的，比起廚房裡常用的那些，整整小了一半，顯得玲瓏可愛。

至於刀具，更讓寧汐大開眼界。除了最常見的切菜刀之外，還有幾把大小不一的細長刀。其中有一把特別的小巧，只有三寸長短，細如手指。

寧汐好奇心大起，笑著伸出手拿起那把小刀翻看。

寧有方連忙提醒道：「這種小刀兩面開刃，特別的鋒利，小心別傷了手。」

寧汐「嗯」了一聲，目光依舊在那把鋒利細長的小刀上流連，忍不住問道：「爹，這刀也是用來切菜的嗎？」似乎小了一點吧！

寧有方笑著介紹道：「這把刀兩面開刃，又特別細長，是用來剔骨肉用的。對了，還有這兩把，是雕花刀……」

雕花？寧汐頓時來了興趣，瞄了一眼問道：「不是只要做菜就行了嗎？雕花刀又是做什麼用的？」

寧有方哈哈一笑。「傻丫頭，要想做個好廚子，這刀功可是很重要的。切菜是最最簡單的，要想真正練好刀功，當然要練習雕花才行。來，爹現在就雕一個給妳看看。」

說著，隨手拿了個蘿蔔過來，然後握起雕刻刀，利索的削了下去。左邊一下，右邊一下，上邊一下，不消片刻，一朵花的雛形就出來了。

接著，寧有方再換上另一把更小的刀，細細的雕琢起每一片花瓣。

他的動作並不特別快，可卻極為穩妥，從頭至尾，竟然一刀都沒錯。若有行家在，只怕早被寧有方這一手給震住了。過了片刻，一朵盛開的牡丹便盛放在寧汐的眼前。

寧汐眼睜睜的看著一個水嫩的蘿蔔在短短時間內變成了一朵晶瑩剔透的牡丹，早已目瞪口呆驚訝得說不出話來了。簡直太厲害太神奇了！

「爹，雕花太有趣了，先教我這個！」寧汐的小臉紅撲撲的，閃著歡喜和期待的光芒。

寧有方啞然失笑，耐心的哄道：「汐兒，妳還是先練好最基本的切菜吧！這個雕花難度比較高，等以後慢慢練也不遲……」

寧汐不情願的點了點頭，眼睛卻盯著那個蘿蔔雕花不放。

寧有方忍俊不禁的笑了，索性將蘿蔔雕花放到寧汐手裡。「妳既喜歡，就拿去吃吧！」

寧汐反射性的搖頭。「我才不吃。」這麼漂亮的雕花誰能捨得吃嘛！

寧有方笑道：「雕得再漂亮，它還是個蘿蔔。蘿蔔就是用來吃的，妳若是不吃，最多半天，就會變得乾巴巴的，到時候可就不好吃了……」

寧汐噘著嘴巴抗議。「不吃不吃，我就是不吃。我要留著慢慢看。」

寧有方拿她沒轍，只得無奈的應了。「好好好，都隨妳。如今這鍋具刀具都有了，從今日開始，妳練半天刀功，再練半天顛勺。」

一說到正經事，寧有方的笑容立刻收斂了不少。

寧汐也跟著收斂笑容，鄭重的點頭應了，然後便忙碌著將幾口鍋具和那些刀具整理好。

寧有方專用的這個廚房很是寬敞，一排爐灶有高有低，靠著牆一溜排開。寧汐特地選了牆角那個最愛的爐灶，將長柄的鐵鍋放了上去，高度果然正合適。

寧汐滿意的點了點頭，然後拿起菜刀，走到了長長的案板邊，笑著問道：「爹，我要先練什麼？」

張展瑜站在一旁，看寧汐一臉的躍躍欲試，暗暗好笑。哪有剛做學徒就在小廚房裡練習切菜的，想也知道，切出來的肯定不合用。寧有方做菜又最是講究挑剔，刀功上差半點火候都不行的。

果然，就聽寧有方笑道：「我先帶妳去大廚房吧！小四兒和王喜他們幾個也都在大廚房那邊練習刀功的。」

寧汐乖乖的點頭，跟在寧有方的身後去了大廚房。

幾個大廚各自占據了一個小廚房，專門替太白樓裡各個雅間的客人做菜。而大廚房裡的廚子們，則負責廳堂裡普通客人的點菜，對食材的準備自然也沒那麼特別的講究，幾個學徒練習刀功的時候，順便就將當天所有的配料都切了出來。

當寧有方領著寧汐走進大廚房的時候，頓時惹來了一陣好奇的目光。

胡青膽子最大，笑著問道：「寧大廚，汐妹子也來練刀功嗎？」

寧有方笑呵呵的點了點頭。「她年紀小，又剛開始做學徒，很多東西都不懂，你們幾個可要多多指點些。」

這明顯是客套話，可幾個少年卻爭先恐後的應了。尤其是王喜，說話甕聲甕氣的，嗓門著實不小。「寧大廚，您儘管放心吧！有我在，不會讓汐妹子累著的。」

寧有方忍住笑意，一本正經的道謝。

負責大廚房的周大廚笑著走了過來，瞄了笑咪咪的寧汐一眼，打趣道：「汐丫頭，我們大廚房裡又苦又累，妳要是撐不住了，就跟我說一聲，別到妳爹面前哭鼻子告狀啊！」

大廚房裡所有的人都哄笑起來。

寧汐也不惱火，笑嘻嘻的說道：「周伯伯就放心吧，我能行的。」

嬌小可愛的小女孩口中說出這樣的話來，自然誰都不信，俱是一臉看好戲的樣子。

味覺靈敏是天生的，誰也比不了；不過，這刀功可得長期苦練才行。寧汐一臉甜笑的可愛模樣，怎麼也不像是能吃得了這份苦的。

寧有方心裡也沒底，咳嗽一聲說道：「好了，汐兒，妳就留在這兒吧！要做的事情，周大廚自然會吩咐妳的。」

寧汐自信滿滿的點了點頭。「知道了，爹，您去忙吧！不用擔心我。」

不擔心才是怪事……寧有方心裡嘀咕著，臉上卻是鎮定的笑容，點點頭便走了。

寧汐笑著看向周大廚，殷勤地問道：「周伯伯，我要做些什麼？」

第二十九章　苦練刀功

周大廚看著那張甜美的笑顏，思忖了片刻，便笑道：「妳第一天到大廚房裡，就先跟著小四兒一起做事吧！」

基本刀功，可以分為切絲、切條、切片、切丁或是切成塊狀。這其中，切絲最難，切片就稍微簡單些。小四兒做了一年學徒，練得最多的刀功便是切片。寧汐跟著小四兒一起練，也能稍微輕鬆些。

寧汐性子聰慧剔透，立刻會意過來，忙笑著道謝。「多謝周伯伯關照。」

對著這麼一個聰明伶俐嘴甜的小姑娘，周大廚打心眼裡生出喜歡來，笑呵呵的點點頭。「好好做事，有什麼不懂的，就來問我好了。」

此言一出，胡青等人豔羨的目光頓時瞄了過來。

周大廚這等級別的廚子，放在任何一家酒樓裡都是響噹噹的主廚，自然都有自己壓箱底的本事。就算對著自己的徒弟，也不見得捨得傾囊相授。對別人的學徒，自然就更吝嗇了。

他們幾個在這裡的時間有長有短，對這位周大廚的性子也稍稍瞭解一些。別看他整日裡笑咪咪的很和氣，可對自己的手藝卻看得很重，從來不肯對誰稍加指點。

沒想到，周大廚對寧汐這麼另眼相看……

寧汐笑著點頭應了，然後一本正經的說道：「小四兒哥哥，我們現在就開始吧！」

小四兒樂呵呵的直點頭，一旁的王喜嫉妒得眼珠子都快瞪出來了。胡青和小順稍微好一些，卻也忍不住頻頻看了過來。

太白樓生意極好，每天來來往往的客人著實不少。因此，廚房裡每天都得預備許多食材。理好洗乾淨的青菜、蘿蔔等各類食材，堆放了整整好幾盆。

小四兒手腳很是利索，搬了盆青紅椒過來，在砧板上叮叮咚咚的切了起來。

寧汐有學有樣，也跟著忙活了起來。先去籽，再切成方寸大小的片，事情說起來很簡單，不過，做起來卻並不容易。

單說去籽，便是很費心思的活兒。將青椒從中間剖開，一手壓著，另一手握著刀去籽。手勁稍微重了一點，青椒便被削掉一片。至於切片，倒是不難。關鍵是要大小一致，每片都相同。這可就很有難度了。

寧汐全神貫注的忙活了一盞茶工夫，總算成功的切了十幾個青椒。還沒來得及得意，就聽小四兒悶笑道：「汐妹子，要是按著妳這個速度，到了中午這盆青椒也切不出來。」

寧汐看了小四兒身邊堆得滿滿的盆一眼，再看看自己盆中寥寥可數的青椒片，頓時羞愧了，立刻加快了速度。動作倒是快了，可切出來的菜有的偏大，有的偏小，實在不算好。

小四兒這次倒是沒取笑，反而笑著安慰道：「這刀功可不是一天、兩天能練出來的，我練了足足一年才有了這樣的速度。汐妹子這麼聰明，很快就會比我強了。」

寧汐笑著點點頭，暗暗留意小四兒握刀運刀的手法，稍加改進之後，果然有了些進步。

不過，廚房裡的活兒實在太多。一盆青椒切好了之後，又有一大盆青菜被抬了過來，然後是茭白、木耳、蘑菇等等。寧汐從一開始的興味盎然，到後來的手腳痠軟，再到額頭冒汗兩眼發花，終於稍稍體會到了做廚子的辛苦。

眼角餘光瞄過去，小四兒顯然也累了，動作慢了不少。倒是旁邊的王喜依舊揮刀如風，動作乾脆俐落，手中的蘿蔔立刻成了一塊一塊。

寧汐忍不住讚了句。「王大哥的刀功可真是厲害。」

王喜冷不防的被讚了一句，頓時眉開眼笑，偏偏還要故作謙遜。「哪裡哪裡，比起胡青可差遠了。」

寧汐很自然的看了胡青一眼。胡青從十歲開始做學徒，至今已有六年多，刀功早已練得爐火純青。手中的刀不停的落下，切出的土豆絲根根細如髮絲。

「你們一個個都好厲害。」寧汐驚嘆不已。

胡青抬頭笑了笑。「這沒什麼，只要肯下苦功多練，誰都能練得好。汐妹子才是真的厲害，不管什麼菜吃上一口就知道食材配料，還能說出優缺點，這可不是靠苦練能學來的。」

寧汐那一天的大展神威，各人可都看在了眼底。

寧汐本對胡青沒多少好感，可他實在是會說話，這幾句話聽著真是無比的順耳，不由得甜甜的一笑。「胡大哥這麼誇我，我可不敢當呢！」

那甜美的笑容頓時點亮了整個廚房，對面的王喜看得呆了一呆，手下的動作不自覺的慢了下來，然後……「啊」的一聲慘叫響徹整個廚房。

正忙碌的眾廚子只瞄了一眼，便各自扭過了頭去。切菜切到手而已，小事小事！

寧汐卻被嚇了一跳，連忙湊了過去急急的問道：「王大哥，你怎麼樣了？快些把手伸出來給我瞧瞧。」

「沒事沒事……」王喜只覺得丟臉極了，哪裡肯伸手。

「是啊，他沒事。」胡青咧嘴一笑，毫不客氣的取笑道：「頂多就是做事走神切到手指而已，他皮糙肉厚，流點血不算什麼，汐妹子就別擔心了。」

「胡青！」王喜惱羞成怒的瞪了胡青一眼，磨牙的聲音幾乎人人都聽見了。

胡青低頭悶笑，識趣地住了嘴。王喜最是暴躁易怒，再說下去，可就要動手揍人了。

寧汐想了想，說道：「王大哥，你先去用水洗洗，把手指包紮一下，剩下的活兒我來替你做。」

王喜心裡歡喜得要命，口中卻推辭不迭。「這怎麼行？我這只不過是一點小傷……」

「總得止住血了再來做事。」寧汐很是堅持。「你還是快些去找布來包一下吧！」

王喜這才點頭應了，到外面的水缸邊洗手包紮去了。

寧汐站到了王喜原先的位置，開始切起了蘿蔔塊，速度自然遠不及王喜，不過，大小倒是符合要求。

周大廚過來轉悠了一圈，見寧汐做事認真仔細有板有眼，心裡很是滿意，著意的誇了寧汐幾句。

寧汐站著忙了半天，胳膊累得都快抬不動了，雙腿更是痠軟無力，連笑容都擠不出來了。

第三十章　不招人嫉是庸才

好不容易熬到了休息的時候，寧汐也沒閒著。

她偷偷摸了個蘿蔔揣在兜裡，然後悄悄的躲到了飯廳的角落裡，一手握著寧有方的蘿蔔雕花，一手握著洗得乾乾淨淨的大蘿蔔，低頭琢磨起來。

寧汐的腦子裡自動的浮現出寧有方當時雕花的動作來。雖然隔了半天，可她的腦海裡卻記得異常清楚，甚至連寧有方先從哪兒下的第一刀都記得絲毫無誤。

寧汐認真的看了很久，才將蘿蔔雕花放在桌子上，然後拿出雕刻刀，謹慎的下了第一刀，一塊蘿蔔落了下來，再然後是第二刀、第三刀……

要是寧有方在一旁看著，保准會震驚得眼珠子都掉出來。寧汐手中的動作，雖然生疏笨拙了一些，可是竟然和他當時用的刀法一模一樣。

只見過一次，竟能將所有的動作記得一清二楚，這份記憶力簡直是驚世駭俗啊！

寧汐也暗暗驚詫了片刻，然後便恢復了鎮定。生命都能重新來過，味覺能靈敏到那樣的地步，再多添個驚人的記憶力也不算難以接受了。

慢慢的，蘿蔔雕花的雛形出來了。

寧汐又拿出一把更細的小刀來，仔細的雕琢起來。過了半晌，一個晶瑩剔透的蘿蔔雕花出現在眼前。

雖也栩栩如生，可一旦和寧有方雕的那一個並排放在一起，便立刻分出了差距。

很顯然，寧有方雕出的那個蘿蔔雕花更精緻奪目，熟練高超的刀功技巧可不是光靠模仿就能達到的。

寧汐認真的審視半晌，然後自言自語道：「比爹的手藝還是差了點，以後得多多練習才行。」

「汐妹子，妳在忙什麼呢？」王喜一踏進飯廳，便見到寧汐背對著坐在牆角的桌子旁唸唸有詞，立刻好奇的湊了過來。

「我在練習雕花呢！」寧汐隨意的笑了笑。

王喜先還沒當回事，待看到桌子上那兩個蘿蔔雕花時，立刻瞪大了眼睛，說話都不利索了。「這、這個是妳親手雕出來的？」

「我有必要騙你嗎？」寧汐忍俊不禁的笑了。

王喜嚥了口口水，憋了半天才憋出一句來。「汐妹子，妳以後一定比寧大廚還要厲害！」誰見過剛開始練刀功的學徒在第一天就能雕出如此逼真的蘿蔔雕花的？他已經練了足有兩年多，可也不見得有這樣的手藝啊！

寧汐聽了這樣的誇讚，心裡暗暗歡喜，臉上自然要流露出謙遜的樣子來。「王大哥可別這麼誇我，我比爹可差得遠了。」

胡青、小四兒還有小順三人，也被吸引了過來，待聽說那個栩栩如生的蘿蔔雕花竟然是寧汐親手雕出來的之後，齊齊的傻了眼，看向寧汐的目光頓時複雜了許多。

原來，她不僅味覺靈敏過人，天資更是聰穎超群。才剛開始做學徒便嶄露出諸多驚人之處，不久的將來，豈不是比他們幾個都強得多？

幾個半大不小的少年或多或少的受了震撼，頓時把之前的小覷之心盡數收了起來。

「汐妹子，妳真是太厲害了。」小四兒真心的讚嘆。「我練了一年刀功，到現在還不會雕花，妳才練第一天，就有這樣的成就了。」

胡青的眸光一閃，嘴角的笑容就不那麼自然了。「是啊，真讓我們幾個汗顏。」這樣的蘿蔔雕花，他自然也會。不過，他已經做了六年多學徒，隨時可以出師了。在這樣的情況下，和一個剛做學徒的小姑娘比刀功，簡直是一種羞辱！

小順憨憨的不愛說話，眼裡卻也流露出豔羨的神色來。

幾位大廚表面一團和氣，背地裡卻隱隱有一別苗頭的意思，連帶著幾個學徒也卯足了力氣較勁。之前幾日被寧汐的笑臉沖昏了頭，沒人當寧汐是對手。可這一刻，一種強烈的威脅感在各人的心頭升起，看向寧汐的目光自然有了變化。

寧汐不是天真無知的小姑娘，對幾個少年的微妙變化都看在了眼底，心裡悄然一動，口中卻越發的謙遜。「你們可別再誇了，我得向幾位大哥多多學習才是。」

小四兒最是單純，呵呵笑道：「現在妳向我們學習，過不了多久，就該我們向妳討教了。」

王喜不擅隱藏心思，臉上的笑容頗有些僵硬。

胡青卻很快地恢復如常，笑著附和道：「小四兒說得對，廚藝高低可不是看年齡大小或學徒時間長短的。以汐妹子的聰明和天分，肯定很快的超過我們幾個。」

寧汐笑得坦然，眼眸清澈明亮。「承蒙幾位大哥吉言，我也希望有那麼一天呢！」有些事情是想躲也躲不過的。如果他們非要和她較勁，她也絕不會退縮！

在那樣明豔的笑容前，幾個少年的笑容卻是有些不自然了。

尤其是王喜，嘴巴永遠動得比腦子快，衝口而出道：「汐妹子，妳該不會真的打算一直做學徒吧！」女孩子還是在家裡待著繡繡帕子做做女紅更合適吧！

寧汐嫣然一笑。「當然沒這個打算……」各人剛要鬆口氣，卻在聽到下一句話時齊齊啞然。「最多做兩年學徒，我就打算做廚子了。」

胡青等人面面相覷，一時也不知該誇寧汐自信，還是該取笑她狂妄。想做一個合格的廚子，至少也得做個三到五年學徒。還沒聽說過誰能在兩年之內就出師的呢！

「好！有志氣！我閨女果然是好樣的！」一個熟悉的聲音在門口響起，卻是寧有方。也不知道寧有方在那裡站了多久聽到了多少，再聽到寧汐的最後一句話時，終於忍不住插了嘴。

寧有方大步流星的走了進來，低頭俯視一眼，眼眸頓時亮了起來。「汐兒，這是妳照著我的蘿蔔雕花做出來的嗎？」當然，他壓根兒想不到寧汐是憑著記憶一點一點的雕出來的。

寧汐不假思索的點了點頭。

剛才那番話已經夠高調了，總不能把所有的實力都露出來，還是藏著點好了。

寧有方爽朗的笑了，得意的拍了拍寧汐的頭。「我寧有方的閨女果然是好樣的。」

第三十一章 蘿蔔啊蘿蔔

那個蘿蔔雕花，在諸位大廚的手裡轉了一圈，才又回到了寧有方的手上。

寧有方洋洋得意的樣子，落在眾人眼裡真是又好笑又眼熱。

胡老大忍不住嘆了句。「我本以為胡青就算聰明的了，可比起汐丫頭，真是差遠了。」

甄胖子也連連附和。「是啊，我的那個笨徒弟，就更沒法提了。」

寧有方聽得渾身舒暢，臉上還得拚命擠出謙虛的笑容來。「哪裡哪裡，過獎過獎！」這簡直就像一個富得流油的土地主在說「我很窮真的特別窮」一樣可恨可惱。

王麻子酸不溜丟的來了句。「倒真是有些小聰明，就是不知道能不能一直學下去。」女孩子出來做學徒的實在少之又少，誰知道能不能熬到出師的那一天？

這句話直直的戳中了寧有方心裡最大的隱憂，笑容頓時僵住了。

照例又是胡老大笑著打圓場。「好了好了，以後的事情以後再說。總之，汐丫頭聰明伶俐，天分極高，是個難得一見的好苗子，我們都該為寧老弟後繼有人感到高興才是。」

寧有方笑了一笑，臉色總算好看了不少，心裡卻暗暗憋足了一股勁。今後非得拿出渾身的本事好好調教寧汐不可。也讓他們幾個看看，他寧有方的閨女可比胡青他們幾個都強多了！

這麼想著，寧有方立刻改變了原來循序漸進的計劃，剛吃完飯便將寧汐喊到了小廚房裡。

他小心翼翼的將門關好，然後一本正經的對寧汐說道：「汐兒，妳在雕刻上很有天分，這些天就先多練習這個。其他的，慢慢再說。」

寧汐鄭重的點頭，笑著說道：「爹，您每天多教我一些吧，我不怕吃苦的。」既然決定走上這條路，她早有了吃苦的心理準備。

寧有方很是欣慰，憐愛的看了寧汐一眼，然後正色說道：「貪多嚼不爛，學手藝最忌諱心浮氣躁。稍微有點長進就沾沾自喜，更是要不得。汐兒，妳天分極高，只要肯用心，肯定進步很快。爹對妳有信心！」

寧汐展顏一笑，調皮的吐吐舌頭。「我也對自己很有信心呢！」

父女兩個對視一笑。

接下來的時間，自然是要和蘿蔔奮鬥到底了。

寧有方一邊展示各種雕刻技巧，一邊說道：「其實，有好多食材都可以用做雕花，蘿蔔是最最普通常見的。妳剛開始練，用蘿蔔正合適……」

寧汐看得目不轉睛，口中忍不住問道：「這樣的雕花到底有什麼用處？」

寧有方哈哈一笑。「用處可大得很，但凡好一些的宴席，菜餚裝盤也特別的講究，有這樣漂亮的雕花裝點，讓客人看著也會增加食慾。還有，冷盤中有花式拼盤，都很考較廚子的手藝，都是這麼慢慢練出來的……」

寧汐聽得津津有味，緊盯著寧有方手中的動作，連眼都捨不得眨一下，手指不自覺的在腿上畫動起來。

寧有方示範了一次之後，有心看看寧汐記得多少，故意笑道：「好了，妳來試試看。」

寧汐不假思索的點點頭，伸手拿了個水嫩的蘿蔔，一邊回想著寧有方剛才的動作，一邊動起手來。這次，卻是輪到寧有方瞠目結舌了。

寧汐細白柔嫩的小手握著薄薄的雕刻刀，極為靈巧的動作著，刀法絲毫沒有偏差，竟是將他剛才教的刀法全數施展了一遍。縱然還談不上爐火純青的熟稔，可她只看了一遍就有這樣的成就，簡直是廚藝上的天才！

寧有方拚命的深呼吸，將心底的震驚和狂喜都按捺了下去，故作淡然的說道：「好，就這樣多練幾遍。」

寧汐乖巧的點頭，果然又拿了個蘿蔔低頭忙活了起來。

在寧汐看不到的角度，寧有方的嘴角咧開了大大的弧度，眼眸亮得驚人。

感謝上蒼，寧家的廚藝總算有了傳人了！他甚至隱隱的有種預感，寧汐將來必非池中之物。說不定能將寧家的廚藝發揚光大的，就是這個看似嬌弱的女兒呢！

接下來的十幾天，寧汐除了忙活著切菜練習基本刀功之外，剩餘的時間裡都用來練習雕花。簡直快到了走火入魔的地步，每天不知要用掉多少個蘿蔔。

總之，負責採買的廚子，默默地將蘿蔔的分量又加了一倍。

到了後來，就連負責理菜洗菜的孫氏見了寧汐也會打趣道：「汐丫頭，蘿蔔可還夠用嗎？不夠的話，我再去洗一盆去。」

寧汐也不羞惱，笑咪咪的應道：「那就多謝大娘了。」惹得孫氏等人開懷一笑。

寧汐的努力刻苦，落在胡青等人的眼裡，卻又是另外一番不同的感受。

只短短的半個多月，寧汐刀功的進步簡直是神速。除了速度尚不及他們，切片切丁切塊切絲的技巧都初步掌握了。

至於雕花的水準，更是一日千里。一開始還是簡單的蘿蔔雕花，後來，寧汐又開始練習將蘿蔔雕成各種形狀。

先是各種各樣的花朵，再來便是一些簡單的動物造型。寥寥幾刀，便雕刻得栩栩如生，看得胡青他們幾個都咋舌不已。

各人口中不說，心裡卻開始暗暗起了較勁的心思，竟是比平日裡都用功得多。尤其是心高氣傲的胡青，本打算著早些出師，現在卻又不肯了，心裡想著無論如何也不能被一個小丫頭比下去吧！

王喜不甘被胡青比下去，自然也卯足了勁的練習，天天纏著王麻子多教些看家本事。王麻子對自家兒子自然沒什麼可藏私的，每天拎了王喜到小廚房裡開小灶。

小順話不多，卻是極為勤奮，去甄胖子廚房的次數也多了不少。

小四兒卻是最苦惱的一個。朱二生性嗜賭，一有空閒就往外跑，根本沒心思好好教導他。每天眼巴巴的看著別人跟著自己的師傅後面學手藝，他卻只能重複的練著最基本的刀功，真是又羨慕別人又暗暗的著急啊！

寧有方將幾個學徒的變化盡收眼底，心底暗暗升起了無法言語的自豪來。

第三十二章　說服寧大山

寧汐到太白樓做學徒的事情，自然瞞不過寧家的其他人。寧有財和王氏驚訝之餘，也曾明裡暗裡敲打過幾句，見阮氏應對得異常坦然，便識趣的不再多說什麼。

可寧大山知道此事之後卻很是不高興，有心數落寧有方幾句，只可惜寧有方每天早出晚歸，幾乎不見人影。

這一天，寧大山特地等了半個晚上，終於等到寧有方父女回來了。剛看了寧汐一眼，寧大山的臉便沈了下來。寧汐一臉掩不住的倦色，顯然很是疲乏勞累。

寧大山看著心疼不已，狠狠的瞪了寧有方一眼。「老三，你到底在折騰什麼？汐丫頭還是個小女娃兒，你不讓她在家裡好好待著，帶到太白樓做什麼學徒，看看她累成什麼樣子了？」

別看寧有方在外面昂首挺胸意氣風發，可到了寧大山面前，也只有陪笑的分兒。「爹，您別生氣，這做學徒的事情，也是汐兒自己提出來的……」

寧汐乖覺的接道：「是啊，祖父，我當時求了爹好久，他才點頭同意的。」

寧大山半信半疑。「真的是汐丫頭自己要求做學徒的？」

寧汐連連點頭，像小雞啄米似的。「是是是，是我主動要求的。祖父，您可別生爹的氣啊！我很喜歡學廚藝呢！雖然做學徒辛苦了一點點，可能學到這麼多的東西，我覺得每天都過得很踏實很愉快。」她從心底裡喜歡這種因努力和進步而來的幸福。

寧大山憋足了半天的火氣，就這麼啞然熄火了，有點悶悶的拉長了臉。「做學徒又苦又累，妳一個姑娘家，做什麼不好，偏要去學這個……」做了一輩子廚子，沒人比寧大山更瞭解這一行的辛苦了。

寧有方咳嗽一聲，笑著說道：「爹，汐兒很有天分。只學了半個多月，就抵得上別人學半年，我們寧家的廚藝總算後繼有人了。」

寧大山自然不信，輕哼一聲，別過了臉去。

寧有方硬著頭皮又將寧汐平日的表現說了一些，臉都快笑僵了，可寧大山還是繃著臉，一聲不吭。

寧有方也沒法子了，無奈的嘆了口氣，看了寧汐一眼。

寧汐立刻心領神會，忙施展出看家本事，扯著寧大山的袖子來回的搖個不停，口中嬌嗔道：「祖父，我是真心喜歡學廚，您別生氣了嘛！大哥他們幾個都不肯學廚，以後有我繼承咱們寧家的手藝，不是很好嗎？」

寧大山顯然有些動搖了，眼中閃過一絲猶豫。寧家這一輩的幾個少年，都不是做廚子的料。倒是寧汐挺有天分，又肯用心學，將來稍加點撥，定然是個好苗子……

寧汐又加把勁，撒嬌道：「祖父，您的廚藝這麼好，以後多指點我一些吧！」

寧大山平日裡最是疼愛寧汐，哪裡經得起寧汐這般的撒嬌，臉色大為緩和。「妳真的吃得了這個苦嗎？」學手藝最忌半途而廢，寧汐素來嬌慣成性，也不知能不能堅持下去。

寧汐依舊笑著，可眼裡卻浮現出堅定和執著。「祖父，我不怕吃苦。您就相信我吧！我一定會堅持到底的。」

寧大山啞然了片刻，才嘆口氣。「也罷，妳既然真心想做學徒，我也不攔著了。以後有什麼不懂不會的，儘管來問我吧！」

聽了此話，寧汐高興得一蹦三尺高，歡呼不已。「多謝祖父，祖父對汐兒最好了。」寧大山做了一輩子的廚子，手藝自然是頂呱呱的。他肯指點自己，自然是件大大的好事啊！

寧大山被逗笑了，愛憐的摸了摸寧汐的頭。「妳這丫頭，將來可別累得哭鼻子就行。」

寧汐調皮的眨眨眼，笑道：「放心好了，不會有那一天的。」

前世的她，一直活在家人的關心呵護之下，嬌慣成性，從未認真的做過什麼。今生可以重來，她絕不會再犯同樣的錯了。

寧汐嘴角噙著笑意，眼眸比天上的星星還要璀璨。

寧大山叮囑了幾句之後，便走了。

寧有方這個時候才鬆了口氣，笑著說道：「爹也真是的，為了這點小事還特地跑過來一趟。」

阮氏笑著說：「可不是嗎？公爹可等了好一會兒了，一直繃著臉。」

寧暉笑嘻嘻地接了句。「就是就是，害得我看書都看不進去了。」

一提到看書，寧汐陡然想起一件事來，關切的問道：「哥哥，還有兩日就要童生考試了吧！」

寧暉點點頭。「我們學堂裡參加童生試的就有十幾個，到時候我和他們一起去就行了。」

童生考試的地點就在縣城裡，步行走上一個時辰左右就到了。一共要考一天半，因此，學堂裡的十幾個學子便約好了，就在附近找一家客棧一同住下，同進同出也能互相照應些。

寧有方對寧暉讀書考童生一事素來不過問，今晚竟也難得的問了句。「行李都收拾好了吧！」

寧暉顯然有些受寵若驚了，連連點頭。「剛才就收拾好了，明天一早就出發，等考完了一起回來。」一來一回，大概三天左右。

寧有方點了點頭，吩咐阮氏道：「出門在外，得多帶些盤纏，妳多給暉兒一些。」

阮氏笑了笑。「放心好了，盤纏備得足足的，足夠他用的。」

寧汐咬了咬嘴唇，忽地說道：「哥哥，到了考場上，要細心沈穩些，千萬別慌。」就算這次沒考中，也千萬別氣餒。最後這句話，自然沒有說出口。

寧暉顯然也沒多少把握，聞言笑了笑，又低頭看起了書。

阮氏特地將燈芯又往外挑了挑，屋子裡果然亮了不少。

寧暉默默的溫習著書本，寧汐明明累得很，可也不肯早早去睡覺，硬是陪著寧暉一起熬夜。

不過，忙了一整天，她實在是太累了，眼睛漸漸的眯縫了起來……

寧暉偶爾一抬頭，忍不住啞然失笑。寧汐竟然就這麼枕著自己的胳膊睡著了，那小小的臉孔，在柔和的燈下顯得異常的溫柔寧靜。

寧暉輕輕的放下書本，輕手輕腳的抱起了寧汐，將她放到了床上，脫了鞋，又將被褥給她蓋好，這才又去燈下看書去了。

第三十三章　爭風吃醋的少年們

阮氏滿心期待的等著寧暉考完歸來。

寧有方雖然嘴上不說，可分明也抱了些期望。以前他一心巴望著寧暉能繼承自己的手藝，現在有了寧汐，他的這份心也淡了下來，對寧暉的童生考試便也重視多了。

如果寧暉能夠考中童生，就是有功名在身的人了，能擺脫寧家幾輩子都是白丁的命運。對寧家來說，可是不折不扣的一件好事啊！

寧汐卻是唯一知道結局的那一個，每每想到前世寧暉沒考中童生的頹喪和失望，心裡便隱隱作痛，暗暗期盼著出現轉機。

既然重生這樣的事情都發生了，或許，寧暉的命運也會和前世不一樣了吧！說不定，他這次便能考中呢！

寧汐反覆的安慰著自己，因為有心事，做事自然也不如往日的專注。

小四兒早就留意到寧汐的反常了，忍不住低聲問道：「汐妹子，妳這是怎麼了？出了什麼事情了嗎？」笑容少了，說話也比往日少了，總時不時的皺眉，顯然有什麼心事。

寧汐回過神來，笑了笑，隨口說道：「沒什麼事。」便低頭忙著切菜去了。

小四兒的滿腔熱情被澆了冷水，神情有些訕訕。

王喜將這一切看在眼底，心裡舒坦極了，忍不住嘲笑道：「小四兒，你真是多管閒事。

汐妹子好好的，能有什麼事。」他可早就看小四兒不順眼了。幾個人當中，就數小四兒生得最清秀，又和寧汐最親近，難得逮到這樣的好機會，自然要奚落幾句才痛快。

小四兒不想和他起爭執，悶不吭聲的低頭做事。

王喜口頭上占了上風，心情好極了，笑嘻嘻的看向寧汐，殷勤的問道：「汐妹子，我手頭的事情都做完了，來幫妳做一些吧！」

寧汐淡淡的一笑，不假思索的拒絕了。「不用了，我的刀功比起你們可差遠了，要多多練習才行，不能偷懶。」

王喜碰了個軟釘子，笑容也掛不住了。

小四兒低聲悶笑起來。

王喜滿肚子火氣，立刻瞪了過來。「小四兒，你笑什麼？」

就算是泥人也有三分火氣，何況是在漂亮的女孩子面前，是個男孩子都不肯示弱。一向乖巧的小四兒，竟然也繃著臉應了句。「我愛笑就笑，你管得著嗎？」

王喜壓根兒沒想到小四兒敢頂嘴，再看胡青和小順在一旁冷眼看熱鬧，心裡的火氣蹭蹭的冒了上來。一個衝動之餘，幾步便衝到了小四兒面前，一把揪住小四兒的衣領。「你剛才說什麼？有本事再說一遍！」

換在往日，小四兒早就退縮連連道歉了，可今天不知怎麼的，小四兒愣是也來了脾氣，梗著脖子應道：「說就說，我想笑就笑，你管不著。」

王喜氣得牙根癢癢，眼角餘光又瞄到寧汐關切的看了小四兒一眼，立刻壓不住脾氣了，猛地給了小四兒一拳。

小四兒一個不提防，硬生生的受了這一拳，「哎喲」一聲叫了起來。閒閒看熱鬧的眾人都嚇了一跳，連忙過來勸架。

小順連忙扯住王喜，皺著眉頭勸道：「王喜，你犯什麼渾？快些鬆手，待會兒要是被朱大廚知道了，肯定來找你算帳不可。」

胡青則用力的拉開了小四兒，低聲說道：「小四兒，你打不過王喜的，別鬧了，忍著點。」

這句話徹底點燃了小四兒心裡的火氣，不管不顧的嚷了起來。「我怎麼打不過他？你放手，我現在就去揍他！仗著個子大整天欺負人，哼！」

王喜本就是個暴躁脾氣，聽到這話更加惱火了，高聲嚷道：「來來來，有本事我們出去較量！」

小四兒哼了一聲，不知怎麼的，竟是從胡青的手裡掙脫開來，撲了過去。

王喜可不是個讓人的主兒，立刻不甘示弱的推開小順，和小四兒糾纏成了一團。

一個不小心，碰到了案板上的砧板，「咚」的發出一聲巨響，落到了地上。白菜落了一地，再被兩人踩來踩去，真是令人目不忍睹。

廚子們看不過去了，也過來拉架，偌大的廚房裡頓時熙熙攘攘亂成了一團。

寧汐瞠目結舌的看著，反射性的喊道：「爹，快來啊！他們打起來啦！」

話音剛落，寧有方的身影就出現在大廚房裡。他看著糾纏不休的小四兒和王喜，再看看狼狽的地面，怒火登時蹭蹭的冒了出來。「都給我住手！」

那中氣十足的怒吼把小四兒和王喜都嚇了一跳，不約而同的住了手。

王喜頭髮散亂，很是狼狽。小四兒就更慘了，左臉被打了一拳，高高的腫了起來。

寧有方陰沈著臉，怒氣沖沖的走上前去，破口大罵道：「你們倆吃飽了撐著沒事幹了是吧！怎麼在這兒就打起來了？看看廚房裡被你們倆糟蹋的，簡直不成樣子。我給你們一炷香的時間，把這兒收拾得乾乾淨淨，要是有半點不如我的意，今天你們兩個都別想吃飯了。」

剛才還像兩隻鬥雞的王喜和小四兒，被罵得連頭都不敢抬，只會點頭。

寧有方餘怒未消，又瞪了胡青和小順一眼。「他們兩個犯渾，你們就不知道把他們拉開嗎？都是沒用的東西！」

胡青小聲的辯解道：「我們剛才拉了，可根本拉不住……」

寧有方一聽這話，更是生氣了，狠狠地瞪了王喜一眼。想到那個護短的王麻子，又覺得頭痛，很自然的將怒火都衝著小四兒去了。

「小四兒，你平日裡最聽話乖巧，今天這是怎麼了？就不知道讓著王喜一點嗎？」

小四兒滿肚子委屈，眼圈都紅了。

寧汐在一旁聽不下去了，忍不住插嘴道：「這也不能全怪小四兒哥哥，剛才可是王大哥先動手的。」小四兒的臉到現在還腫著呢！

寧有方一愣，向王喜看了過去。

王喜又氣又惱，卻也不敢不承認，點了點頭，心裡卻更加嫉恨小四兒了。

寧有方少不得又訓斥了王喜幾句，王喜不敢吭聲，卻暗暗的將所有的帳都記到了小四兒頭上。

第三十四章 妳是誰

這一場小風波暫時停息。

王喜和小四兒蹲下身子收拾廚房，彼此互不理睬，胡青和小順也蹲下身子幫忙。

寧汐很自然的湊到了小四兒身邊，低聲問道：「小四兒哥哥，你的臉還痛嗎？我去擰條熱毛巾給你捂一捂吧！」

小四兒的心裡別提多美了，連連點頭應了。

王喜悶哼了一聲，甕聲甕氣的說道：「汐妹子，妳也太偏心了吧！我的胳膊也被打腫了，妳怎麼不拿毛巾給我？」

寧汐哭笑不得，只得笑著應了句。「好好好，我去擰兩條毛巾來，你們一人一條。」

王喜這才滿意了，挑釁的瞪了小四兒一眼。

小四兒輕哼一聲，扭過了頭去，不肯再多看王喜一眼。

不過，待寧汐拿了熱毛巾過來，兩人立刻滿臉笑容，異口同聲的說道：「先給我！」然後怒目互瞪對方一眼。

寧汐又是好氣又是好笑，忍不住數落了幾句。「你們兩個也真是的，雞毛蒜皮的小事，居然也能打起來，傷了和氣不說，還把廚房裡弄得亂糟糟的。我們都在這裡做學徒，能天天在一起做事，也是一種緣分，這麼打打鬧鬧的多不好。」

小四兒有些羞愧了，低著頭說道：「汐妹子說得是，以後我再也不和王喜打架了。」

寧汐讚許的笑了笑，先遞了熱毛巾過去。

王喜也訕訕的笑了笑。「汐妹子，剛才是我太衝動了，妳別生氣了。」

寧汐啞然失笑。「王大哥，你這話可說得不對，就算要道歉，也不該對我說吧！」他剛才揍小四兒那一拳可著實不輕，小四兒的眼角都青腫了一片。

王喜不情不願的說了句。「小四兒，剛才是我不好，對不起了。」語氣很是敷衍，實在沒多少誠意。

小四兒悻悻的應了聲。「算了，我也揍了你兩拳。」兩人這便算是和好了。

寧汐笑咪咪的看著這一幕，將另一條毛巾遞給了王喜。

就在此刻，王麻子匆匆的走了過來，待見到王喜的狼狽樣子後，臉色頓時難看起來。

好個護短的王麻子！不問事情的始末，上來就問是誰欺負王喜。也不想想看，就憑王喜這樣的個頭，有誰能欺負得了他？

「王喜，誰欺負你了？」

寧汐心裡嘀咕不已，卻也知道王麻子最是難纏，她還是不要插嘴比較好。

王喜雖然衝動易怒，倒也是個坦白直率的少年，低聲應道：「爹，我和小四兒起了口角，一時按捺不住脾氣，就動了手。」

王麻子怒氣沖沖的瞪了小四兒一眼，待見到小四兒眼角明顯的瘀青之後，才算把到了嘴邊的怒罵嚥了回去，沈著臉拉了王喜就走。

小四兒被瞪得滿肚子委屈，只可惜朱二是萬萬不會來替他撐腰的，只得生生的忍了這口氣。

寧汐想了想，輕聲勸道：「小四兒哥哥，是王喜先動的手，誰也怪不到你頭上。」

小四兒心裡一暖，看著寧汐溫柔親切的俏臉，竟然紅了臉。

在寧汐的眼裡，眼前的小四兒不過是個乳臭未乾的少年。她出言關心，也只是出於一起做事的情分罷了。見狀微微一笑，便走了開去，繼續低頭忙碌起來。

她的刀功進步極快，切片切塊切絲都不在話下，速度和小四兒也相差無幾了。只不過，女孩子的力氣總是比男孩子差了一截，縱然手中握的是特地訂製的小號菜刀，胳膊也越來越疲軟。

寧汐一聲不吭，咬牙硬撐到了最後，等最後一根茄子在她的刀下變成細絲後，總算鬆了口氣，此時胳膊已經痠痛得抬不起來了。這些天來，她每天都是這麼硬撐著熬過來的，從沒在寧有方面前訴過苦。

周大廚繞了過來，關切的問道：「汐丫頭，累了就去歇會兒。」

寧汐隨意的用袖子擦了汗，打起精神應道：「沒事，我不累。」

周大廚啞然失笑。「妳這丫頭，臉色都發白了，還嘴硬。下面也沒你們的事情了，快去休息吧！」

寧汐笑著點點頭，臨走前很自然的又拿了個蘿蔔，顯然是打算去練雕花。

周大廚將這一幕看在眼底，暗暗唏噓不已。既有過人的天分，又如此的勤奮苦練，這個小姑娘將來必然大有可為啊！

寧汐習慣性的到了飯廳裡，找了個角落處坐了下來，拿出雕刻刀，一刀一刀的落了下去。片刻過後，一朵栩栩如生的蘿蔔雕花便出現在眼前。花瓣雕得極為細緻，層層盛開，精緻漂亮。就算讓內行來看，也挑不出任何的瑕疵來。

寧汐卻還是不太滿意，喃喃低語。「速度好慢啊！」和寧有方比起來，她的速度可慢了不止一點。

一個嬌嫩的聲音忽地在背後響了起來。「喂，妳一個人坐在那兒嘀嘀咕咕說什麼呢？」

寧汐一愣，反射性的回頭看了一眼。卻見一個容貌俏麗的少女站在那兒，一雙大眼滿是好奇的打量著自己。

這個陌生的少女約莫十三、四歲，穿著淺黃色的衫子搭配桃紅色的裙子，頭上梳著雙角髮髻。看穿戴打扮，雖然不是什麼大家閨秀，卻又比普通的女孩子打扮得講究些。

太白樓的廚房裡除了打雜婦人之外，廚子們都是男子。寧汐乍然見到年齡相若的少女，倒是有些意外。「妳是誰？」

那個少女聳聳肩，笑著說道：「我姓孫，叫孫冬雪。」

孫冬雪？這個名字似乎有一點熟悉啊！寧汐努力的回想著，終於想起了這個名字是在哪兒聽過的了。「妳是孫掌櫃的女兒吧！」

孫冬雪嘻嘻一笑。「是啊，孫掌櫃是我爹。妳就是爹常提起的寧汐吧！」在廚房裡出現的十一、二歲的漂亮小姑娘，除了寧大廚的女兒寧汐，也沒別人了吧！

寧汐笑著點點頭，乖巧的喊了聲。「冬雪姊姊好！」

孫冬雪樂呵呵的應了聲，走上前來瞄了一眼，立刻驚呼出聲。「呀，這是用什麼雕出來的花？真是太漂亮了！」

寧汐笑了笑。「是我用蘿蔔雕出來的。冬雪姊姊既然喜歡，就送給妳吧！」

第三十五章　新朋友

孫冬雪高興的應了聲，小心翼翼的接過了那朵蘿蔔雕花。近看之下，越發覺得那朵蘿蔔雕花精緻漂亮，真是越看越喜歡。

「吃一口嚐嚐，」寧汐興致勃勃的建議道：「今天的蘿蔔特別的水嫩，吃起來很爽口呢！」

孫冬雪瞪大了眼睛，誇張的搖頭。「這麼漂亮的蘿蔔雕花，怎麼可以就這麼吃掉！我要留著帶回去慢慢看。」

寧汐啞然失笑，對眼前的少女生出了些微妙的好感來。她第一次見了寧有方雕出來的蘿蔔雕花，也是這樣的反應呢！

「再漂亮，也還是個蘿蔔。」寧汐笑盈盈的把寧有方曾說過的話搬了出來。「蘿蔔就是用來吃的，若是現在不吃，等會兒可就乾巴巴的不好吃了。」

孫冬雪笑嘻嘻的說道：「反正我捨不得吃。」說著，小心翼翼的將蘿蔔雕花捧在手裡，簡直愛不釋手了。「寧汐妹妹，妳的手藝可真好。」

寧汐抿唇一笑，自謙了幾句。「可別這麼誇我，我才做了一個月的學徒。還差得遠呢！」

此言一出，孫冬雪更是訝然了，瞪大了圓圓的眼睛。「妳才學了一個月，就能雕出這麼好看的花，真是太厲害了！」

寧汐抿唇一笑。「我連顛勺都還沒學會呢，算什麼厲害？」這些天一直在苦練刀功，顛勺還沒開始練呢！

孫冬雪仔細的打量寧汐兩眼，嘆道：「妳比我還小兩歲，可比我強得多了。」

寧汐忙笑道：「再這麼誇我，我可臉紅了呢！」

兩人妳一言我一語，很快便熟絡了起來。

過了片刻，胡青等人也走了進來。見了孫冬雪，立刻笑著上前來打招呼。

孫掌櫃最疼愛這個女兒，時不時的會帶到太白樓來玩，因此，他們幾個都是認識她的。

孫冬雪瞄了王喜和小四兒一眼，噗哧一聲笑了起來。「瞧你們兩個，該不是打架了吧！」一瞧小四兒眼角的那一塊瘀青，再看看王喜手上的抓痕，一看就知道是打架的痕跡。

小四兒臉皮薄些，不好意思的點點頭。

王喜就率直多了，痛快地承認了。「剛才是和小四兒打了一架，把廚房裡都弄得一團亂，收拾了半天才收拾乾淨。」

孫冬雪被逗樂了，扮了個鬼臉。「又被寧大廚罵了吧！活該！」

寧汐也嘻嘻笑了起來，對活潑爽朗的孫冬雪又多了層好感。

孫冬雪對寧汐也極有好感，笑著邀請道：「寧汐妹妹，反正這兒也沒妳什麼事了。今兒個中午和我一起到前樓去吃飯吧！我帶妳到各個雅間裡轉轉開開眼界。」

寧汐一聽頓時心動了。

自從到太白樓之後，她每天都悶在廚房裡做事，還從未到前樓裡去過呢！再說了，難得遇到這麼一個投緣的少女……

孫冬雪嬌嗔的笑著拉起了寧汐的手。「別猶豫了，走了嘛！」

寧汐也不扭捏，想了想便點頭同意了。「好，我這就去和爹說一聲去。」兩個少女有說有笑的拉著手就這麼走了。

幾個少年俱是一臉羨慕。至於他們羨慕的到底是去前樓吃飯這件事，抑或是親熱拉著寧汐小手不放的孫冬雪，就不得而知了。

「爹，我和冬雪姊姊到前樓去吃飯行嗎？」

寧有方正忙著炒菜，待聽到寧汐甜甜軟軟的聲音時，反射性的扭過了頭來。

還沒等發話，就聽孫冬雪脆生生的喊了聲。「寧叔叔，你放心，我保證把寧汐妹妹安然無恙的送回來。一根頭髮絲都不會少的。」

寧有方啞然失笑。「好好好，汐兒，妳今天就跟著冬雪去好好的玩一會兒。」

寧汐笑著點頭，還沒等說什麼，就被急性子的孫冬雪拉著走了。

「寧汐妹妹，我早就聽爹說起過妳了。」孫冬雪邊走邊笑道：「我可一直好奇得很，總想來看看妳，今天總算是見到妳了。」

寧汐成天和一堆少年打交道，平日裡說話不多，總是埋頭做事。今天難得見到同齡的少女，立刻恢復了活潑的本性，俏皮的笑道：「我也早就聽說孫掌櫃的閨女聰明又漂亮，今天一見，果然如此。」

兩人對視一笑，親暱的拉著手往前樓走去。

這個時候，太白樓的客人還沒散，熙熙攘攘的甚是熱鬧。

寧汐跟著孫冬雪從廚房後面的通道走到了太白樓的大堂裡，頓時驚嘆不已。

寬敞明亮的大堂裡，約莫擺了二十多張方桌，都坐得滿滿的。吃菜喝酒划拳聲絡繹不絕，真是熱鬧極了。

幾個跑堂的來來回回的穿梭，或是端菜或是擦桌子或是招呼客人，忙活得不得了。

大堂的中間有一個木製的樓梯，通往二樓的雅間。粗略的看一眼，雅間分明也是滿座。

太白樓的生意可真是好呢！

寧汐看著這一幕，不知怎麼的，心裡升起一股莫名的自豪和振奮來。總有一天，這裡有很多客人會知道寧汐這個名字，並且爭先恐後的為她而來，只為了吃到她親手做的菜餚……

一想到那幅情景，寧汐忽然覺得熱血沸騰。

這種強烈的想要做點什麼的激情澎湃，對她來說很陌生，可又覺得好極了！

「寧汐妹妹，我帶妳見見我爹去。」孫冬雪對這兒顯然很熟悉，輕車熟路的領著寧汐到了櫃檯前，笑嘻嘻的喊了聲。「爹！」

寧汐立刻笑著喊道：「孫伯伯好。」

正低頭算帳的孫掌櫃略有些訝然的抬起頭來，待看到寧汐之後，先是愣了愣，旋即笑道：「我倒想著今天給妳們兩個介紹介紹，沒想到妳們兩個已經認識了。」

孫冬雪搶著說道：「您一直忙，也不肯帶我到廚房去，我就自己找過去了。」

孫掌櫃笑呵呵的應道：「好好好，妳們兩個談得來，就自己隨意的轉轉好了。等樓上雅間空出來了，我讓人叫妳們。」

孫冬雪笑著應了聲，便拉著寧汐到處轉悠起來。

大堂裡的客人大多是些年輕漢子，也有書生模樣的儒雅男子。一堆大男人中間，忽地冒出了這麼兩個漂亮的小姑娘，一個個哪裡還忍得住，早已頻頻的看了過來。

寧汐本有些不自在，轉念一想，今後等做了廚子，遲早要有拋頭露面的一天，早些適應也好。這麼想著，寧汐便坦然了許多，微笑著回視那些好奇的目光，一副坦坦蕩蕩的樣子。

那些多看兩眼的客人，反倒有些訕訕了，各自收回了目光。

孫冬雪瞄了寧汐一眼，忽地笑道：「寧汐妹妹，妳長得真標緻。我一直覺得自己長得好看，可遇到妳，才知道什麼叫美人胚子。」

明明穿著最最普通低廉的粗布衣裳，可怎麼也掩不住那份出眾的秀美。等再過上兩年，還不知是何等的美貌呢！

寧汐嫣然一笑。「我以前也覺得自己長得漂亮。不過，在冬雪姊姊面前，我可不敢這麼沾沾自喜了呢！」

這一記馬屁拍得孫冬雪渾身舒暢，眉開眼笑的扯著寧汐的手，再也不肯鬆開了。

來福氣喘吁吁的跑了過來。「樓上荷花廳裡的客人走了，妳們上樓坐著吧！」

寧汐和孫冬雪欣然點頭應了，隨來福一起上了樓。

二樓的雅間共有十二間，分別取了些「梅花廳」、「桂花廳」之類附庸風雅的名字。荷花廳靠著窗子，可以俯瞰樓外的景致，是位置最好的一間了。

來福忙著收拾杯盤狼藉的桌子，寧汐二話不說捋起了袖子，也跟著收拾起來。

來福有些受寵若驚了，連連笑著阻止道：「汐妹子，這些髒活不用妳幹，我來就行了。」

寧汐抿唇一笑。「你放心，我不會打碎碗盤的。」

來福撓撓頭，陪笑道：「妳可別誤會，我不是這個意思……」他是不忍心讓她做這種髒活嘛！

「你明明就是這個意思。」寧汐故作生氣的瞪了他一眼。

來福立刻熄了火，委屈的說道：「我真不是這個意思……」話音未落，就聽寧汐格格的嬌笑起來。

一旁的孫冬雪也哈哈的笑個不停。

來福這才會意過來自己被捉弄了，一時哭笑不得。

寧汐生性愛乾淨，最討厭洗碗刷盤子的活兒。收拾殘羹剩餚，其實也沒好到哪兒去，同樣油膩膩的令人生厭。

若放在以前，她絕不可能動手做這些。不過，這一個月的學徒生涯，使得她改變了不少也勤快了許多。

待桌子收拾乾淨之後，寧汐才鬆了口氣，很自然的坐到了孫冬雪的身邊，一起向窗子外看了過去。

此時的清河坊人來人往，極為熱鬧。從這個高度看去，更添了幾分趣味。

孫冬雪不知看到了什麼，忽地精神一振，扯著寧汐嚷道：「快看快看！」

「看什麼……」寧汐漫不經心的順著孫冬雪的手指看了過去。

待看清那個似陌生又熟悉的身影時，寧汐的聲音戛然而止，臉色唰地白了。

他……他怎麼會出現在這裡？

孫冬雪沒有察覺到寧汐的異樣，兀自興致勃勃的說道：「看那個少年，遠看著真是好看得很，不知道近看怎麼樣……」

第三十六章　糖醋排骨

孫冬雪依舊在不停的說著什麼，寧汐卻一個字也沒聽進去，只是愣愣的看著那個少年。

她當然認識他！

他叫容瑾。

他爹是本朝赫赫有名的容耀武容大將軍，坐鎮邊關數年，立下戰功無數，是當今聖上最器重的武將。他大哥容玨中了武狀元之後，做了御林軍統領；他二哥容琮則是最年輕的參將，隨著容大將軍一起駐守邊關。

容家一門顯赫，在京城也是一時無兩。

可縱然如此，前世的寧汐也是從不在意這些事情的。讓她印象如此深刻的，是因為他還有個妹妹容瑤……

容瑤！容瑤！

這個名字如同一根細細的針，猛然扎在了寧汐的心口。

那種疼痛來得既猛烈又突然，她幾乎毫無招架之力，嘴唇顫了顫，腦子裡一片混亂。

前世的她，一心戀慕著邵晏，苦苦等候了多年，可到臨死的那一刻，她也未曾嫁過他。

因為，邵晏早已和容家的四小姐容瑤訂下親事，只等著新皇登基，便會正式的迎娶容瑤。

那個時候的邵晏，信誓旦旦的說心裡愛的只有她。而她，竟然真的傻傻的信了他。

寧家遭受滿門之禍的同時，邵晏卻在忙碌著籌備親事……

想起這些往事，寧汐自嘲的笑了笑，笑容裡滿是蕭索和無奈。

只遠遠的見到這麼一個前世寥寥見過幾面的故人，她就如此的激動難以抑制，這可萬萬不行。若是將來碰到容瑤或是邵晏，她又該怎麼辦？

孫冬雪總算察覺出不對勁了，疑惑地打量了寧汐兩眼。「妳的臉色好難看，哪兒不舒服嗎？」剛才還說得好好的呢！

寧汐收回目光，擠出一絲笑容來。「沒什麼，就是忽然覺得餓了。」

兩人初次見面，彼此還不算熟絡，雖然看出了她的言不由衷，孫冬雪也沒好意思追問，笑著說道：「現在廚房正忙，妳先吃些茶點填填肚子。」說著，隨手將旁邊小桌子上的茶點盤子拿了過來。

寧汐笑了笑，借著吃茶點的動作，慢慢的恢復了鎮定，腦子一清醒，立刻察覺出不對勁來。

容瑾天生體弱多病，不能習武，就連出府的次數都極少，比起兩位風頭極勁的兄長，他實在太過低調了。也因此，在前世她只遠遠的見過他兩次，從未說過話。

這樣的容瑾，怎麼可能在遠離京城的洛陽城裡出現？

寧汐故作鎮定的往窗外看了過去，卻發現適才所見的少年已經消失無蹤。難道剛才只是自己眼花了嗎？

孫冬雪也順著她的目光看了過去，惋惜的嘆道：「別看啦，剛才那個英俊的少年郎已經走啦！」

寧汐定定神，試探著問道：「冬雪姊姊，妳說的那個少年，是穿著絳色衣衫嗎？」

孫冬雪連連點頭，顯然對那個英俊少年印象極為深刻。「是啊，他就站在那個鋪子前面，笑得好看極了。我還從沒見過那麼漂亮的男孩子呢！」

寧汐默然了下來。

不，這個少年絕不可能是容瑾。

雖然她對前世的容瑾絲毫不熟悉，可也聽過一些關於他的傳言。容瑾內向文弱，又長年生著病，所以極少出府，也很少見外人，斷然不可能笑咪咪的站在洛陽城最熱鬧的街道上晃悠。

或許，剛才見到的那個少年，只是一個和容瑾長得很相似的人罷了。隔著這麼遠，面容看得並不清楚，她剛才分明是眼花了吧！

對，一定是這樣！

寧汐想通了之後，心情豁然開朗，笑著打趣道：「冬雪姊姊這麼愛看英俊的少年郎，真該多去廚房轉轉才是。」幾個學徒各有各的特色風采，還有幾個年輕的廚子，也長得不錯的。

孫冬雪正值情竇初開之際，被這麼一取笑，頓時臉紅了，軟軟的捶了寧汐的肩膀一下。兩人的距離倒是一下子拉近了不少。

正說笑著，來福笑嘻嘻的捧著一盤熱騰騰的菜餚走了過來。

孫冬雪取笑道：「來福，你送錯地方了吧！」

來福咧嘴一笑，利索的將盤子放到了兩人面前。「寧大廚擔心妳們餓了，特地做了道糖醋排骨讓我端過來。妳們快些嚐嚐！」

寧汐心裡暖暖的，笑著瞄了那道菜一眼。

如今她也算是入了廚藝之道的門檻，只看一眼，便看出了這道糖醋排骨的過人之處。大小相若的排骨上掛著半透明的湯汁，肉色微微泛紅，冒著些微的熱氣。就這麼看著，便讓人覺得食指大動，更不用說那濃烈的香氣早已飄滿了整個荷花廳。

孫冬雪看得直流口水，連忙挾起一塊送入口中。

寧汐及時的提醒道：「小心燙……」

話音未落，就聽孫冬雪被燙得大叫起來。「哎喲，燙死我了！」

寧汐啞然失笑，忙倒了杯溫熱的茶水過來。「這糖醋排骨是剛出鍋的，別看熱氣不大，其實很燙的，得稍微等上片刻再吃。」

孫冬雪喝了半杯茶水，舌頭才算好受了些。

此時，卻見寧汐拿起筷子，輕巧的挾起了一塊糖醋排骨。輕輕的吹了吹，緩緩的咬了一口，然後微微瞇起雙眼，細細的咀嚼品味著。

看著寧汐享受不已的樣子，孫冬雪的心也癢了起來，又挾了一塊，學著寧汐的樣子，小口的咬了一點，然後讚不絕口。「好吃，真好吃！」至於到底好吃在哪裡，卻是說不出來了。

寧汐露出會心的微笑，侃侃而談道：「這道糖醋排骨看起來簡單，做起來卻是很費事的。得挑選最嫩的一塊小排骨，洗乾淨剁成小塊之後，再用料酒和香醋醃漬半天。這樣可以去除排骨的腥氣，也會更加的入味。」

孫冬雪聽得津津有味，邊又挾起了一塊排骨送入口中，含糊不清地問道：「這排骨外面香脆酸甜，裡面卻是軟軟嫩嫩的，到底是怎麼做出來的？」

寧汐也跟著吃了一塊，才又接著說道：「這倒是不難，等醃漬好了之後，入油鍋炸上一會兒就行了。」

當然，控制油溫是很講究的，炸得恰到好處更是考較廚子的手藝。等炸過之後，再下鍋，這個時候，用小火入味。糖醋的比例最是關鍵，這事關廚子們的獨家手藝，就不細細說了。等到了最後起鍋之際，再用大火收湯汁，這樣，一盤酸甜適口、外脆裡嫩、香濃美味的糖醋排骨才算完工了。

孫冬雪聽得目瞪口呆。「寧汐妹妹，妳才做一個月的學徒，就知道怎麼做糖醋排骨了，真是太厲害了。」

寧汐莞爾一笑。「我現在天天練習刀功，連顛勺都還不會，哪裡會做糖醋排骨？」

「可是，妳剛才說得頭頭是道，難道不是寧大廚教妳的嗎？」孫冬雪理所當然的說道。

寧汐笑了笑。「我爹暫時還沒教我這個，我也是剛才吃了排骨才知道的。」

孫冬雪聽得滿頭霧水。「等等，什麼叫吃了排骨才知道的？」她怎麼一個字都聽不懂了？

寧汐抿唇笑了，眼眸裡閃爍著無比的自信。「不管什麼菜餚，我只吃上一口，就能知道是怎麼做出來的。」

孫冬雪不敢置信的看著寧汐，結結巴巴的問道：「真、真的嗎？」

寧汐被她傻乎乎的樣子逗樂了。「我騙妳做什麼。廚房裡的大廚、二廚、學徒、打雜的還有跑堂的，都知道我味覺靈敏，不管什麼菜，只要吃上一口，就知道食材和配料。」

眾人從一開始的震驚，到現在的習以為常，早就不當回事了。

當然，也有個別不信邪的，總是在廚房裡消停下來的時候，故意做點稀奇古怪的菜餚端到寧汐面前來。在寧汐連續說中了八道菜餚的食材配料之後，總算沒人做這樣的傻事了。

孫冬雪張大了嘴巴，半天都合不攏，顯然還沒從剛才的震驚中回過神來。

寧汐卻開始有胃口了，津津有味的吃起了糖醋排骨。

過了片刻，來福又吆喝著送了幾盤菜上來。

孫冬雪立刻來了精神，嚷著讓寧汐閉上眼睛，低頭審視兩眼，然後狡黠的一笑，親自挾了口菜送到寧汐的口中。「說說，這是道什麼菜？」

寧汐閉著眼睛，肯定的答道：「爆炒腰花，不過，妳為什麼只挾裡面的配菜給我吃？」她最不喜歡吃的就是芹菜了好不好？

孫冬雪被噎住了。她不挾腰花，故意挾了根芹菜，這樣寧汐也能嚐得出來，實在太不可思議了吧！

她該不是偷看了吧……

寧汐像是知道孫冬雪在想什麼似的，打趣道：「要不，妳找個布條把我的眼睛蒙起來好了，這樣我就徹底看不到了。」

這主意不錯！孫冬雪正要點頭，就聽到門口傳來熟悉的聲音。「冬雪，不要胡鬧！」卻是站在門邊的孫掌櫃發話了。

也不知孫掌櫃到底來了多久，沈溺於小小遊戲的兩個少女愣是沒察覺。

孫掌櫃笑著走了進來，讚許的看了寧汐一眼，毫不吝嗇讚美之詞。「汐丫頭味覺靈敏，又聰慧伶俐天資過人，天生就是個好苗子。將來必定能繼承寧大廚的衣缽，做一個最出色的廚子。」

第三十七章　粉墨登場

果然不愧是八面玲瓏的孫大掌櫃，捧起人來只見真摯不覺肉麻，讓人聽了渾身舒坦。

寧汐不敢怠慢，忙笑著應道：「孫伯伯可別這麼誇我，我才剛開始做學徒，還差得遠呢！」

孫掌櫃唇角含笑，顯然心情不錯。「在我面前這麼謙虛客套做什麼，妳爹可常在我面前誇妳的。」

寧汐一想到寧有方在人前滔滔不絕誇讚自己的情景，頓時有了掩面而逃的衝動。

疼閨女是人之常情，喜歡在人前誇耀兩句也無可厚非。可像寧有方那樣恨不得時時刻刻都把閨女掛在嘴邊的，大概全天下也找不出第二個了。

孫冬雪插嘴道：「我以前常聽爹誇妳厲害，今天算是見識到了。」雖然有點酸溜溜的，可她不得不承認寧汐確實很優秀。

長得水靈標緻，在廚藝上又這麼有天分，將來一定不是個平凡的女孩子。

寧汐笑了笑，正待謙虛幾句，來福匆匆忙忙的跑了進來，聲音有些急促。「孫、孫掌櫃，快些下樓。」

孫掌櫃皺了皺眉，沈聲問道：「有客人鬧事了嗎？」

來福連連搖頭。「不是不是，是東家少爺來了。」

孫掌櫃立刻動容了，二話沒說便跟著來福下樓去了。

孫冬雪的眼眸也亮了起來，喜孜孜的也要跟著下樓去。寧汐連忙扯了扯孫冬雪的衣袖，小聲問道：「冬雪姊姊，東家少爺是誰？」

孫冬雪飛快地答道：「這太白樓的幕後東家是陸家，東家少爺就是陸大少爺嘛！好了好了，先別說這個了，快些跟我下樓去。」興沖沖的扯了寧汐就走。

寧汐身不由己的被扯著去了，腦子裡卻快速的搜索起了關於這個陸家的記憶來。

陸家乃是洛陽城裡最出名的富商，以造船起家，家底殷實豐厚。這些年，洛陽城裡的鋪子，十間倒有三、四間都是陸家的，太白樓也是其中一個。

孫掌櫃本是陸家的一名管事，因為精明能幹，便被派到太白樓做了掌櫃，將太白樓經營得有聲有色，儼然成了洛陽城裡最最出名的酒肆。

在前世，寧汐早早的跟著寧有方到了京城生活，對太白樓幾乎一無所知，對這個陸家自然也談不上關注。

不過，如今的她到太白樓裡做了學徒。如果有可能的話，將來或許會在這兒大展拳腳，以後還是多留心些比較好。

孫冬雪一路風風火火的扯著寧汐下了樓，在見到那個穿著藍衫的俊朗少年時，俏臉頓時一片緋紅。

寧汐何等的敏銳，立刻察覺出異樣來，不由得抿唇一笑。

難怪孫冬雪這麼急著下樓了……

那個藍衫少年約莫十五、六歲，眉目清朗，目光柔和，唇角含笑。明明不算很俊朗，可讓人看著說不出的舒服。看來，就是傳說中的陸大少爺了。

孫掌櫃滿臉陪笑的在和陸大少爺說著什麼，孫冬雪忸怩的走上前去，給陸大少爺行了禮。「奴婢見過大少爺！」

奴婢？寧汐微微一愣，旋即會意過來。孫掌櫃是陸家的管事，孫冬雪自然也早早的進了陸家做事。

「妳是冬雪吧！」陸大少爺很是隨和，微笑著看了孫冬雪一眼。

孫冬雪興奮又激動，簡直如飄在雲端，不知道該怎麼回話了。

孫掌櫃連忙笑著接了句。「少爺真是好記性，這就是小的閨女，叫冬雪，在二小姐的院子裡做事。」

陸大少爺笑著點點頭，目光很自然的落到了寧汐的身上。

寧汐微微一笑，穩穩的走上前去，落落大方的自我介紹。「我叫寧汐，是這兒的學徒，東家少爺好！」

一番話說得不卑不亢，很有分寸。寧有方靠手藝吃飯，她來是做學徒學手藝的，又不是陸家的下人，沒必要卑躬屈膝。

陸大少爺顯然也有些意外，忍不住細細的打量了寧汐兩眼，眼裡閃過一絲驚豔。「妳姓寧，和寧大廚是親戚嗎？」

寧汐笑著應道：「寧大廚是我爹。」

孫掌櫃連忙在旁補充了一句。「汐丫頭來做了一個月學徒了，天分高，又很勤快，再有寧大廚細心指點，將來肯定是個好廚子。」

陸大少爺略有些訝然的笑了。孫掌櫃眼光極高，很少這麼誇讚過誰。這個水靈秀氣的小姑娘竟然得他如此誇獎，定然有些獨到之處了。

孫冬雪見陸大少爺的目光一直在寧汐的身上打轉，心裡有些不自在了，故意搶過了話頭。「大少爺，您這個時辰過來，一定還沒吃飯吧！樓上的荷花廳正空著呢！」

陸大少爺笑道：「等表弟來了，再一起上去也不遲。」

表弟？

眾人都是一愣，從沒聽說陸大少爺還有表弟……

陸大少爺顯然不打算多做解釋，只笑了笑。

寧汐深深覺得自己待在這兒太過多餘，便打算腳底抹油開溜了。剛有這個打算，眼角餘光便瞄到了那個絳衣少年。

寧汐愣住了，怔怔地看了過去。

那個少年笑著從太白樓的門口走了進來，彷彿將所有的陽光也帶了進來。

一瞬間，大堂裡所有人不管男女老幼，目光一起被吸引了過去，心裡同時浮起一句驚嘆——好一個英俊少年！

這個少年約莫十四、五歲，個頭不算太高，絳色的衣衫映襯得他膚白似玉、風采卓然。狹長的眼眸，挺直的鼻梁，薄薄的嘴唇噙著漫不經心的笑意，渾身上下都散發出奪目的風采。那種風姿，甚至比他俊美無倫的臉龐更引人側目。

陸大少爺也算是俊朗少年了，可和這個緩步走來的少年一比，頓時顯得暗淡無光。

寧汐的笑容僵住了，下意識地抿緊了嘴唇。如此近的距離，那個少年的面容無比的清晰，讓她再也無法欺騙自己那只是個和容瑾長得相似的路人。

他就是容瑾！是那個足不出戶卻以美貌名滿京城的容家三少爺！是那個高傲任性的容四小姐的哥哥容瑾！

他就這麼從容不迫的緩緩的走了過來，像是預示著她努力也無法更改的命運！

過往的一切，想躲也躲不開，在不經意中又來到了她的眼前。

第一個出現的故人不是邵晏，反而是這個根本不熟悉、連句話都沒說過的容三少爺，她是不是該慶幸？

寧汐自嘲的一笑，不知怎麼的，邁出去的步子又悄然收了回來。

眼前的這一切實在太詭異了，令她不得不生出戒備之心。前世裡，容三少爺體弱多病不喜出來走動，幾乎是人盡皆知的事情。可看他現在的樣子，雖然算不上英姿勃發，可和文弱兩字實在扯不上任何關係。竟然還出現在離京城十萬八千里的洛陽城裡……

這一切，實在太不對勁了！

寧汐定定的看著容瑾，心裡的疑雲越聚越多。

好在此時各人的目光都落在容瑾的身上，誰也沒覺得寧汐有什麼異常。

容瑾顯然早已習慣了眾人矚目的情景，異常的坦然自若，笑著拍了拍陸大少爺的肩膀。

「子言表哥，讓你久等了。」

陸子言爽朗的一笑。「我也沒等多久，對了，你逛了半天可有收穫？」

容瑾笑了笑。「看中了兩盆牡丹，讓小安子先送回去了。」

陸子言啞然失笑。「表弟這麼喜歡牡丹，果然風雅，我現在總算知道你為什麼千里迢迢的從京城到洛陽來了。」

「洛陽牡丹天下聞名，我當然不能錯過。」容瑾微微一笑，那笑容似清風徐來蕩起湖心的漣漪，令人炫目。

各人都是呼吸一窒。在那樣的絕世風華前，不管是誰，都會自慚形穢吧！

寧汐靜靜的看著容瑾，眼眸微微瞇了起來。

眼前的容瑾，和她印象中的實在相差太遠。再聯想到自己所經歷的離奇重生，她忽地生出一個大膽的猜想來——難道這個容瑾，也重生了嗎？

容瑾似是察覺到了寧汐異常的注目，眼眸瞟了過來。顯然，寧汐出眾的相貌並未引起他過多的注意，只看了一眼，便又將目光移了開去。

就這短短的一瞬，寧汐的一顆心提到了嗓子眼，又重重的落了回去。

他對她毫無印象！

假設容瑾也是重生的，他見到她絕不該是這副淡漠的表情。

畢竟，前世的她一直是容瑤的眼中釘肉中刺，恨不得除之而後快。身為容瑤的哥哥，容瑾不可能對她一點印象都沒有。當然，也有可能是現在的她還是個小姑娘，尚未長開，他一時沒認出她……

寧汐不停的胡思亂想著，頭腦裡亂哄哄的。

孫掌櫃卻已領著兩位貴客上樓去了，一路殷勤的介紹道：「荷花廳是我們太白樓最好的雅間了，坐在裡面可以觀賞到外面的景致。大少爺和表少爺先坐著聊會兒天，小的立刻就去吩咐寧大廚做些拿手的好菜上來……」

來福早機靈的跑去廚房了。

孫冬雪的臉頰紅紅的，眼眸異常的明亮。「寧汐妹妹，真不好意思，我今天沒時間陪妳玩了。大少爺今天沒帶丫鬟出來，我現在要上樓伺候去了。」

這樣難得的好機會，不好好把握怎麼行！

寧汐此刻哪裡還有心思和她糾纏，胡亂的點了點頭，便回了廚房。

她的腦子裡一片混亂，需要好好的想一想……

第三十八章　魚戲蓮葉間

因為來了兩位重量級的貴客，廚房裡頓時忙得人仰馬翻。寧有方身為主廚，自然是最最忙碌的那一個。

東家少爺來了，當然不能輕慢，怎麼著也要拿出壓箱底的絕活才行。只是越精緻的菜餚，越費時費工。急匆匆的這麼吩咐下來，他不著急上火才是怪事。

於是，廚房裡就響起了寧大廚的怒吼聲。「張展瑜，你給我過來，把這河蝦給我處理了，麻溜點！」

張展瑜不敢怠慢，立刻精神抖擻的應了。兩個打雜的，也被指使得團團轉。可就算如此，人手也依然不夠用。

寧有方眼角餘光瞄到了寧汐的身影，立刻喊道：「汐兒，妳過來！妳幫展瑜打下手，先將冷盤做好。」

寧汐不假思索的應了，立刻揮去腦子裡的紛亂思緒，專注的做起事來。

這一點，也是寧有方再三強調的。不管有什麼心事，只要握起了刀的那一刻開始，便要將一切煩惱心事拋開，心不在焉、三心二意的人是沒資格做個好廚子的。

冷盤做起來並不複雜，食材都是現成的，只要稍微切一下裝盤就行了。不過，寧有方對冷盤的花式要求極高，這麼一來，冷盤的製作就是件極為考較手藝的事情了。

寧汐用刀將熟牛肉切成薄薄的牛肉片，張展瑜耐心細緻的將牛肉片一片片的擺放到漂亮的瓷盤中。每一片都不重疊，由裡至外共三層，看來美觀大方。

這是冷盤中最常見的葵花拼盤。

寧汐瞄了一眼，隨手拿起一個胡蘿蔔雕了朵葵花放在盤子邊緣處。看了眼，又覺得似乎有些不足，索性又找了黃瓜來，削了薄薄的皮，做出了兩片葉子。

張展瑜忍不住讚了句。「汐妹子果然心靈手巧。」本來只是普通的葵花拼盤，被精緻漂亮的雕花一妝點，立刻顯得奪目起來。

寧汐笑道：「張大哥可別這麼誇我，我會很驕傲的。」

兩人對視一笑，又低頭繼續忙活起來。

有了葵花拼盤的先例，張展瑜也來了精神，接下來的幾個冷盤更是花樣百出。荷花拼盤、四角花拼、扇面三拼，看得人眼花撩亂。

寧汐則發揮出了過人的雕花功夫，細心的做點綴。

寧有方偶爾回頭看一眼，很是滿意的點了點頭。張展瑜的手藝沒話說，而寧汐竟能在這麼短的時間內跟得上張展瑜的步伐，更是天資過人啊！

最後一道冷盤是燻魚。

張展瑜正待動手，寧汐忽地笑道：「張大哥，最後這道冷盤讓我來試一試吧！」

張展瑜微微一愣，旋即笑著點了點頭，稍稍後退了幾步，將位置讓了過來。

寧汐心裡早有了想法，細細的打量那一大塊燻魚之後，便開始動起手來。她的手嬌小纖弱，卻無比的靈巧，片刻工夫，便將燻魚切成了大小不等的片狀。

張展瑜看了她這番動作，暗暗皺起了眉頭。以寧汐的刀功，將燻魚切成大小相當的片狀或細絲根本沒問題。她故意這麼做，到底有何用意？

寧汐顯然沒打算解釋，專注的將魚片慢慢的放入盤中。看似雜亂無章大小不等的魚片，在她的巧手施為下，竟然被拼成了兩條魚的形狀。

然後，她將碧綠的青菜葉子用開水焯一下，用剪子剪出大小不等的圓片，小心的放在盤子裡。最後，再將煮熟的雞蛋白，切成波浪狀，一一擺放在兩條魚的上面，像極了水紋。

寧汐細細的審視兩眼，確定沒問題了，才滿意的點了點頭。「好啦！」

張展瑜早已看得目瞪口呆。他學廚藝多年，也算小有所成，尤其是冷盤的花式製作上，也曾下過一番苦功，自恃不比任何一個大廚差。可到了今日，他才知道什麼叫真正的天才！

這麼短短的時間裡，她竟然自己想出了這麼別致美觀的花式拼盤，從頭至尾都沒失手……

而那個剛做了一個月學徒的小姑娘，還睜著明亮的大眼笑嘻嘻的看著他。「張大哥，這個冷盤怎麼樣？」

張展瑜擠出一個乾澀的笑容。「很好。」除了這兩個字，他再也不知該說些什麼了。

寧汐鬆了口氣，甜甜的笑道：「張大哥說好就行，我還怕你看不中我做的冷盤呢！」

張展瑜淡淡的笑了笑，只是那笑容有些苦澀。

來福笑嘻嘻的湊了過來，待見到寧汐做的那個花式冷盤之後，立刻誇張的喊了起來。

「呀，汐妹子，妳的手真是巧啊！我還沒見過這麼別致漂亮的花式呢！」

這一聲驚嘆，立刻把寧有方的目光也吸引了過來，百忙之中隨意的瞄了一眼，然後也瞪圓了眼睛。「汐兒，這種花式拼盤是誰教妳的？」

寧汐笑了笑。「哪有人教我，我就是看張大哥做花式拼盤的時候隨便想出來的。隨便……想出來的?!

寧有方也啞然了，半晌，才笑道：「好好好，快些端上去吧！貴客肯定都等得急了。」然後又扭過頭去在鍋前忙碌了。在沒人看見的時候，寧有方的嘴笑得都快咧到耳根去了。

來福特地將那盤燻魚冷盤放到了托盤中間，湊趣的笑道：「汐妹子，這麼漂亮的花式冷盤，妳取個名字吧！我也能給貴客們介紹介紹。」

寧汐想了想，笑道：「魚戲蓮葉間，就叫這個名字吧！」

來福一迭連聲的道好，快速的端著冷盤去了。

寧有方頭也不回的吩咐道：「展瑜，把雞脯肉切丁；汐兒，黃瓜胡蘿蔔切丁。」

兩人一起應了，各自低頭忙碌了起來。

雖然荷花廳裡只有兩個客人，可寧有方卻卯足了勁頭將拿手的菜做了出來，來福不停的跑來跑去上菜，腿肚都發軟了。猶自不忘時時稟報貴客們的反應。「寧大廚，東家少爺說了，剛才那道酒糟雞做得不錯……」

寧有方自得的笑了笑。酒糟雞可是他的拿手好菜。

「寧大廚，東家少爺說了，請您做個嗆炒白菜，說是上次來的時候吃過，一直覺得味道很好呢！」

寧有方立刻應了，不用吩咐，張展瑜和寧汐便將一應食材都準備好了送了過來。

待來福端著嗆炒白菜走了之後，寧有方才笑著說道：「東家少爺上次來的時候，我就做了這道炒白菜，他吃了讚不絕口，今天果然又點了這道菜。」那份自得溢於言表。

寧汐忍俊不禁的笑了，只覺得與有榮焉。

在上了大約二十道菜餚之後，來福氣喘吁吁的跑了過來，小聲的說道：「寧大廚，另一位貴客說了，鹹肉的味道稍微有些淡了……」

寧有方一愣，很自然的擰起了眉頭。

做廚子的，最希望得到吃菜之人的誇讚。而這種挑刺式的挑剔，卻是最令人羞惱的了。寧有方掌廚這麼多年來，被挑毛病的次數少之又少。到了太白樓之後，手藝越發的精湛出色，幾乎從沒被這麼挑過刺……

眼看著寧有方的臉色難看起來，來福忍不住嚥了口口水，小聲的說道：「寧大廚，您先別生氣。那位貴客也沒說什麼，就說鹹肉的味道有些淡了，其他的菜餚倒是沒說什麼……」

寧有方沈聲問道：「那位貴客有沒有誇過哪道菜餚？」

來福不敢吭聲了。

寧有方的臉陡然黑了一大半。

寧汐見情況不對，連忙笑著安撫道：「爹，各人口味不同，那位貴客本不是洛陽人，乍然吃到我們這裡的菜餚，一時不大習慣也是正常的。」

京城是天子腳下，也是大燕王朝最最繁華的所在。各地名廚匯聚，手藝好的比比皆是，正所謂食不厭精、膾不厭細，容瑾長年生活在那樣的環境裡，肯定早已習慣濃烈的口味了吧！

寧有方聽了這話，臉色和緩了不少，隨口說道：「這倒也有可能。不過，汐兒，妳怎麼知道那位貴客不是洛陽人？」

寧汐笑容一頓，然後笑著解釋道：「之前我被冬雪姊姊拉著到前樓玩了一會兒，正巧見到了這位貴客。聽說他是東家少爺的表弟，是從京城來的呢！」心裡不由得暗暗心虛了一下。事實上，就連孫冬雪也不知道容瑾的來歷吧！

寧有方不疑有他，笑了笑說道：「聽說京城那裡酒肆如雲，各地名廚都有，有機會，我定要去好好的見識一番。」眼中自然而然的流露出嚮往。

寧汐心裡咯噔一涼，迅速地說道：「爹，洛陽挺好的，別去京城了。」

這話實在接得太快太流利了，寧有方詫異的看了過來，不以為然地說道：「汐兒，這妳就不懂了。我這身廚藝，如果總在洛陽待著，以後再難有什麼進步。只有到更好的地方去磨練一番，才能真正有所成就。」而那個地方，非京城莫屬！

寧汐啞然了，過往的那些模糊回憶忽然湧了出來。

前世的寧有方毅然的領著妻子兒女到了京城，在那位貴人府上做了兩年的廚子之後，廚藝終於大有所成，後來，又進了宮做了御廚，得到了皇上的賞識……

她一直覺得這都是因為那位貴人才會帶來的際遇，卻沒想到，這才是寧有方心中真正的夢想！

第三十九章　好個伶牙俐齒的小丫頭

「汐兒，妳這是怎麼了？」寧有方再粗枝大葉，也留意到寧汐的不對勁了。

寧汐張張嘴，卻不知道要說什麼，半晌才笑道：「我喜歡洛陽，喜歡太白樓，別的地方我通通都不想去。」

寧有方爽朗的笑了起來。「妳這丫頭，把爹嚇了一跳。我剛才也就是隨口這麼一說，就算想去，也沒這個機會啊！」

寧汐笑了笑，那笑容有些苦澀。

還有一個多月，那個貴人就要出現了，寧有方殷殷期待的機會就快來了……

來福笑著插嘴道：「寧大廚，東家少爺剛才吩咐了，等忙得差不多了，就請你到荷花廳去。」顯然是要打賞了。

寧有方「嗯」了一聲，抬腳便走。

來福又咳嗽了一聲。「對了，另一位貴客說，想見一見做冷盤的廚子……」

張展瑜有些意外的笑了，正待說話，卻在聽到下一句的時候僵住了。「……說是那道魚戲蓮葉間還有點新意。」

寧汐也是一愣，壓根兒沒想到竟然也點了她的名，不由自主的看了寧有方一眼。

寧有方顯然很是高興，朝寧汐招手。「汐兒，爹帶妳一起去。」

「爹，我……」寧汐遲疑了片刻，顯然不太情願。

「寧叔叔，寧汐妹妹！」一個脆生生的聲音響了起來，卻是孫冬雪來了。「大少爺讓我來催你們快點過去呢！」

寧汐無奈的嘆口氣，只得硬著頭皮點了點頭，跟在寧有方的身後一起向前樓走去。

她在心裡不停的安慰自己，沒事的，那個容三少爺對她一點印象都沒有。待會兒見了面，她低著頭不出聲，想來也不會過多的留意她的……

孫冬雪笑咪咪的湊了過來，使勁的讚道：「寧汐妹妹，妳今天做的那道冷盤真是漂亮極了，讓人看了都捨不得伸筷子呢！」

寧汐定定神，笑著應道：「我也是靈機一動才想出了這個花式拼盤，沒想到竟然入了貴客的眼。」

孫冬雪羨慕不已的嘆了句。「妳的手真巧，我要是能有妳這樣的廚藝就好了。」

寧有方湊趣的回頭一笑。「那還不簡單，妳若是想學，隨時到太白樓來，就怕孫掌櫃捨不得妳吃這個苦。」嬌滴滴的小姑娘正值愛收拾打扮的年齡，誰願意像寧汐一樣整天待在油膩膩的廚房裡？

果然，孫冬雪立刻笑著閉了嘴，閉口不提剛才的話題了。

上了樓梯之後，荷花廳近在眼前。

寧汐深呼吸口氣，擠出笑容來，很自然的走在了最後一個。

寧有方進了荷花廳之後，便一臉陪笑的上前打了招呼。「小的寧有方，見過東家少爺，見過表少爺！」

陸子言生性隨和，立刻笑著說道：「寧大廚快些免禮，今天中午辛苦你了。這一桌菜餚做得好極了，我今日可大飽口福了。」

話音未落，身旁的小廝便笑著遞了封銀子過來。

寧有方在接過來之際，順手掂量了一下裡面的重量，粗略估計至少也在二兩左右。之前曾有的些許不快立刻不翼而飛了，笑著連連道謝。

慵懶的坐在一旁的容瑾忽地笑了，慢悠悠的說道：「表哥，這就是你誇個不停的太白樓主廚嗎？依我看，廚藝也不過如此。」

不過如此?!

在場的人都是一愣，氣氛安靜得有些詭異。

寧有方只覺得熱血一股腦兒的往頭上湧去。他做廚子這麼多年來，還從沒受過這樣的侮辱……

寧汐瞇起了雙眸，不動聲色的瞄了過去。

容瑾卻絲毫不覺得自己的話過分，漫不經心地笑道：「墨守成規，做菜中規中矩，味道倒還過得去，可缺乏創意。現在會的一切，都是從師傅那裡學來的，自己從沒想過創些新菜餚吧！寧大廚，我說的是也不是？」

寧有方的臉僵住了。雖然滿心的羞惱憤怒，雖然恨不得立刻甩門而出，可……這個漂亮得過分的貴氣少年卻該死的說中了他心底最深的隱憂。

是啊，他的廚藝都是從寧大山那兒學來的。這些年雖然在洛陽聲名赫赫，他自己卻很清楚，他根本沒有超越寧大山年輕時的手藝。要想再有進步，就得到更好的酒樓裡，接觸到更多廚藝超群的廚子，才有可能百尺竿頭更進一步……

「表少爺，」一直低頭不語的寧汐忽地抬起頭來，定定地看著容瑾，一字一頓的說道：「你不覺得剛才的話說得有點過分了嗎？」

她絕不容任何人這麼羞辱爹！哪怕對方是有權有勢的容府三少爺！

容瑾意外的挑了挑眉，頗有興味的上下打量了寧汐幾眼。「哦？我剛才哪句話說得過分了？」

寧有方呼吸一頓，慌忙的挪了一步，遮住寧汐小小的身子，低聲說了句。「汐兒，妳別胡說！」然後滿臉陪笑道：「表少爺別見怪，我這閨女年齡小不懂事，才做學徒不久……」

「那盤魚戲蓮葉間就是妳做的嗎？」容瑾卻直直的看向寧汐，饒有興味的問道。

寧汐穩穩的上前一步，朗聲應道：「正是，小女子才疏學淺，在表少爺面前獻醜了。」

容瑾淡淡的一笑。「燻魚的火候欠佳，味道過於甜了些，妳的刀功也有待磨練，好在拼盤的花式還算有點新意。」雖然一副輕描淡寫的樣子，吐出的話語卻句句不中聽。

寧汐按捺住心頭的火氣，淡然的一笑。「表少爺生在富貴之家，養尊處優慣了，哪裡懂得做廚子的辛苦。我爹為了盡快做出美味的菜餚端上來，不知花了多少心思，哪怕真的不太合您的口味，也請您懂得尊重別人的辛苦。」

寧有方聽得痛快無比，卻又心驚肉跳，唯恐寧汐惹怒了貴客招來禍端，暗暗的扯了扯寧汐的衣襟。

寧汐恍若不察，兀自站得直直的，明亮的雙眸直直的看向笑容漸斂的容瑾。「小女子年幼無知，若是說話無意中衝撞了您，還請您萬萬不要怪責。不過，若是您心胸實在太過狹窄，非要因此來找麻煩，還請您衝著小女子來，千萬不要遷怒到我爹身上。」

容瑾微微瞇起眼，笑容徹底沒了。

好個伶牙俐齒的小丫頭！

看似恭敬，其實句句夾槍帶棒，刺得人肉痛。和她做口舌之爭，未免失了男兒風度。可就這麼受著，心底卻又有些懊惱……

孫冬雪早被寧汐的大膽嚇住了，俏臉發白，心裡暗暗祈禱。

寧汐啊寧汐，妳可千萬別惹得表少爺大發脾氣才好，到時候，只怕會連累我也吃不了兜著走啊！

陸子言見勢不妙，忙咳嗽一聲打圓場。「好了好了，今兒個寧大廚辛苦了，早些下去休息吧，晚上還有得忙……」

寧有方巴不得聽到這一句，連連點頭。「是是是，小的這就退下，不打擾您和表少爺說話了。」說著，一把拉了寧汐就要走。

「等等！」容瑾定定的看了寧汐一眼，忽地微微一笑。「妳剛才說，我不懂得尊重別人的辛苦是嗎？」

寧汐也笑著應道：「小女子哪敢這麼說表少爺。」眼裡卻無半點笑意。

容瑾慢條斯理的說道：「照妳這麼說，吃飯的客人都沒權利挑剔菜餚的味道了？」

寧汐笑了笑，也不疾不徐的應道：「客人當然有權利挑剔，不過，說話總得顧忌些別人的感受。若是有人成心在雞蛋裡挑骨頭，換了哪個廚子也伺候不了這樣的客人。」

容瑾笑容更深了。「廚子做菜就是給人吃的，就該有胸襟接受客人的意見。如果一句逆耳的話都聽不進去，這樣的廚子永遠都只能是二流，成不了一流的大廚。」

「手藝好壞看各人悟性和努力，不過，人品的高低卻是先天就定下的。不懂得尊重別人的人，大概也得不到別人的尊重。」寧汐不假思索的應道。

「妳……」容瑾氣得牙癢。

寧汐挑眉一笑。「我年紀小不懂事，不會說好聽的，只會說實話。還請表少爺多多包涵了。」

這一番唇槍舌劍，聽得寧有方臉都白了，心裡叫苦不迭。

對方可不是普通客人，是東家少爺的表弟啊！再看那身氣度和穿戴，就知道非富即貴。寧汐逞一時口舌，得罪了這樣的貴客，將來在太白樓還怎麼待下去啊！

陸子言也有些頭痛了。

這個從京城來的表弟到了洛陽也才幾天，性子到底如何他也不太清楚。如今就這麼和一個小姑娘較上勁了，他到底該怎麼勸才好？

容瑾和寧汐就這麼大眼瞪小眼的互相看了片刻，然後同時別過臉去。心裡不約而同的想道——真是個難纏的丫頭（公子哥兒）！

「表弟，」陸子言忙乘機打圓場。「你不是還要去逛逛花市嗎？我這就帶你去吧！」

容瑾輕哼了一聲，算是同意了。

陸子言一喜，連連朝寧有方使眼色。寧有方哪有不明白的，立刻扯著寧汐偷偷開溜。

容瑾這次沒有叫住他們，看著寧汐的背影，淡淡的問了句。「妳叫什麼名字？」

「小女子名叫寧汐。」寧汐沒有回頭，鎮靜地應了句。

容瑾，他對這個名字會有一絲印象嗎？

寧汐小巧的身影迅速的消失在門口。從頭至尾，都未曾回頭看過一眼，步伐異常的穩定。

容瑾依舊笑著，眼眸裡閃過一絲異樣的亮光。

寧汐？很好，他記住這個名字了！

第四十章　父女談心

寧有方出了荷花廳之後，二話不說拉著寧汐一路小跑回了廚房。等到了小廚房裡，才發現早已冒出了一身的冷汗。

回想起剛才發生的那一幕，寧有方開始頭痛了，一時也不知該怎麼說寧汐才好。

寧汐自動自發的低頭認錯。「爹，對不起，剛才我太任性了，不該和貴客鬧口角。」

何止是鬧口角，簡直就是吵上了，還牙尖嘴利的把貴客氣得變了臉色……

寧有方重重的嘆口氣，語重心長地說道：「汐兒，我知道妳是為了替爹出氣。可我只是個做菜的廚子，別看在廚房這裡挺風光，可一旦出了廚房，到貴客們面前，也只能任由人數落陪笑臉。今天妳得罪了東家少爺帶來的貴客，只怕日後他會來找麻煩。我倒不怕這些，大不了再換一家酒樓做事，以我的手藝，不愁沒飯吃。可妳以後怎麼辦？妳畢竟是個女孩子，總這麼牙尖嘴利的惹惱客人可不行啊！」

說到這兒，寧有方一臉的憂心忡忡。

寧汐聽了心裡酸酸的，卻倔強的抬起頭來，直直的看著寧有方說道：「爹，我不管他是什麼樣的貴客，他這麼奚落侮辱您，就是不行！」

寧有方苦笑一聲，又是感動又是唏噓。「妳這傻丫頭！被奚落幾句也沒什麼大不了的，我只當作沒聽見，照樣拿我的賞銀就是了。」

寧汐咬了咬嘴唇說道：「在我心裡，爹是天底下最最好的廚子，他不過是個遊手好閒的富家公子哥兒，有什麼資格說您的不是？」

那個少年和她記憶中那個孤僻文弱的容三少爺已經判若兩人，高傲又毒舌，一點都不討人喜歡，哼！

寧有方默然許久，忽地長長的嘆了口氣。「雖然他說話難聽了些，不過，說的也有些道理。」

「爹，您……」寧汐沒想到寧有方會說出這樣的話來，訝然的瞪圓了眼睛。

寧有方迅速的說了下去。「我的廚藝是從妳祖父那裡學來的，這麼多年來，我只是老老實實的做菜，從沒想過創新改良，廚藝只是更加熟練了，並沒有真正的實質的進步。」說到這兒，寧有方的笑容有一絲苦澀。

寧汐急急的安撫道：「爹，您的手藝好得很……」

寧有方嘆了口氣。「我整天在太白樓裡做菜，聽著來來往往的貴客讚譽，早就被誇得昏了頭，其實，我離真正的名廚還差得遠。那位貴客說的對，我應該好好的反省一下才是。」

寧汐見寧有方心情低落，不假思索地安撫道：「爹，您不要因為別人幾句隨口的話就失去信心，您將來一定能成為名震一方的大廚，還能做上御廚，得到皇上的賞識和器重。您會成為大燕王朝最最出名的廚子，成為我們寧家的驕傲。」

這一點，沒人比她知道得更清楚！

這一番話語出真摯情深意切，寧有方立刻動容了。「汐兒，妳真的覺得爹可以嗎？不是說來哄我的吧！」剛才被打擊得體無完膚的自信，忽然又慢慢的回來了。

寧汐肯定的點頭。「我說的都是真心話，爹，您要相信我，更要相信您自己。您不是說過嗎？不管做什麼事，最重要的就是要有自信。如果您自己都沒信心，客人又怎麼會對您有信心？」

寧有方的眼眸亮了起來，笑容重新回到了臉上，用力的拍了拍寧汐的肩膀。「好好好，說得好！汐兒，妳說的對，我不能因為幾句話就沒了信心。」

寧汐這才鬆了口氣，甜甜地笑道：「爹能這麼想就好了。放心吧，那位表少爺只是來洛陽城裡作客，說不定過幾天就會走了，不會有這個閒空來找我麻煩的。」

寧有方迅速的笑道：「要是他再來，妳躲著點，讓我去應付就是了。」

那位公子哥兒最多也就說上幾句難聽話罷了，還能拿他怎麼樣？大不了就辭工不幹了，以他的手藝，還能餓死不成？

寧汐抿唇笑了笑，正待說話，就聽門外響起了一個急切的聲音。「寧老弟！寧老弟！」

卻是孫掌櫃匆匆的走了進來，後面還跟著孫冬雪。

「剛才到底是怎麼了？」孫掌櫃皺著眉頭，一臉的焦急擔憂。「聽冬雪說你和貴客鬧口角了，這到底是怎麼回事？」

寧有方此刻倒是鎮定了下來，不假思索的將責任全都攬到了自己身上。「說起來都怪我，今天做的菜不太合那位貴客的口味，他數落了幾句，我一時不忿，就回了幾句。」

孫掌櫃一愣，下意識地看了孫冬雪一眼。奇怪，寧有方的說辭怎麼和她的不大一樣？

孫冬雪立刻張口說道：「剛才明明就是寧汐妹妹和貴客吵了起來，寧大廚從頭到尾都沒說話的。爹，我可沒說謊。不然，您問問寧汐妹妹好了。」

寧有方還待出言維護，就聽寧汐平靜的開口應道：「冬雪姊姊說的沒錯，一切都怪我。東家少爺帶來的貴客成心挑剔，我聽了很生氣，就和他爭執了幾句。孫伯伯，都是我的錯，請您別怪我爹……」

「不不不，都是我的錯。」寧有方搶過了話頭。「是我手藝不佳，才會被客人挑剔。要是那位貴客來找麻煩，就衝著我來好了。」

孫掌櫃聽得哭笑不得。「好了好了，我又不是來追究誰的責任的。東家少爺走前特地叮囑了我一句，讓我來安慰寧老弟兩句，說是表少爺說話不中聽，讓你千萬別往心裡去。」

寧有方愣住了，心裡一暖，很是感動。「這讓我怎麼敢當，東家少爺太客氣了……」

寧汐也頗為意外，忽然對陸子言生出了些許好感來。

雖然是富家少爺，又是陸家家業的繼承人，可陸子言的身上卻毫無驕奢之氣。懂得體恤他人的辛苦，更懂得尊重別人，真是難能可貴啊！

孫掌櫃朗聲笑了。「東家少爺既然這麼說了，寧老弟也就別往心裡去了。不過，下次再有此類事情，還是稍微忍一忍為好。和氣生財，何必和客人較勁，你說是不是？」

寧有方連連點頭稱是，心底的那點鬱悶不快早已不翼而飛了。

孫冬雪早已湊到了寧汐的身邊來，笑嘻嘻的誇道：「寧汐妹妹，看妳嬌嬌弱弱的，真沒想到妳有這麼大的膽子，敢和那個表少爺爭執不下呢！」她當時早被嚇得頭都不敢抬了。

寧汐隨意的笑了笑。「這沒什麼，要是換成別人這麼奚落孫掌櫃，妳也會挺身而出為孫掌櫃鳴不平的。」當有了想守護的人，勇氣自然而然就會在關鍵的時候迸發出來了。

孫冬雪想了想，也抿唇笑了。「妳說得挺有道理。」

寧有方心情一好，立刻笑道：「今天忙了這麼長時間，還沒來得及吃飯。我這就親自下廚做幾個菜，孫掌櫃和冬雪也留下來一起吃吧！」

孫冬雪立刻點頭，孫掌櫃也爽快的笑著應了。

幾位大廚一聽說孫掌櫃也一起吃午飯，每人也湊趣做了道拿手的菜餚，各式美味菜餚把桌子堆得滿滿的，香氣撲鼻，看得人眼花撩亂。

寧汐被孫冬雪拉著一起坐了下來，聞到熱騰騰的香氣，也覺得肚子餓了，毫不客氣的動手吃了起來。

幾位大廚則陪著孫掌櫃喝了幾杯，說說笑笑的頗為熱鬧。

王麻子忽地瞄了寧汐一眼，不懷好意地笑著問道：「寧老弟，聽說你今天做的菜不合貴客的口味，被說了幾句是吧！」

剛才荷花廳裡發生的那一幕，早在廚房裡傳了開來。別人倒也罷了，王麻子卻是一定要奚落幾句才舒坦的。

寧有方坦然的笑了笑。「我手藝不精，貴客不滿意。下次若是這位貴客再來，還是請王老哥動手做些好菜上去吧！」

王麻子聽得渾身舒暢，不客氣的點了點頭。

朱二忽地嗤笑了一聲，低低地說了句。「不知羞恥！」

王麻子耳尖的聽到了，立刻拉長了臉。「朱二，你說這話是什麼意思？」

朱二輕哼一聲，不客氣的反唇相稽。「我什麼意思你聽不出來嗎？寧老弟的廚藝在我們太白樓是頭一份，那位貴客分明是成心挑剔。難道你王麻子的手藝就能比寧老弟更好嗎？虧你好意思點頭。」平日裡不愛出聲的朱二，說起刻薄話來卻是針針見血。

王麻子氣得臉都白了，正待破口回罵幾句，卻聽孫掌櫃咳嗽一聲打了圓場。「大伙兒就別為這點小事傷和氣了。我估摸著，那位貴客暫時是不會再來了。」

王麻子這才悻悻的住了嘴。心裡卻暗暗打定主意，只要那位貴客再來，他非得好好露一手不可。

寧有方豈能看不出王麻子的那點心思，笑了笑並沒出聲。

第四十一章　一本食譜

寧有方和寧汐回家之後，很有默契的沒有提起白天發生的那齣鬧劇，以免阮氏擔心。

而寧汐擔心的，自然比寧有方多了一層。當她說出自己的名字之後，容瑾到底有沒有回想起什麼？如果他對她也起了疑心，該怎麼辦？

寧汐不敢再深想了，連忙揮去這些紛亂的思緒，心裡暗暗想著，今後一定要避開前世的故人。不管是誰，她都不想再見到了……

阮氏心心念念的卻是別的事情。「暉兒今天上午就該考完了，怎的到現在還沒回來？」

寧汐一聽擔心起來，忍不住頻頻往外張望。

童生試考完之後，得大半個月才會放榜，考生考完之後就該都回來了，寧暉竟然耽擱了大半天還沒回家，到底是去哪兒了？

等了片刻，寧汐索性又跑到了門口，踮起腳尖往路口張望，一個熟悉的身影遠遠的走了過來。

寧汐眼眸一亮，歡喜的跑著迎了上去。「哥哥，你可總算回來了！我們都好擔心你呢！」

寧暉咧嘴一笑，一把抱起寧汐轉了一圈。寧汐格格的笑開了，紛亂了一整天的心情，在微涼的晚風中悄然散開了。

阮氏和寧有方聽到動靜，也高興的迎了出來。眾星捧月一般把寧暉迎回了屋子裡。不等眾人追問，寧暉連忙笑著解釋道：「今天上午考完之後，幾個同窗非拉著我一起吃了頓午飯；到了下午，又和他們去了一家專賣舊書古書的書肆。本來就想隨便看看，沒想到那家書肆裡有不少好書，只是要價太高，談了好久價格也沒談攏。他們幾個先走了，我一個人死皮賴臉的留在那兒，老闆見我心誠，總算鬆了口。喏，你們看！我買了好幾本回來呢！」說著，獻寶似的將包袱打開，裡面果然放了好幾本破舊不堪的書。

寧有方立刻皺起了眉頭抱怨道：「就這幾本破書，哪裡值得耽擱這麼大半天，要買也該買些新的回來吧！」

阮氏卻是眼前一亮。「暉兒，這幾本可都是古書啊！你外祖父最喜歡蒐集古書，要是他看見了，保准高興得不得了。」

寧暉笑著點了點頭。「我正打算過幾天拿去送給外祖父呢！」

寧汐也跟著阮氏讀過書習過字，聞言好奇的探頭看了一眼，笑著說道：「哥哥真是有心呢！」

寧有方一時插不上話，沒趣的住了嘴。

寧暉又神秘兮兮的朝寧汐笑了笑，像變戲法似的從懷裡掏出一本薄薄的小冊子來，在寧汐的眼前晃了晃，又故意舉得高高的。「妹妹，猜一猜這是什麼。要是猜中了，我就送給妳怎麼樣？」

寧汐的好奇心被吊了起來，踮起腳尖使勁的看兩眼，壓根兒看不清楚，隨口笑道：「該不是食譜吧！」

這下可輪到寧暉瞠目結舌了。「妳、妳怎麼知道這是食譜的？」

「什麼？這真的是食譜?!」寧汐不敢置信的瞪大了眼睛，心裡狂跳不已。

手藝人靠的是口耳相傳，鮮少有此類書籍。尤其是食譜，更是極為少見。誰能想得到寧暉手中拿的竟然是一本珍貴至極的食譜？

寧暉得意的咧嘴笑了起來。「要不是為了這本食譜，我也不會耽擱到現在了。這本食譜被夾在一堆古書中間，被我無意中發現了。我要買，那老闆根本不肯賣，說這本食譜很有些來歷。我軟磨硬泡了半天，他才給我講了……」

寧有方一聽說是食譜，也兩眼放光了，不假思索的伸出手。「快些拿來給我看看！」

寧暉難得逮到這樣的機會奚落他一把，自然不肯放過，笑嘻嘻的說道：「爹，就算我給了您，您也看不懂吧！」寧有方大字不識幾個，哪裡能看得懂食譜啊！

寧有方訕訕地縮回手，想想覺得不甘心，又笑著拍了寧暉一巴掌。「好你個渾小子，竟然敢取笑起你爹來了！」

寧暉嘿嘿一笑，利索的將食譜給了雙眸熠熠發亮的寧汐。「好妹妹，這個就送給妳了。」

寧汐拿著食譜，手微微有些顫抖。

那不是一本書，充其量只能算是一本小冊子罷了，連封面都沒有。翻開第一頁，只見上面密密麻麻的寫滿了字。顯然，這是某一個廚子的手稿……

寧暉見寧汐小臉興奮得直放光的樣子，心裡很是愉快，笑著說道：「妳可別小瞧了這本食譜，聽那個老闆說，是他以前從一個賭鬼手裡買來的。那個賭鬼的祖父曾是宮裡的御廚，平時習慣把做菜心得和自創的菜譜一一記錄下來，本來是打算留給自己的後人。沒想到那個廚子死了之後，他的後人一輩不如一輩，到了他孫子這一輩，竟然連這個祖傳的食譜也拿出來變賣做了賭本。」

寧汐忍不住問道：「這食譜這麼珍貴，那個書肆老闆怎麼肯賣給你的？」

寧暉狡黠的一笑。「那個老闆都六十多歲了，也沒兒子，就一個閨女還早就出嫁了。要這樣的食譜能有什麼用。他說這些，無非也是想抬抬價，我把身上所有的錢都搜出來給他了，他才勉強點頭同意賣給我。」

寧汐想了想，覺得有些不對勁，下意識的追問了句。「哥哥，你是不是有事瞞著我？」寧暉身上只帶了些散碎銀子，書肆老闆怎麼可能這樣的低價就把食譜賣給他了？

寧暉立刻矢口否認。「沒有的事。」卻不自覺的縮了縮脖子。

寧汐心裡一動，總覺得有哪兒不對勁。當著寧有方和阮氏的面，她什麼也沒多說，只笑了笑，又打了個呵欠。

阮氏忙笑道：「天不早了，我去燒些熱水來，你們兄妹兩個早些洗洗睡了吧！」

兄妹兩個一起笑著點頭。

阮氏和寧有方一起到廚房那邊燒熱水去了，屋子裡只剩下寧汐和寧暉兩個。

寧汐忽然伸出手撥開寧暉的衣領，果然，脖子那裡空蕩蕩的一片……

「哥哥……」寧汐的眼眶忽然濕潤了。「你把長命鎖也給老闆了是不是？」

寧暉滿月的時候，祖父寧大山特地打了把金的長命鎖掛在他脖子上。這麼多年來，寧暉連洗澡的時候都捨不得把長命鎖拿下來，沒想到今天竟然拿了那個換了這本食譜回來……

寧暉撓撓頭，故作不在意的說道：「哎呀，我都那麼大的人了，還整天戴著長命鎖，都快被人笑死了，給了那個老闆正好……唉，妹妹，妳別哭嘛，我真的是這麼想的，妳別哭……」

寧暉手忙腳亂的哄著寧汐，見她還是哭個不休，便將她摟到了懷裡，輕聲的安慰道：「好妹妹，妳對哥哥的好，哥哥都知道。妳替我去太白樓做了學徒，我也沒別的能幫妳。今天見到這本食譜的時候，我就下了決心，無論如何也要買回來送給妳。只要妳喜歡，我心裡就很高興了……」

寧汐的眼淚大顆大顆的滴落下來，心底一處隱隱的疼痛，更多的，卻是感動。

自小到大，寧暉都是個好哥哥，有什麼好吃的好用的都讓著她。前世的她，眼睜睜的看著寧暉悶悶不樂的退了學做了廚子，一直到他在獄中臨死前的那一刻，他都未曾真正開心過。這一生，她絕不會再讓寧暉有那樣的遺憾。

寧汐抬起頭，哽咽著說道：「哥哥，謝謝你！」

寧暉用手為她擦去眼淚，眼圈也紅了。「傻丫頭，我是妳哥哥，為妳做這些算什麼。」

是啊，他是她的哥哥，是她最最重要的親人。她願意為他去做學徒，將原本屬於他的責任全部承擔了過來，他又何嘗不想為她做些什麼？

寧汐吸吸鼻子，擠出一個笑容來。「對，我們之間不用說謝。」

寧暉這才咧嘴笑了。「這才對嘛！對了，我和那個老闆說過了，等我今後攢到錢了，就去把那把長命鎖贖回來，這事妳可千萬別告訴爹娘……」

「你們兩個嘀嘀咕咕的說什麼呢！」阮氏的聲音忽地在門口響了起來。

寧暉寧汐都嚇了一跳，不約而同的一起搖頭。「沒什麼，什麼都沒說。」果然不愧是親兄妹，異常的有默契。

阮氏不疑有他，笑著說道：「好了，熱水燒好了，你們各自回屋子去洗洗吧！」

兩人又一起點頭應了，交換了個眼色，便各自回了屋子。

寧汐懷裡揣著那本神秘的食譜，哪裡還有心思睡覺。洗漱完之後，便坐到燈下，翻開了那本食譜細細的看了起來。

這個不知姓啥名誰的廚子，顯然沒有太高的文采，字跡也有些歪歪扭扭，寫得密密麻麻的。再加上年代太久了，紙張泛黃，稍微一碰，就窸窸窣窣的像要散掉似的。

寧汐不敢太用力，小心的捧著，一行一行的細細看著，只看了不到半頁，就震驚的瞪圓了眼睛。

這個冊子上記錄的不單單是食譜，更多的，是這位不知名御廚的做菜心得體會，樸實卻又簡練犀利，一開始就簡明扼要的說清了乾貨類食材的快速處理方法，讓她這個新入行的小學徒簡直大開眼界……

第四十二章　真正的天才

以寧汐的心思，恨不得立刻將這本冊子都翻看完了全數記在心裡才好。

那種感覺，就像一個三天沒喝水的人，忽然遇到了一汪清澈的泉水，恨不得將整個人都埋進去喝個痛快。

只可惜還沒看完一頁，阮氏就已經來催促三趟了，到最後，乾脆直接端走了油燈。

寧汐無奈的嘆口氣，只得閉眼睡覺。當然，睡之前不忘把那本薄薄的小冊子壓在衣服下面，才放心地睡了。

第二天天還沒亮，寧汐習慣性的早早起了床。穿衣梳洗之後，特地將那本食譜收到了箱子裡。

這樣珍貴的食譜，自然要留著慢慢的研究實踐，還是別帶到太白樓裡顯擺了。

寧有方顯然也惦記了一夜，路上忍不住問道：「汐兒，那本食譜妳看了多少？裡面都寫了些什麼？」

寧汐把自己看的那大半頁內容簡單的說了一遍。

待聽到處理乾貨的幾種方法時，寧有方頓時眼前一亮，笑著讚道：「我平日處理乾貨大多是用水發，這油發和火發的法子，我還從沒用過。還有鹽發和鹼發，都是很少見的法子，寫這本食譜的廚子，果然厲害。」

說著，又將幾種法子細細的說了一遍。比起食譜上的寥寥數語，寧有方的口述更加形象生動，寧汐基本上都聽懂了，心裡暗暗高興。

連寧有方都讚不絕口，這本食譜上記錄的可真是實用的好東西呢！

寧有方意猶未盡的說道：「汐兒，以後妳每天看一些，要是有不懂的，就來問我。」

此話正中寧汐下懷，興致勃勃的點頭應了，只覺得渾身有使不完的勁。

到了廚房，寧有方便笑著說道：「汐兒，妳的刀功練得不錯了，從今天起，我就教妳怎麼顛鍋。」

刀功顛鍋都是做廚子的基本功，尤其是顛鍋，既要力量更要技巧，想做個好廚子，必然要下苦功練習不可。

一般來說，做學徒至少得有一年以上才開始練顛鍋。不過，寧汐的刀功進展很快，早些練顛鍋也未嘗不可。

寧汐略有些意外，忙不迭地點頭應了，專注的看著寧有方做示範。

寧有方不知從哪兒找了些沙子過來，放進了大鐵鍋裡。先是前後晃動幾下，然後手腕稍稍用力，沙子就在鐵鍋中翻滾了起來，有大半都被拋在了空中，卻又穩穩的落入了鍋中。從頭至尾，竟是一粒沙子都沒掉出來。

「爹，您好厲害！」寧汐睜圓了眼睛，驚嘆不已。

寧有方咧嘴一笑，明明很得意，卻偏要做出謙虛的樣子來。「這是廚子的基本功，不算什麼。來說一說，妳剛才觀察到了什麼？」

寧汐想了想，緩緩的說道：「顛鍋用的是手腕的力量，用拇指發力將鍋往懷裡拉動，然後用其餘四指把鐵鍋往前送，邊送邊順手向上一揚，鍋裡的沙子便離鍋翻身。用鐵鍋接沙子的時候，最考較廚子的眼力了。」

寧有方聽得雙眼放光，哈哈笑了起來。「好好好，我的乖女兒果然好樣的。」只看了一遍，就將顛鍋的技巧和要點說得分毫不差，他做了這麼多年的廚子，也沒見過誰能有這份眼力和悟性啊！

寧汐眉眼彎彎的笑了，也學著寧有方的樣子，放了些沙子到小號的鐵鍋裡，掂了掂，好重……

寧有方忍住笑意，咳嗽了一聲。「妳才剛開始練，少放一些沙子就是了。」

寧汐噘起了嘴巴，指控道：「爹，您在取笑我。」

寧有方眼中滿是笑意，故作正經的辯駁。「我哪裡取笑妳了。」

寧汐瞪圓了眼睛，嬌嗔不已。「明明就在笑我，眼睛在笑，嘴巴在笑，臉也在笑……」一旁打雜跑堂的都善意的哄笑起來。

寧有方立刻舉手投降。「好好好，是爹不好，保證不笑妳了，妳來練幾下給爹看看。」

寧汐這才將全部的精神都放到了手中的鐵鍋上，腦子裡很自然的回想起寧有方剛才的動作。竟像是在她的腦中重播似的，連最最細微的動作都記得一清二楚。

寧汐深呼吸口氣，穩穩的將鍋前後晃了晃，鍋中的沙子緩緩的作響。在那一刻，她幾乎能感覺到鍋中所有沙子的運動軌跡和方向，這種感覺真的好奇妙……

然後，她毫不遲疑的將鍋往前稍微送了送，又往回用力。沙子輕巧的在空中翻騰，然後穩穩的落在了鍋中。一粒都沒灑到鍋外！

寧有方看得瞠目結舌。

這番動作不夠熟練，也不算很靈活，可卻掌握了所有的顛鍋要訣。任誰看了，也不會相信做出這番動作的人是第一次顛鍋吧！

張展瑜不知什麼時候也走了進來，將這一幕盡收眼底，也震驚得說不出話來。

原來，這個世上真的有這樣的天才！

別人耗盡心思練上幾個月才能會的，她卻只花了不到一個時辰……

在這樣的天才面前，那點可憐的自信和自尊，早被打擊得體無完膚了！

寧汐卻還不太滿意的皺起了眉頭，嘟囔著說道：「速度比爹慢了好多，而且就顛了幾下，手腕就沒勁了。」

寧有方努力的把心底的得意和驕傲都壓了回去，咳嗽一聲說道：「妳第一次練，已經算是不錯了，今後多多練習，熟能生巧，自然會越來越好的。等妳能將鍋裡的沙子添一倍，能堅持小半個時辰，就算是勉強合格了，可以換真正的菜餚來練習了。」

寧汐認真的點點頭，甩甩手腕，又繼續練習去了，口中還唸唸有詞。「……真沒用，就這麼一會兒手腕就痠了……」

寧有方聽得啞然失笑，招呼了張展瑜一聲，開始為今天的桌席做準備。

又是美好的一天開始，真是各種振奮有精神啊！

只可惜，好心情維持不到一刻，就見來福匆忙的跑了進來嚷道：「寧大廚，快些準備一下，貴客又來了！」

寧汐手中的動作一頓，忽然有了不好的預感。「來福哥，哪位貴客來了？」

老天保佑，千萬別是昨天那個刻薄高傲又毒舌的容三少爺……

第四十三章 千萬別在人背後說壞話……

「就是東家少爺的表弟容少爺啊！」來福爽快應道，不無意外的看到寧汐拉長了臉。

寧有方顯然對這位容少爺也沒什麼好感，悶悶的問道：「指名讓我做菜了嗎？」

來福愣了愣，撓撓頭。「這倒沒有……」

寧有方繃著的臉立刻鬆懈了下來。「那就好，換個人做菜就是了。」

寧汐眼珠轉了轉，忽地笑道：「昨天王伯伯不是想伺候這位貴客的嗎？要不，就讓來福哥去說一聲好了。」正好，也讓王麻子碰個一鼻子灰難看一回，看他以後還敢不敢說風涼話了。

寧有方精神一振，顯然對這個主意很是贊同，朝來福使了個眼色。來福很是機靈，立刻笑著點點頭，一溜煙地跑去找王麻子了。在場的人都知道王麻子的脾氣，沒人擔心他會拒絕這樣的「美差」。

果然，來福很快就笑咪咪的跑回來了，擠眉弄眼的笑道：「王大廚一口就應下了。」

寧有方這才鬆了口氣，笑著說道：「這樣吧，你到前樓去看看，把王麻子負責的桌席都轉來給我做就是了。」

來福笑著點了點頭，麻溜的跑到前樓去了。

寧有方哼著小調，照看起了鍋中正燒的菜餚。

寧汐練了會兒顛鍋，手腕實在痠軟無力，索性放下了鐵鍋，出去轉悠一圈透透氣。

鄭重聲明，她絕不是成心轉悠到王麻子的廚房裡來看熱鬧的哦！

寧汐掛著甜甜的笑容，很有禮貌的喊了聲。「王伯伯，有什麼需要我幫忙的嗎？」

王麻子不假思索的搖頭拒絕。「不用了，有王喜在這兒就行了。」還有一個二廚和兩個打雜的，人手是足夠了。

王喜顯然很想寧汐留下來，笑著插嘴道：「爹，就讓汐妹子在這兒打打下手吧！」

王麻子不著痕跡的瞪了王喜一眼。這個傻兒子，整日裡就想著討這個漂亮小丫頭歡心，也不想想看，這小丫頭聰明過人，什麼都是一看就會一嚐就懂了。要是讓她在旁邊看著，豈不是將他的手藝都偷學走了嗎？

王喜被瞪得心底發怵，只好朝寧汐歉然的笑了笑。

寧汐笑了笑，並未介懷，識趣的退了出去，不過卻沒走遠，王麻子廚房裡的大概動靜還能看到的。不得不說，王麻子雖然陰陽怪氣的不討人喜歡，但做菜還是很有兩把刷子的。

跑堂的端著熱騰騰的菜餚從寧汐面前走過去，那濃烈的香氣瀰漫了過來，寧汐只匆匆的看一眼，不由得暗暗讚嘆。

這道烤羊腿色澤微紅，上面均勻的撒著胡椒粉等各式調料，賣相好看不說，香氣也極其的濃郁，可以看出王麻子著實花了一番心思烹製。

就算容瑾再挑剔再毒舌，也挑不出什麼毛病了吧！

顯然，有這樣想法的不只是寧汐。

廚房裡，王麻子也自得的笑了，那笑容裡滿是自信。

這道烤羊腿，可是他的拿手好菜，費工費時，平日裡他輕易不肯做的。今天既然是這位容少爺來了，當然要好好的露一手！

所以，當跑堂的匆匆跑回來的時候，王麻子顯然有些意外，忍不住問道：「怎麼了？東家少爺說什麼了嗎？」

跑堂的苦著臉應道：「東家少爺倒是沒說什麼，不過，容少爺說……」

「說了什麼？」王麻子迫不及待的追問道，眼中滿是期待。

跑堂的支支吾吾了半天，才吞吞吐吐的說道：「容少爺說，讓你別糟蹋羊腿了……」

廚房裡陡然安靜了下來。

「你、你說什麼？再說一遍！」王麻子的臉都氣得扭曲變形了。

跑堂的哪裡敢再說下去，囁嚅著說道：「要不，還是去和寧大廚說一聲吧……」接下來的菜餚還是讓寧大廚動手做好了。

這樣的侮辱，王麻子哪裡能嚥得下去，不假思索的瞪圓了眼睛。「不行，我倒是不相信了，我做的菜難道就沒有合容少爺口味的？」

跑堂的結結巴巴的應道：「剛才上的幾道菜，容少爺都只吃了一口就沒吃第二口。」

王麻子的臉白了又紅、紅了又白，那股羞惱的怒火在胸膛裡不停的來回激盪著，恨不得現在就去找那位容少爺當面對質。

他辛苦做出來的菜餚竟然被人嫌棄成這樣，真是是可忍孰不可忍！

「王伯伯，」寧汐不知從哪兒冒了出來，一臉的忿忿不平。「這個容少爺也太不像話了！昨天成心挑我爹的刺，今天又來羞辱您。」

王麻子正在氣頭上，聞言冷哼一聲。「不過是個養尊處優的公子哥兒，就會動嘴數落別人罷了。」

寧汐心裡直樂，臉上卻擺出了同仇敵愾的樣子來。「就是，王伯伯剛才做的那道烤羊腿，遠遠的都能聞到撲鼻的香氣，那個容少爺居然還說那種過分的話，真是太可氣了！」

王麻子連連點頭，忽然開始覺得眼前的小姑娘無比的順眼起來。

寧汐忍住笑意，一本正經的建議道：「王伯伯，等會兒您去見那位容少爺的時候，千萬別客氣，這種人簡直就是眼睛長到頭頂上去了……」

王喜本來聽得津津有味，忽然瞄到了窗子外的幾個身影，臉色頓時變了，連連朝寧汐使眼色。

一向機靈的寧汐，這次竟然沒留意王喜驟變的臉色，逕自歡快的說個不停。「……對這種人，千萬別客氣。不過是出身好了點，長得好看了點，就自以為是，不把別人的辛苦放在眼底……」

王喜眨眼眨得快抽筋了，王麻子也驚詫的瞪大了眼睛，空氣裡隱隱流動著詭異的氣氛。

背對著門外的寧汐，終於察覺到不對勁了，疑惑地轉過頭，正對上一雙似笑非笑的雙眸。

不知什麼時候走到寧汐身後的俊美少年，微微瞇起狹長的雙眸笑了笑，慢條斯理的說道：「妳只見過我一次，就這麼瞭解我了嗎？真是我的榮幸！」

寧汐的臉騰地脹紅了！

他他他……不是應該坐在荷花廳裡大吃大喝外加肆意批評嗎？怎麼會突然出現在這裡?!

第四十四章　逮個正著

背地裡說人壞話不可怕，可怕的是被人逮了個正著！更尷尬的，是旁邊還站著悶笑不已的東家少爺。

寧汐雖然聰慧過人，可從來沒經歷過這等尷尬陣仗，一時也不知該怎麼圓場才好。

偏偏容三少爺還彬彬有禮的詢問道：「敢問寧姑娘一聲，我真的有妳說的這麼差勁嗎？」

小氣！自私！心胸狹窄！一點風度都沒有！

寧汐心裡恨得牙癢，奈何被人捉住了痛腳，怎麼也沒法子理直氣壯的辯駁回去，只得乾巴巴的咳嗽一聲應道：「對不起，容少爺，剛才是小女子一時口快，容少爺大人有大量，就別放在心上了。」

容瑾挑了挑眉，興味盎然的「哦」了一聲，尾音拉得長長的。「如果我打算放在心上怎麼辦？」

寧汐嘴角抽了抽，硬是擠出個笑容來。「小女子本無意冒犯，若是知道容少爺興致這麼好，忽然到廚房來轉悠，小女子一定不敢把實話往外說了。」

都到這分上了，一味服軟也沒什麼用，索性破罐子破摔，看他能把她怎麼樣！

「妳……」容瑾怎麼也沒料到寧汐到了此刻居然還敢奚落他，笑容也掛不住了。

寧汐扳回一局，心情立刻愉快起來，看也不看容瑾一眼，恭恭敬敬的給一旁看好戲的陸子言行了一禮。「見過東家少爺！剛才小女子出言無狀，還請東家少爺不要見怪。」

陸子言的眼裡滿是笑意。「以後可不能在背後這麼隨意的議論別人了，我們太白樓是開門做生意的，要有涵養接受客人的挑剔和批評。做廚子的，更得有度量才行，為了些許小事就動怒發脾氣，可不是好事。」

寧汐乖乖的點頭應了，那樣子要多乖巧有多乖巧，和剛才那個伶牙俐齒氣死人不償命的小丫頭簡直判若兩人。

不知怎麼的，容瑾忽然覺得這一幕異常的刺眼，不由得繃著臉說道：「子言表哥，你這話是什麼意思？是在說我太挑剔了嗎？」

陸子言微微一愣，忙笑著解釋。「不不不，我沒這個意思，你千萬別多心。」

容瑾哪能聽不出他的言不由衷，撇了撇嘴，正巧瞄到寧汐在偷笑，心裡的小火苗立刻又竄了上來，皮笑肉不笑地問道：「寧姑娘，妳也覺得我太挑剔了嗎？」

寧汐睜大了眼睛，分外的無辜和純潔。「沒有的事，容少爺心胸寬廣，說話隨和又客氣，哪裡挑剔了？主要是怪我們太白樓裡的廚子手藝都太普通了，實在入不了您的眼，真的不能怪您。」

這一番拐彎抹角的譏諷在場的人都聽懂了，紛紛低頭悶笑起來。

就連剛才火冒三丈的王麻子，嘴角也有了笑意。心裡想著，這小丫頭膽子倒是不小，對著這樣的貴客都敢冷嘲熱諷侃侃而談，倒是不能小覷了她。

容瑾這次倒是沒生氣，反而笑了起來。「妳爹手藝還勉強過得去，今天這位廚子做的菜，我卻是連第二口都吃不下去。子言表哥，太白樓就靠這樣的廚子，居然也能在洛陽城裡獨占鰲頭，真不知讓人說什麼好。」

陸子言聽得哭笑不得，再看王麻子，臉都黑了一半，要不是礙著陸子言也在，只怕早就忍不住反唇相稽了。

寧汐雖然一直想看王麻子吃癟，可真的親眼看到了，又覺得容瑾說話實在是太刻薄了。忍不住插嘴了句。「王大廚剛才那道烤羊腿色相俱佳，哪兒不好了？」

容瑾輕蔑的哼了一聲。「調味料撒得滿滿的，把羊腿本身的鮮美滋味都蓋住了。這樣的烤羊腿，也好意思端出來丟人現眼嗎？」

王麻子忍無可忍的發話了。「容少爺，菜餚不合您的口味，您換個廚子就是了，這麼侮辱人是什麼意思？」

侮辱？容瑾挑眉一笑。「我肯點出你這道菜餚的最大缺點，是你的福氣。將來多多改進，還能勉強入口。」一副施恩的口氣。

王麻子氣得差點沒背過氣去。

寧汐卻聽得心裡一動，容瑾說話實在是刻薄難聽，不過，似乎也有點道理。

如果調味料的味道蓋過了菜餚本身，確實是敗筆。只不過，這其中的些微差別，可不是誰都能嚐得出來的。只可惜她剛才就這麼匆匆的看了一眼，沒機會嚐一嚐那烤羊腿到底是什麼滋味……

「我餓了！」容瑾看都沒看王麻子一眼，懶懶的朝陸子言說了句。「子言表哥，讓昨天那個寧大廚做些吃的來吧！」

陸子言笑著說道：「你昨天不是嫌寧大廚做的菜沒有新意嗎？」

容瑾隨意的聳聳肩。「是沒多少新意，不過，總算還能入口。這幾天可把我餓壞了，簡直吃不到能入口的東西。」

陸子言無奈的笑了笑。「我們家裡的廚子做的菜你嫌難吃，外面買回來的，你也吃不下去，也不知道你怎麼生了這麼張挑剔的嘴。」這幾天下來，他也算領教了這位表弟的挑剔功夫了。

容瑾理所當然的說道：「不是我挑剔，太難吃了，我怎麼吃得下去。」

陸子言也拿他沒法子，只得無奈的朝寧汐一笑。「寧姑娘，麻煩妳進去和寧大廚說一聲。」

寧汐連連笑著應了，那笑容甜美可愛，小巧的臉蛋似閃著光芒，讓人移不開眼睛。

陸子言很自然地多看了一眼，眼裡流露出一絲欣賞。

容瑾不耐煩地扯了扯陸子言。「好了好了，讓他動作快點，我肚子空空如也，從早上到現在還沒吃東西呢！」

陸子言脾氣甚好，聞言笑了笑，便隨著他一起走了。

容瑾卻有意無意的回頭瞄了寧汐一眼，正在吐舌頭皺鼻子做鬼臉的寧汐又被逮了個正著……

狹長的鳳眸和那雙俏皮狡黠的眼眸就這麼直直的對上了。

寧汐的臉頰一片滾燙，耳朵都紅了，心裡咬牙切齒的發誓，以後一定要離這個容瑾遠遠的。

簡直就是天生犯沖嘛！

容瑾的心情卻陡然好了起來，無聲的笑了笑，總算轉身走了。

寧汐立刻腳底抹油，迅速地溜走了。

第四十五章　清蒸鱸魚

寧汐急急的跑到小廚房裡，將剛才發生的事情對寧有方簡單的說了一遍。當然，她和容三少爺口舌相爭那一段自然是輕描淡寫的帶過，重點強調了王麻子被批評得無地自容的那一幕。

寧有方像是早料到這個結果似的，笑了笑。「這位容少爺倒是真難伺候。好了，我這就做幾道菜先呈上去。」說著，就低頭忙活起來。

寧汐也不敢怠慢，連忙幫著打起了下手。不時的嘟囔道：「爹，那個容少爺挑剔成性，您就算做得再精心，他也會挑毛病的，乾脆隨便做幾道菜送上去得了。」

寧有方不贊同的瞄了寧汐一眼，沈聲說道：「別胡說，這樣隨意怎麼行。不管他怎麼說，我們都應該盡好自己的本分才是。」這是一個手藝人最起碼的道德操守。

寧汐有些汗顏了，收斂了笑意，認真的點了點頭。「爹教訓的是，女兒知道了。」

寧有方滿意的笑了笑，精神抖擻的喊了聲。「把早上剛送來的那條鱸魚拿過來。」

張展瑜立刻揚聲應了，利索的將洗得乾乾淨淨的鱸魚端了過來。

那鱸魚約莫一斤左右，看起來平平無奇，可價格卻極其高昂，平日裡只有在五兩銀子以上的宴席裡，才會有清蒸鱸魚這道菜。

寧汐頓時來了精神，仔細的看著寧有方所有的動作，唯恐錯過了任何一個細節。

寧有方俐落的拿起刀，在鱸魚上劃了花刀，再用香蔥、薑絲、鹽、胡椒粉等調味料醃漬片刻，然後將醃製好的鱸魚放在精美的盤子上，將蔥絲、薑絲均勻的撒在鱸魚上，舀半勺豬油澆在上面。等這些都完成了，寧有方便將盤子上鍋蒸。

寧汐忍不住問了句。「爹，為什麼蒸魚要用熱水？」

寧有方笑道：「鱸魚肉質鮮嫩，用熱水上鍋蒸，魚肉很快就熟了。」邊說邊掀開鍋蓋，小心的將盤子端出來，倒去盤子裡的水，又倒了些米酒在上面，繼續上鍋蒸。

這一次，蒸的時間略長了一些。趁著這工夫，寧有方又在另一口鍋裡熬製起了湯汁。蒸魚用的湯汁自然是極其講究的，魚肉味道如何，主要就看這湯汁調製的水準了。

寧有方動作極快，不停的將各式調味料放入鍋中。寧汐連眼都捨不得眨一下，目不轉睛地看著，默默地記了下來。

等鱸魚出鍋之際，將切好的青紅椒細絲擺放在鱸魚的四周，淋上熱騰騰的湯汁，再均勻的澆上半勺滾燙的熱豬油，一股濃烈的魚香頓時瀰漫開來。

寧汐看了一眼，情不自禁的嚥了口口水。

潔白的鱸魚靜靜的躺在青瓷盤子裡，呈半透明狀的湯汁冒著些微的熱氣，再配上青紅椒細絲和蔥絲薑絲，看起來實在是太誘人了，那股肆意瀰漫的香氣，更是引得人食指大動。這道清蒸鱸魚，光只是這色相兩樣，就足以打個高分了。

來福端菜的時候，也忍不住嚥了口口水，笑著說道：「這樣的美味端上去，容少爺總不可能再挑出毛病來吧！」

寧有方顯然也是信心滿滿，笑罵了句。「快點端去，要是涼了可就不好吃了。」
來福立刻笑著點頭，小心翼翼的端了清蒸鱸魚上去了。寧有方沒敢怠慢，又精心做起了別的菜式。
過了片刻，來福笑咪咪的跑回來了。
寧汐迫不及待的追問道：「來福哥，容少爺吃了清蒸鱸魚了嗎？他說了什麼？」
來福樂呵呵的點點頭。「吃啦吃啦，雖然什麼也沒說，可一連吃了幾口呢！」
寧汐得意的笑了笑，歡快的說道：「那是當然，我爹做的清蒸鱸魚，肯定是一等一的美味！他就算想挑毛病，也挑不出來的。」
寧有方聞言咧嘴笑了笑，手下的動作越發的利索起來。
待菜上得差不多了，寧有方才算稍稍鬆了口氣。
寧汐在一旁笑著說道：「爹，待會兒那個容少爺若是再叫您過去，您可別怕了他，只管挺直了胸膛，我就不信今天上的菜他能挑出什麼毛病來。」
寧有方顯然也是這麼想的，嘴上卻說道：「話可不能這麼說。」
這位容少爺一看就知道是出自富貴之家，對吃的很挑剔很講究。雖然說話刻薄難聽了些，不過卻能一語中的。應付這樣的客人，對廚子來說，才更有成就感啊！
前提是，得有強大的承受力才行……
正說著話，來福果然又笑咪咪的跑來吩咐了。「容少爺請寧大廚過去說話。」
寧汐不假思索的接了句。「爹，我也跟您一起去。」

這個容瑾和她前世所知的那一個，簡直是天差地別截然不同，也不知這其中到底出了什麼岔子有什麼奧妙。總之，她對現在這個高傲無禮刻薄的傢伙一點好感都沒有。她可不放心讓寧有方一個人獨自去應付他。

寧有方皺了皺眉，搖頭拒絕了。「不用了，我一個人去就行了，妳就別去了，免得再惹惱了貴客。」

寧汐不服氣的反駁。「爹，您這麼說可不對。我又不是成心要和那個容少爺爭執的。他說那麼多難聽話來羞辱您，我當然忍不下去。爹，您就讓我跟著你去吧，不然，我待在這兒也不安心……」

說到最後，那雙黑白分明的眸子裡滿是哀求，那分明是一個深愛父親的女兒才會有的在意。

寧有方的心裡陡然一熱，一個衝動之下，便點頭應了。

寧汐立刻眉開眼笑，高興的扯著寧有方的袖子往外走。這一招對寧有方來說果然很管用，屢試不爽啊！

寧有方這才反應過來自己又上了當，哭笑不得的瞪了寧汐一眼。「妳今兒個老實點，千萬別惹禍了。」

寧汐吐吐舌頭，笑嘻嘻的應道：「您放心好了，我保證不隨便說話。」當然，若是某些人出言不遜，她可不會冷眼旁觀。

寧有方無奈的笑了笑，顯然看出了寧汐的口不對心，卻也拿寶貝女兒沒法子，只好暗暗祈禱今天那位容少爺別再鬧騰了。

只可惜，容瑾雖然生得風姿綽約俊美無雙，可那薄薄的嘴唇一張，就是毫不留情的嘲諷——

「寧大廚，我以為昨天說過之後，你今天能有點進步，沒想到做的菜還是那麼老套，毫無新意。尤其是那道清蒸鱸魚，更是不堪入口。」

第四十六章　雞蛋裡挑骨頭

寧有方這次有了充分的心理準備，聽了這話雖然不快，倒是沒有動怒，穩穩的一笑。「不知容少爺對這道清蒸鱸魚有哪兒不滿意，還請您直說，也讓小的有改進的機會。」

這番話不卑不亢，進退有度，一旁的陸子言聽得暗暗點頭，忍不住笑著插嘴道：「寧大廚，我這位表弟性子直爽，說話不愛拐彎抹角，不管說什麼，還請你多擔待些……」

「喂喂喂，表哥，你說這話是什麼意思。」容瑾不樂意了。「難道我是那種無理取鬧的人嗎？」

當然是！寧汐微不可察的哼了一聲，撇了撇嘴。

容瑾的眼角餘光一直在留意著她的動靜，見她又是撇嘴又是不屑一顧的樣子，不知怎麼的一點都沒生氣，心底反而冒出了一絲微妙的悸動來。

寧有方見容瑾忽然閉口不言，心裡微感奇怪，疑惑地看了過去。

待見到容瑾微瞇雙眸打量寧汐的時候，寧有方被嚇了一跳，以為容瑾還在記仇，忙說道：「今天這道清蒸鱸魚都是小的親手做出來的，若是容少爺覺得有哪兒不好，就請對小的明言。」

容瑾的注意力果然被吸引了過來，似笑非笑地說道：「鱸魚肉質鮮美嫩滑，最適合清蒸，其實根本不需要放太多的作料，只要澆些豉油就足夠美味了。寧大廚偏偏要熬了這種味道濃烈的湯汁澆在上面，反而將鱸魚本身的鮮美清甜蓋了過去，實在是畫蛇添足多此一舉。」

寧有方一愣，不假思索的追問道：「豉油是什麼？」他做了這麼多年廚子，還從沒聽說過這種東西……

容瑾顯然也有些意外，試探著問道：「難道你連蒸魚豉油也沒聽說過嗎？」

寧有方老老實實的搖頭。「沒聽說過，小的從十歲開始做學徒，到現在也有二十多年了，還從沒聽說過什麼蒸魚豉油。請問容少爺，這到底是什麼東西？也是一種調料嗎？」

容瑾的笑容有些僵硬了，咳嗽了一聲。「呃，大概是吧……」

寧汐忽地甜甜的笑了，故作天真的問道：「容少爺，既然連您都不清楚這個蒸魚豉油有什麼用，怎麼又突然說起這個來了？」分明就是故意胡扯的吧！

容瑾顯然聽出了寧汐語氣中些微的輕蔑，忽然惱怒了，冷哼了一聲。「蒸魚豉油有什麼新鮮的，知道的人多得是。在……一個遙遠的地方，那裡人人都知道這樣東西，人人都會用，你們不知道有什麼稀奇的。」

寧汐卻不動怒，只淡淡的看了容瑾一眼，顯然不知道他的氣從何來，更懶得搭理他。

容瑾忽然覺得意興索然，霍然起身走到了窗子邊，再也沒有說過一句話。

陸子言顯然很是意外，湊過去低聲問了幾句，容瑾卻顯得很是冷淡，隨意的嗯了一聲，就不吭聲了。

陸子言無奈的嘆口氣，走到寧有方身邊好言安撫了幾句，又打賞了一個大大的紅包。

掂量了一下紅包的分量，寧有方的臉色總算好看多了。

寧汐瞄了窗子邊的那個背影一眼，心裡偷偷翻了個白眼。

高傲，目中無人，說話刻薄，還喜怒無常，一點都不討人喜歡，枉費長了這麼一張俊臉。哼！

這種人，今後還是離得遠遠的為妙！

只可惜，這只是寧汐單方面的奢望罷了。

接下來一連數日，容三少爺都準時在午飯時分來報到，還點名寧大廚做菜。吃完飯之後，少不了有些「飯後活動」。

比如說，把寧大廚喊到面前，將當天做的幾道菜式一一「點評」一遍什麼的。

寧汐唯恐寧有方受氣，每次當然都要跟著去，然後每次在聽到容瑾毒辣刻薄的「點評」就忍不住翻臉……

「容少爺！」寧汐清脆的聲音在荷花廳裡響了起來。「今天這道荷葉雞『又』有什麼問題嗎？」

容瑾慵懶的靠在椅子上，不緊不慢的說道：「倒也沒有什麼大問題，就是這荷葉的香氣太濃了些，吃不出雞肉的鮮美，還不如直接改成蒸荷葉更好點。」

寧汐不甘示弱的哼了一聲。「容少爺，昨天您還嫌配料的味道太淡了，今天又說重了，到底要做成什麼樣子才合您的口味？」分明就是雞蛋裡挑骨頭嘛！

容瑾挑眉一笑。「一道好菜，主次要分明，配料要襯托出主料的味道，又不能搶了主料的風頭，其中的分寸拿捏，就得看廚子的造詣如何了。寧大廚手藝不到家，怎麼能怪我雞蛋裡挑骨頭？」

呃，這人是會讀心術嗎？怎麼連她心裡想什麼都知道……

寧汐心裡嘀咕了一句，嘴上卻是絲毫不肯退讓半分。「我爹手藝精湛，南來北往的客人不知有多少人讚不絕口，只不過實在不合容少爺您的口味罷了。」

容瑾漫不經心的笑了笑。「那些人能吃出什麼門道來？果腹而已，像我這樣懂得吃的，全天下也沒幾個。」

寧汐聽得都快吐血了，毫不客氣的翻了個白眼。「是是是，像你這樣會挑毛病的，確實天下少見。」

兩人你來我往說個不停，陸子言連插嘴的機會都沒有，寧有方更是站在一旁苦笑不已。

寧汐雖然嬌慣了些，可說話做事一向懂禮貌，小嘴更是甜得很，總能將周圍的人哄得團團轉。可每次一碰到這個容少爺，寧汐就牙尖嘴利得令人咋舌。

這個容少爺也是個怪人，說話刻薄又毒舌，可卻從沒真正的發過怒，更沒做出過什麼仗勢欺人的事情。倒是時常和寧汐鬥嘴，被氣得火冒三丈卻又故作若無其事的淡定。

這半個月來，他每天到太白樓來吃午飯，每次總要挑一堆毛病，雖然話說得難聽，可細細一想，卻又隱隱覺得他的挑剔頗有幾分道理……

寧有方在這短短的半個多月裡，創了十幾道新的菜式，廚藝更加老練，和容瑾的挑剔也不無關係。

想及此，寧有方咳嗽了一聲，打斷了寧汐和容瑾的對視。「容少爺，若是沒有別的指教，小的就先退下了。」

第四十七章 一切如舊

容瑾顯然有些意猶未盡，暫時不想放寧汐走，瞄了寧有方一眼，並未吱聲。

陸子言卻笑道：「也好，辛苦寧大廚了，先退下休息會兒吧！」

寧汐鬆了口氣，笑咪咪的走到寧有方身邊，打算一起退下。每天都得打起了精神應付這個容三少爺，可真夠累的。

容瑾瞟了笑盈盈的寧汐一眼，臉色微微一沈。

寧汐可沒心情留意他的一舉一動，心情愉快的往外走，卻在踏出荷花廳的那一刻忽然聽到了一句石破天驚的話——

「表弟，聽說四皇子就要到洛陽來了……」

寧汐臉色一白，陡然停住了腳步，雙手在身側握得緊緊的，身子微微的顫抖起來。

那位貴人……終於要來了嗎？

容瑾懶洋洋的聲音在身後響了起來。「來又怎麼樣，我可不想去攀交情沾光。」

陸子言笑道：「話可不能這麼說，好歹你和四皇子也有過同窗之誼……」

寧有方走了幾步，見寧汐沒有跟上來，頗有些奇怪的回頭看了她一眼。「汐兒，妳怎麼了？」臉色怎的那麼難看？

寧汐定定神，擠出一絲笑容。「沒什麼，就是覺得有點累了。」

寧有方憐惜的哄道：「妳這些天跟著我在廚房裡做事，確實也太辛苦了，待會兒吃了午飯妳就回家去，好好睡上一覺。」

換在平時，寧汐肯定會拒絕這樣的提議，可今天乍然聽到那個消息之後，她心裡一片紛亂，正需要好好的靜一靜想一想，因此，不假思索的點了點頭。

食不知味的草草吃了些東西果腹之後，寧汐便出了太白樓。寧有方不放心她一個人回去，硬是將她送回了家，然後又匆匆的趕了回去。

家裡異常的安靜，阮氏和寧暉竟然都沒在。

寧汐一個人靜靜地待在自己的屋子裡，默默的坐在窗前，前世裡關於這位四皇子的回憶翻江倒海的湧了上來。

當今聖上子嗣並不興旺，共有四子一女。二皇子年幼時就夭折了，最小的明月公主也會在兩年後意外暴斃。

大皇子蕭明遠是已故的皇后所生，是正經的嫡長子。三皇子蕭明峰的生母是聖上最寵愛的惠貴妃，也因此深得皇上的疼寵。

而四皇子蕭明崢，在三個皇子裡不僅年齡最小，出身也是最低的。聽說他的生母當年只是一個小小的才人，偶爾之間得了皇上的臨幸，然後生下了四皇子。

正所謂母以子貴，有了四皇子之後，她自然也就平步青雲，被封做了梅妃。不過，這位梅妃並無得力的娘家在朝中支持，只靠著美貌溫柔善解人意在皇上身邊博得了一席之地。

大皇子占了嫡長，在朝中支持者眾多。三皇子有得寵的母妃和娘舅撐腰，也是太子之位最有力的競爭者。相較之下，四皇子顯然沒什麼分量可言，向來不為人所重視。只不過，誰也不會想到在十年之後，登上皇位的就是那個整日裡吃喝玩樂浪蕩浮誇的四皇子……

寧汐的嘴角露出一絲苦笑，心裡更是一片苦澀。

當年的她只是一個沈溺愛情的小女人，從不關心皇位爭奪這些事。只因為邵晏是四皇子最心腹的親信，才多多少少留意了一些。

只不過，至今她仍然不知道四皇子到底用什麼手段鬥垮了大皇子和三皇子，從而坐上了太子之位，更不明白那一場宮廷突變的內幕到底如何。

顯然，寧有方只是一顆被犧牲的棋子罷了。

皇子們之間的明爭暗鬥，皇位爭奪的腥風血雨，跟小人物們無關。他們只要躲得遠遠的，安安穩穩的活下去就好。

不管如何，她一定要阻止寧有方走上前世這條不歸路。

寧汐緊緊的抿著嘴唇，腦子裡不停的思索起來。

和前世一樣，四皇子會在半個月後到洛陽來。那麼，洛陽城的知府大人，也一定會將接風宴擺在太白樓。

她要做的，就是要讓寧有方在那一天出點「意外」，離四皇子越遠越好。

只是，到底怎麼做才能不著痕跡不惹起任何人的懷疑呢？

寧汐蹙著眉頭，不自覺的咬起了手指。

阮氏走進來的時候，見到的便是這幅情景，又是好氣又是好笑的瞪了她一眼。「都成姑娘家了，怎麼還喜歡咬手指？」

寧汐打小就有這個習慣，每次遇到煩惱或是不開心的事情，就會咬手指。

寧汐回過神來，敷衍的笑了笑，隨意的扯開話題。「娘，您剛才去哪兒了？」

一說起這個，阮氏的臉色便黯淡了下來，長長的嘆了口氣。「今天是童生試放榜的日子，我剛才陪著妳哥哥去看榜了。妳哥哥沒考中，一路上都沒說話，剛一回來，就把自己關在屋子裡，不肯出來了。」

寧汐心裡一沈，果然還是和前世一樣，寧暉今年並沒考中童生。不用想也知道，此刻的寧暉一定很沮喪很難過……

「娘，我去看看哥哥。」

四皇子的事情暫且擱一旁，現下最重要的，是安撫好寧暉，鼓勵他重新振作起來。

寧汐揮開紛亂的思緒，匆匆的敲了寧暉屋子的門。「哥哥，開門。」

半晌，才傳來寧暉悶悶的聲音。「我想一個人安靜的待會兒，妳去找二妹她們玩吧！」

寧汐柔聲說道：「哥哥，我知道你現在心情不好，讓我陪你說說話吧！」有再多的鬱悶懊惱，只要說出來也會好受點。

寧暉長長的嘆口氣，終於還是過來開了門。

寧汐只當作沒看見寧暉紅紅的眼睛，拉著寧暉坐了下來，故作歡快的說道：「哥哥，這次沒考中也沒什麼大不了的。你這麼年輕，再好好的準備一年，明年再考也就是了。」

寧暉苦笑一聲，自嘲的說道：「就憑我這樣，再考也不見得能考中，白白的浪費了時間和家裡的錢。爹之前就說過，只要我這次考不中，就要退學跟著他去做學徒。我看，我還是聽爹的吧！」

寧汐聽到這樣自暴自棄的話，臉色立刻變了，定定的看著寧暉，一字一頓地說道：「寧暉，你給我抬起頭來！」

第四十八章　改變命運，就從此刻開始

寧暉心裡一顫，抬起頭看著寧汐。

寧汐繃著臉，冷冷的說道：「你就這點出息嗎？不過是第一次沒考中，就擺出這副要死要活的樣子幹什麼？這一點點小挫折就把你打倒了嗎？」

寧暉啞口無言，愣愣的看著寧汐。

印象中的寧汐總是嬌憨可愛又甜美可人，讓人恨不得捧在手心裡呵護疼愛，這麼冷凝的一面他還從沒見過……

「你要真的想做學徒，我也不攔著你，今晚爹回來，你親自開口和他說，爹肯定不會拒絕的。」寧汐淡淡的繼續說道：「不過，你好好的想一想，這真的是你想要的生活嗎？」

寧暉默然了，低頭想了許久。寧汐沒有說話，靜靜的陪著寧暉坐著。

這是寧暉人生的一個重要轉捩點。

在前世，寧暉意志不堅定，順從了寧有方的心意做了個廚子。在之後的歲月裡，寧暉總有些鬱鬱不得志，早早退學一事，成了寧暉生命中最大的遺憾。

而這一生，她代替了寧暉做了學徒，繼承了寧有方的衣缽，寧有方應該不會再逼著寧暉做廚子了。

希望寧暉能從這次挫折裡站起來，做自己想做的事情……

不知過了多久，寧暉終於緩緩的抬起頭來，眼中浮現出一抹堅定。「妹妹，謝謝妳罵醒了我，我對做廚子真的一點興趣都沒有。我喜歡讀書，我想考取功名出人頭地，我想讓你們都過上安穩的好日子。等爹回來，我就會去求他，讓我繼續讀書。」

寧汐高高提起的一顆心，終於穩穩的落了下來，嘴角浮起欣慰的笑意。「哥哥，不管你要做什麼，我都會站在你這邊支援你的。」

寧暉想通了之後，神情也輕鬆了許多，聞言感動的笑了笑，親暱的抱了抱寧汐。「好妹妹，謝謝妳。妳放心，哥哥一定不會讓妳失望的。」

寧汐的鼻子一酸，眼眶忽地有些濕潤了，口中卻笑著說道：「那我可跟你說好了，等你將來考取功名有了出息，你得養我一輩子。就算將來有了媳婦，也得對我這個妹妹好一點。」

寧暉寵溺的笑了笑，慷慨的允諾。「好，一言為定！」

兄妹兩個對視一笑，無比的溫馨溫暖，各自的心事都暫時被拋到了一邊。

到了晚上，寧有方回來之後便聽說了寧暉童生試落榜的消息，很自然的擰起了眉頭，沈聲說道：「沒考中也好，正好趁著年齡不大跟我去做學徒。早點學個手藝傍身……」

「爹，我不想做學徒，更不想以後跟你一樣也做個廚子。」寧暉鼓起勇氣，把心裡話一股腦兒的都說了出來。「我想繼續讀書，明年再去考童生。」

寧有方瞪了寧暉一眼。「你之前對我怎麼說的？說是今年考不中童生，就乖乖的跟我去做學徒。現在又要反悔嗎？」

寧暉最怕寧有方瞪眼，平日裡只要寧有方擺出這副樣子來，他總是腳軟手軟頭都不敢抬。這一次也不例外，立刻軟了半截。「我……」

「爹，」寧汐見勢不妙，連忙幫腔。「您先別發火，讓哥哥好好的說完。哥哥，你也別慌，怎麼想的，就怎麼跟爹說，只要你說得有理，爹一定會支持你的。」黑亮的眼眸裡滿是鼓勵和信賴。

寧暉心裡一暖，忽然有了勇氣，撲通一聲跪到了寧有方的面前。「爹，求求您了，讓我繼續讀書吧！我真的很喜歡讀書，也很想考取功名出人頭地。您再給我一次機會吧！我絕不會讓您失望的。」

寧汐不假思索的也跟著跪了下來，懇求道：「爹，您就答應哥哥吧！哥哥這麼喜歡讀書，如果您硬逼著他做學徒，他就算答應了，心裡也是不情願的。一個人只有真心的喜歡一件事，才有可能做到最好，如果是勉強的做了廚子，定然不可能成為一流大廚的。」

寧有方一愣，啞然無語了。

阮氏的眼眶也濕潤了，哽咽著說道：「有方，你就別為難暉兒了。」

寧有方的眼神有些迷茫，不由得看了滿臉希冀和懇求的寧暉一眼，心裡五味雜陳，也不知道是個什麼滋味。

良久，寧有方才長長的嘆了口氣。「你們兩個先起來再說吧！」

寧暉精神一振。「爹，那我讀書的事……」

寧有方沒好氣的瞪了他一眼。「明天我正好輪休，帶你去鴻儒學堂報個名試試。」

寧暉大喜過望，高興得連話都說不利索了。「真、真的嗎？爹，您真的要送我去鴻儒學堂嗎？」

這個鴻儒學堂可是洛陽城裡最有名氣的學堂之一，裡面的幾位夫子，都很有名望。每年從這個學堂裡出去的考生，十個裡倒有三、四個都能考中童生。

這樣的學堂，束脩當然也很可觀，一般的百姓哪裡花得起這麼高的束脩，只能望而興嘆了。

阮氏倒是動過這樣的心思，只是寧有方一直不贊成寧暉讀書，壓根兒不肯點頭，沒想到這次寧有方竟然主動的提起了這個話題……

寧汐的眼眸也亮了起來，歡喜的扯著寧有方的手搖個不停。「爹，您太好了，您真是世上最最好的爹了。」

寧有方又好氣又好笑的瞄了寧汐一眼，故意繃著臉說道：「我今兒個要是不同意，是不是立刻就成了最差勁的爹了？」

寧汐嘻嘻一笑，使勁的給寧有方灌迷湯。「爹這麼通情達理，又慷慨大方，在我心裡，一直是最最好的，誰也比不了呢！」

寧有方被這一記馬屁拍得渾身舒暢，忍不住哈哈笑了起來。

寧暉被這個好消息震得暈乎乎的，什麼也不會說了，只一個勁兒的傻笑。

寧汐看了寧暉一眼，便忍俊不禁的笑了起來，調侃道：「哥哥，等明天到了夫子面前，你可千萬別這麼傻笑。不然，就算爹肯交束脩，人家也不敢收你的。」

寧暉心情好得不得了，聞言也不生氣，一個勁兒的點頭。「明天我一定好好表現，你們放心好了。」

寧有方眼裡掠過一絲笑意，阮氏更是滿面笑容。

第二天，寧有方果然帶著寧暉去了鴻儒學堂。夫子們考問了幾個簡單的問題，對寧暉還算滿意，當時便點頭收下了寧暉。

寧有方交了筆厚厚的束脩，不免有些肉痛。回來的路上，不停的叮囑道：「暉兒，你以後可要好好的讀書……」不然可真對不住他花了這麼多的銀子啊！

寧暉聽話得很，連連點頭應了。

回家之後，阮氏早已做了一桌豐盛的菜餚，一大家子圍坐在一起，熱熱鬧鬧的吃了一頓。

寧皓對寧暉的際遇羨慕得不得了，湊過來耳語道：「三哥，你能去鴻儒學堂，可真是太好了。」

寧暉咧嘴一笑，眼裡閃爍著快樂的光芒。

是啊，能進鴻儒學堂，可是他一直以來的夢想啊！他可不能辜負了家人的期待和信賴，一定要好好努力才行！

看著寧暉高興的樣子，寧汐的心情也前所未有的愉快起來。

從這一刻起，寧暉走上了和前世截然不同的道路，命運開始了真正的改變。

以寧暉的天資和努力，或許將來真的會大有出息，會成為寧家所有人的驕傲。哪怕沒有功成名就，至少也為自己的理想和未來努力奮鬥過，總算沒有了遺憾。

這讓寧汐也對即將到來的事情有了更多的信心。

改變命運，就從這一刻開始！

接下來，她要好好的籌謀一番，想出最好的法子讓寧有方避開四皇子來的那一日就行了……

之後的幾天裡，寧汐只要一有空閒，就不停的想著各種對策和主意，連和容瑾鬥嘴也沒了興致。頂多是在容瑾說話太過分的時候回擊一、兩句，沒說上兩句就偃旗息鼓，看都懶得多看他一眼。

容瑾見寧汐這副魂遊天外的樣子，心裡莫名的不快起來。

這個丫頭，簡直沒把他放在眼底……

正待說話，就見孫掌櫃樂顛顛的跑了上來，激動得連話都說不利索了。「大、大少爺，好消息！大好消息！」

眾人都是一愣，紛紛看了過去。

寧汐心裡一沈，隱約猜到了孫掌櫃接下來將要說的話，肯定是跟四皇子有關吧……

果然，就聽孫掌櫃興奮的說道：「知府大人剛才派了人到我們太白樓來，說是四皇子殿下三天後到洛陽城，到時候接風宴就設在我們太白樓……」

陸子言陡然動容了，霍然站了起來，急急的問道：「是真的嗎？」

孫掌櫃樂得合不攏嘴。「這樣天大的喜事，小的哪敢隨意亂說。千真萬確，一字不假！」

陸子言也激動起來，兩眼熠熠發亮。「好好好，這可是打響我們太白樓招牌的大好機會啊！我這就回去告訴父親一聲。孫掌櫃，你先和寧大廚好好商議商議，需要什麼食材儘管說，不管多貴都沒問題。」

孫掌櫃一迭連聲的應了。

寧有方也因為這突如其來的消息興奮激動了，雙手緊緊的交握在一起，眼中射出前所未有的熾熱。

這樣天大的好機會，竟然落到了他的身上，簡直是像在作夢一般……

寧汐心裡微微一顫，被那抹灼熱刺痛了心。

爹，我不能讓您再走上前世那條不歸路。所以，我一定會想盡方法破壞這個對您來說千載難逢的好機遇。

爹，對不起……

第四十九章　各懷所思

廳內眾人都在為這個天大的好消息歡喜雀躍，容瑾卻沒什麼特別的反應，甚至有些不耐煩的扭過了頭去。

他的眼角餘光無意中瞄到了寧汐低垂的臉，心裡悄然一動。

那雙明亮美麗的雙眸，此刻卻浮著淡淡的悵然和憂傷，還有些莫名的決絕。不管她正在想什麼，顯然都不是一個普通少女在聽說堂堂皇子要來太白樓該有的反應……

容瑾微微瞇起眼眸，玩味的觀察著寧汐的神情變化，也不知在想些什麼。

寧汐敏感的察覺到容瑾犀利的目光，心裡一緊，故作鎮靜的抬起頭來笑了笑，若無其事的站到了寧有方的身側，正好利用寧有方的身子遮擋住了容瑾的目光。

這些天來，寧汐有意跟在寧有方的身後，故意不知尊卑的和容瑾鬥嘴。一方面是想保護寧有方，另一方面，卻是想通過近距離接觸來印證自己心裡的猜測。

這個容瑾，確實對她一無所知毫無印象！

接觸幾次之後，寧汐就確定了這一點。

由此可見，容瑾並沒有重生。那麼，他身上的種種變化又是因何而來？寧汐琢磨了許久，也沒找到合理的解釋。

這個疑團在她的心裡，越來越大。似有某種答案呼之欲出，可這樣的猜想實在太過驚世駭俗，寧汐不敢再多想下去了……

她只能安慰自己，反正他就是個無關緊要的路人。不管是前世還是今生，他們都不會有什麼交集。所以，不管他的身上有什麼樣的秘密，都跟她沒有關係。

她要做的事只有一件，就是對他敬而遠之！

想及此，寧汐索性將頭扭了過去，貌似專注的聽孫掌櫃和陸子言討論起了三天後的宴席。

堂堂的皇子大駕光臨，自然要擺出最高規格的宴席才行。陸子言笑著問道：「孫掌櫃，你看要做什麼宴席才最好？」

孫掌櫃猶豫了片刻，向寧有方看了過來。

寧有方想了想，笑著說道：「做魚翅宴吧！」魚翅味道鮮美，入口清甜，是貴人們最喜愛的珍饈美味之一。而且，這也是寧有方最最擅長的宴席，當然是款待貴客的首選了。

孫掌櫃想了想，笑著說道：「寧老弟，就依你的意思，做魚翅宴。你現在就回去找幾位大廚商議一下，將菜單初步擬定下來，我讓人照著去購買食材。」

寧有方精神抖擻的應了，急急的走了出去。

寧汐連忙跟了上去，本想說些什麼，可一看到寧有方臉上抑制不住的興奮激動，立刻沈默了下來。

以寧有方此刻的心情來看，不管她說什麼，只怕他也是聽不進去的吧！

也罷，索性什麼都不多說了。悄悄的實施自己的計劃好了……

當寧有方將這個消息告知幾位大廚之後，一個個都沸騰了起來，七嘴八舌的問個不停。

「寧老弟，四皇子真的要來嗎？」

「知府大人也要來我們太白樓嗎？」

「到時候要準備多少桌席？」

寧有方滿面笑容的一一回答，最後笑道：「好了，今兒個下午我們就在一起把菜單定下來，讓孫掌櫃今天之內就將需要的食材都購買齊全，明天開始做準備。」

越是規格高的宴席，需要做的事前準備工作就越繁瑣。尤其是魚翅宴要用的主料魚翅，處理起來尤其費事，提前準備自然是必要的。

眾廚子都是老手了，這些不用吩咐也知道，齊齊的應了。

王麻子咳嗽一聲，試探的問道：「寧老弟，到時候是不是該每人都準備幾道拿手的菜餚呈上去？」總不能寧有方一個人把所有的風光都占盡了吧！總該留點機會給他們幾個也露一手。

此言一出，胡老大等人的眼中也都流露出了期待。

是啊，這樣的好機會可不是時時都有的。

如果自己做的菜能入了四皇子的眼，或是得了知府大人的稱讚，今後的身價可就全然不一樣了……

寧有方笑了笑。「既然是要做魚翅宴，做的菜就得以魚翅為主。若是大家都將自己的拿手菜添上去，就不成魚翅宴了。」這話說得雖然委婉，可表達的意思卻很清楚明白。

王麻子有些不快的拉長了臉，輕哼了一聲。

在座的六個大廚裡，只有寧有方最擅長烹製魚翅，這一點誰都清楚。這樣的魚翅宴，寧有方必然是當仁不讓的主廚，他們幾個只能淪為陪襯的綠葉……

王麻子想到的，大家自然也都想到了。一時之間，各人的心裡都盤算起了小九九，氣氛略有些尷尬起來。

胡老大和寧有方的關係最要好，這個時候肯挺身而出為寧有方打圓場的，當然也只有他。「好了好了，事有輕重緩急，現在可不是爭這個的時候。我們先一起討論一下具體的菜單，其他的以後再說。」

周大廚也笑著附和。「是啊，要是出了什麼岔子，我們可都吃不了兜著走。」這樣顯赫的貴客，肯定不是好伺候的主啊！

氣氛總算又融洽了不少，幾位大廚坐在一起整整商議了一個下午，總算初步商定了菜單。其他的廚子們也都在一旁湊熱鬧，幾個學徒也在興奮地竊竊私語著。

寧汐漫不經心的笑著聽著，眼底卻沒什麼笑意。

小四兒瞄了寧汐一眼，笑著湊了過來。「汐妹子，這樣的好事，妳怎麼一點高興的樣子都沒有？」

被他這麼一說，胡青、王喜的目光也唰的看了過來。

寧汐扯出一絲笑容，隨口胡扯道：「我正在想，不知道我們幾個有沒有機會露一小手……」

小四兒啞然失笑的打斷寧汐的話。「這樣重要的宴席，只怕連幾個二廚都沒機會上手，更何況是我們？」

王喜不服氣的插了嘴。「那可不一定，到時候我肯定要磨著我爹讓我也露一手，燒菜炒菜不行的話，讓我做個冷盤也行。」

胡青悶笑一聲，調侃道：「得了吧，你就省了那個心吧！就憑你，能做出什麼像樣的冷盤來。論起花式拼盤，還得數展瑜大哥！」

張展瑜在花式冷盤的製作上下過一番苦功，比起幾位大廚的手藝來也是不遑多讓。王喜不得不服氣，輕哼了一聲，扭過了頭去。

一直含笑站在一旁的張展瑜，忽然笑著說道：「你們可別誇我了，汐妹子心靈手巧，又善於創新，比我可強多了。」

寧汐的笑容微微一頓。

張展瑜這番話看似無心，可卻有意無意的將眾人的注意力都攏到了她的身上來。

相處了兩個多月，她早就察覺出了張展瑜若有若無的排斥和疏遠，個中原因其實並不難猜，只是她不願去多想罷了。

寧汐若無其事的笑了笑，隨意的扯開話題。「到太白樓這麼久了，我還從沒見爹做過魚翅宴呢！」

王喜笑著應道：「汐妹子，這樣的宴席可不是普通人能吃到的，放眼整個洛陽城，會做一整桌魚翅宴的廚子也不會超過五個，寧大廚可是其中翹楚，這次我們都能一飽眼福了。」

說不定還能吃上幾口一飽口福呢！

王喜那副饞樣惹笑了眾人，紛紛取笑了幾句。

寧汐靜靜的看著不遠處的寧有方，臉上雖掛著笑容，心裡卻浮起一股難以言喻的酸楚。

沒人比她更清楚，此次寧有方將會大放異彩，憑著一桌魚翅宴博得所有客人的驚嘆，更博得了四皇子的青睞，甚至親自聘請了寧有方到京城的府邸去做廚子。

寧有方在這次宴席中的聲名鵲起，也成了兩年後入宮做御廚的序曲。

好在現在有了知悉後情的她，這一齣戲不會再如前世一般上演了！

此時的寧有方正信心滿滿的在擬定著菜單，滿腦子想的當然是要將這一桌宴席做好，壓根兒不會想到寧汐此刻絞盡腦汁地想要破壞這一切……

到了傍晚時分，菜單終於初步擬定好了，冷盤八個，炒菜八個，燒菜則有十道。再加上羹湯和主食，正好合二十八這個吉利的數字。

孫掌櫃異常重視這一次的宴席，親自去購買了所需要的食材。只是這上好的魚翅卻不是即時就有的，只能等第二天送來了。

寧有方忙著做各種準備，一時抽不開身回去。

寧汐尋了個空對寧有方說道：「爹，您這麼忙，今晚就別回去了吧！我自己一個人回去就行了。」

寧有方猶豫了片刻。「這麼遠的路，妳一個人能行嗎？」這麼水靈秀氣的小姑娘獨自一人回家，他哪裡能放心得下。

寧汐俏皮的眨眨眼。「爹，您就放心好了，我都這麼大的人了，一個人回去保准沒問題的。您這麼忙，就別送我了。」

一想到接下來要做的事情，寧汐便有些難以言喻的刺激和緊張感。這件事，當然得背著寧有方去做才行。平時都是父女兩個同進同出，她壓根兒找不到合適的機會。今晚這樣單溜的機會絕無僅有，可得好好把握才行！

寧有方想了想，還是放心不下，張口喊道：「展瑜，今兒個麻煩你一下，請你替我送汐兒回去。」

寧汐一聽急了，忙笑道：「就別麻煩張大哥了，我一個人能行的。」

要是多了張展瑜跟著，可就礙手礙腳什麼事也做不了了。

第五十章　下定決心

張展瑜二話不說點頭答應了。「好，反正我在這兒也幫不上什麼忙，就送汐妹子一程好了。」

寧汐沒料到張展瑜答應得這麼痛快，忙不迭地推辭道：「不用了，張大哥也忙了一天，一定很累了，還是不麻煩了……」

張展瑜眸光一閃，笑著接過了話頭。「沒事，一點都不麻煩。」

人家話都說到這分上了，寧汐也沒法子再出言拒絕了，口中道謝不迭，心裡卻暗暗鬱悶不已。有這麼一個礙眼的傢伙跟在身邊，她該怎麼辦才好？

此時天還沒黑，清河坊人來人往正熱鬧。寧汐心不在焉的在前面走著，眼角餘光瞄到了一家藥鋪，心裡怦然一動。

還沒等想出什麼好的理由，便脫口而出說道：「張大哥，等一等。」

張展瑜停住了腳步，滿臉的疑惑。「怎麼了？走累了嗎？」這才走沒幾步吧！

寧汐腦子裡迅速的轉個不停，心念電轉，已經有了主意，故作羞怯地說道：「我想去那邊的藥鋪裡買些東西，還請張大哥稍微等一等。」

張展瑜不疑有他，笑著說道：「我陪妳一起去買就是了。」說著，抬腳欲走。

寧汐卻停在原地沒動，白皙的俏臉飛起一片紅霞。「我……我想一個人進去買，你就在這兒等我吧！」

張展瑜想了想，立刻明白過來。人家一個小姑娘要私自到藥鋪子裡買的東西，肯定不方便讓一個男子知道的吧！

這麼想著，張展瑜也有些訕訕的笑了，果然老實的等在了原地。

寧汐悄然鬆了口氣，一路小跑到了藥鋪子裡。這個「陳記藥鋪」是清河坊裡最大的一家藥鋪，各種藥材都很齊全。

負責抓藥的夥計很是熱情，見來了客人，立刻殷勤的上前來招呼。「這位小姑娘，我們陳記藥鋪可是這兒的老字型大小了，想買什麼樣的藥材都是應有盡有……」

寧汐笑了笑，鎮定的說道：「我娘這幾日肚子不通暢，讓我來買些番瀉葉回去。」

巴豆實在太過顯眼了，這種番瀉葉子和樹葉差不多，看起來平平無奇，功效卻很驚人。

那夥計立刻笑道：「好好好，我這就給妳抓一副。」說著，利索的打開了一個木匣子，從裡面抓了些樹葉模樣的東西放在厚厚的紙上，然後打成了一個包，笑著遞了過來。「一共十文錢！」

寧汐早有準備，從身上掏出荷包，數了十文錢遞了過去。

那夥計殷勤的叮囑道：「小姑娘，妳可別小瞧了這番瀉葉，雖然比巴豆便宜，可功效一點都不差。妳回去之後，用幾片葉子熬上一碗給妳娘喝下去，保准見效……」

寧汐手裡拿著紙包，心裡安定了不少，笑著點了點頭。小心的將紙包塞到了袖子的暗袋裡，這才走了出去。

張展瑜在外面等了沒多久，見寧汐笑咪咪的走了出來，很自然地問了句。「藥買好了嗎？」

寧汐笑著點點頭，故作不經意的叮囑道：「張大哥，我爹這兩天很忙，你就別把這事告訴他了，免得他總為我擔心。」

張展瑜笑著點頭應了，順口誇了句。「汐妹子，妳可真是孝順。」

寧汐的笑容頓了頓，右手指尖輕輕的滑過放著藥包的暗袋，心裡有一絲苦澀。

她這算孝順嗎？

如果寧有方知道了自己的寶貝女兒這樣的算計他，他一定會很難過吧！可是，她實在想不出更好的辦法了。不管如何，保全寧有方的性命才是最最要緊的……

寧汐揮開這些紛亂的思緒，振作精神笑道：「我爹對我這麼好，我孝順點也是應該的嘛！」

張展瑜平日裡很少說話，今天倒是輕鬆隨和了不少，笑著打趣道：「真羨慕妳有寧大廚這樣好的爹，妳想學什麼就教妳什麼。」

語氣雖然淡然，可那一絲羨慕之情還是流露了出來。

他也曾拜過師傅做過幾年學徒，可縱然他再努力，師傅也不肯把壓箱底的本事都傳授給他。因此，他的廚藝只能算是三流，根本談不上好。

如果他也能遇到這樣一個傾心相授的好師傅多好……

寧汐何等聰慧，自然聽出了張展瑜語氣中淡不可察的豔羨。或許，還有些不自覺的嫉妒和不甘吧！

如果沒猜錯的話，張展瑜處心積慮的跟在寧有方的身邊做二廚，就是打著想拜師的主意。拜師不成，偷偷學一點也是好的。

只可惜，手藝人對自己壓箱底的本事都看得很重，輕易不會傳給外人的。也難怪張展瑜總對她耿耿於懷，對她過人的天分更是心有不忿了。

寧汐抿唇笑道：「各人有各人的福氣，張大哥這麼努力，將來一定會有出息的。」

張展瑜淡淡地笑了笑。「希望如此吧！」

兩人在廚房裡相處的時間絕不算少，不過像這樣隨意閒聊的次數卻是少之又少。

寧汐滿腹心事，笑容有些漫不經心，反而多了幾分隨意親暱。張展瑜也微微笑著，看向寧汐的目光多了一絲平日沒有的柔和。

坐在茶樓裡閒適的喝著茶的某位貴公子，無意中瞄了外面一眼，不偏不巧的看到了兩人言笑晏晏的這一幕。

他不自覺的瞇起了雙眸，定定的看了巧笑倩兮美目流盼的寧汐一眼，嘴角微微翹起，偏偏眼中沒有一絲笑意。

第五十一章　加了料的素餡包子

輾轉難眠了一夜，第二天一大早天還沒亮，寧汐就早早的起了床。

這個時辰阮氏還在睡夢中，就連寧有財和王氏兩口子也還沒起身，院子裡空蕩蕩的。

寧汐等的就是四下無人的時候，連忙跑到了廚房裡忙活起來。

寧汐先將那包番瀉葉拿了出來，本來打算一股腦兒都放進鍋裡，想了想，又拿了一些回來。

聽說這番瀉葉藥性很厲害，要是一下子吃得太多了，只怕對身子有損，還是少放點好了……

可是，若是放得太少了，達不到預期的效果怎麼辦？

寧汐咬咬牙，狠狠心又放了幾片進去，然後閉著眼睛蓋上了鍋蓋。

然後，她迅速的生火燒鍋。等鍋裡的水開了，利索的用漏勺將鍋中的番瀉葉都撈了出來，扔到了灶底，再將剩下的紙包全數扔了進去，直到那些番瀉葉盡數化成了灰燼，再也找不到絲毫痕跡，她才徹底鬆了口氣。

接下來要做的事情，當然還有很多。

廚房裡麵粉是現成的，寧汐先用普通的水和了麵，接著又用番瀉葉熬煮過的水和了一些麵。

兩團麵放在一起，顯然有了些差別。其中一團麵潔白柔軟，另一團麵的顏色卻有些黑乎乎的，自然是番瀉葉的「功效」了。

再洗一顆大白菜，然後剁得細細的，切些豆腐丁放在裡面，然後撒上蔥花油鹽之類的調味。再接下來要做的，就是揉麵做包子了。

經過這兩個多月的鍛鍊，寧汐的手變得異常靈巧，一個小小的麵團捏在手中，很快就成了薄薄的麵皮。放一些餡兒在上面，沿著邊攏起，一個小巧可愛的素餡包子就出來了。

等她忙著將包子都上了鍋開始蒸的時候，寧有財和王氏才到了廚房來。

寧有財樂呵呵的打趣道：「汐丫頭，妳一大早就起來做包子，是打算搶二伯的飯碗嗎？」

寧汐嘻嘻一笑，露出兩排潔白的細細的牙齒。「二伯別擔心，我今兒個興致好，偶爾做一回罷了，不會搶了您的飯碗的。」

寧有財被逗得哈哈笑了起來，順便掀開蒸籠瞄了一眼，嘖嘖讚道：「這包子做得真是小巧漂亮。」

每個都小小的，最多有拳頭的一半大小，褶子勻稱又細密。以他這個做包子的行家來看，也實在是不錯的，就不知道味道如何了。

寧汐俏皮的笑了笑。「二伯，等包子蒸好了，第一個就拿給您嚐嚐。」

說說笑笑中，寧有財和王氏也忙活了起來。

寧汐也沒什麼事，索性幫著剁起了肉餡，練了這麼久的刀功，她的胳膊雖然還是細細瘦瘦的，力氣卻練出了不少。

她用力的剁著肉餡，速度不快也不慢，每次落刀都和前一次的落點不同，細細聽去，竟有種隱隱的節奏感。

寧有財自然是識貨的，邊揉麵邊笑道：「汐丫頭，妳才練了這麼短時間，就有這樣的刀功，可比妳爹當年還要強多了。」

寧汐被誇得渾身舒坦，一點都不謙虛的點頭。「二伯真是有眼光，我也覺得以後我肯定比爹強！」

寧有財哈哈笑了起來，王氏也噗哧一聲笑了。「妳這丫頭，野心倒是不小。」寧有方可是寧家三兄弟裡廚藝最出色的一個了。寧汐說這話可真有點大言不慚的味道。

寧汐調皮的扮了個鬼臉。「二娘，您就等著瞧好了，遲早有一天，我會成為寧家的驕傲。」語氣裡滿是自信。

此時的寧有財夫婦，當然都沒將這句話放在心上，對視一笑，又各自忙碌了起來。

素餡包子蒸好了，寧汐笑咪咪的拿了一個給寧有財嚐嚐。寧有財幾口就吃了一個，不停的點頭稱讚。

雖然沒有肉包子味道香濃，可素餡包子卻別有一番清淡的味道，比起肉餡包子的美味也是不遑多讓。

寧汐抿唇笑了笑，小心的將熱騰騰的包子放在事先準備好的乾淨布兜裡。

阮氏進廚房的時候，看到的就是這一幕。待問清楚緣由之後，笑著隨手從布兜裡拿起了一個包子。「我也來嚐嚐汐兒的手藝。」

寧汐瞄了那個包子一眼，心裡一跳，不假思索的搶了過來。「娘，這個太小了，留著給我吃。」又另外拿了一個包子塞到阮氏的手裡。「這個給您吃！」

這一番動作快得不可思議，倒是把阮氏嚇了一跳，看看手裡的包子，又看看寧汐手中的那一個，明明差不多大小吧……

寧汐不敢再多說了，隨口說道：「我現在就得走了，不然等到了太白樓包子就涼透了，可就不好吃了。」然後拎著一布兜的包子落荒而逃。

阮氏好笑的搖搖頭，只覺得今天早上的寧汐有些怪怪的，偏又說不清到底是哪兒不對勁。

算了，想這些無聊的事情幹什麼，還是吃包子好了。

阮氏吃了一口素餡包子，那熱騰騰的香氣在口中立刻蔓延開來。任誰也不會想到，這是出自一個剛做學徒不久的女孩子之手吧！

阮氏眼裡閃出自豪和驕傲的光芒，心裡別提多快慰了，越吃越覺得包子真好吃！

而匆忙跑出去的寧汐，一顆心卻是怦怦亂跳個不停。手中那個包子幾乎都快拿不穩了。別人看不出什麼，可她自己卻是心中有數。這幾個顏色略有些發暗的包子，就是用「特殊」的麵做出來的。足足半包番瀉葉熬煮的一碗水，藥性不知有多猛烈，只怕吃上一個，就會鬧肚子。

而這個布兜裡，一共有整整六個……

寧汐小心的將手中的包子塞了回去，一路小跑到了太白樓。

不出所料，諸位廚子們早已到了，一個個忙得不可開交，老遠的就聽到了寧有方大嗓門吆喝的聲音。

寧汐深呼吸口氣，擠出最燦爛的笑容，邁著輕快的步子進了廚房，歡快地喊道：「爹，我來啦！」

寧有方立刻笑著迎了上來，還沒來得及說話，就見寧汐笑咪咪的捧了兩個熱騰騰的包子送到了他的眼前。「爹，您還沒吃早飯吧！我今天特地早起，做了包子帶來給您吃呢！」

寧有方樂呵呵的笑了起來，眼睛都瞇成了一條縫。「好好好，還是我閨女最心疼我了。」說著，接過包子大大的咬了一口，模糊不清的讚道：「好吃，真好吃！」

寧汐的心微微一顫，臉上的笑容卻越發的甜美。「爹，您要是喜歡就多吃幾個。」說著，又從布兜裡將另外幾個特殊的包子都拿了出來。

寧有方咧嘴一笑，伸出大手將幾個包子都捏在了手裡。「今天有得忙，正好吃飽了再做事。」

做菜是個體力活，做廚子的大多是能吃，寧有方也不例外。這樣小巧的包子，兩口一個，吃五、六個真的不在話下。

寧汐殷勤的倒了碗開水過來，等親眼看到六個包子都進了寧有方的嘴裡，才真正放了心，總算有心情也拿個包子出來吃了。

麵皮薄而勁道，餡兒更是清淡美味，果然很好吃。

寧汐吃得津津有味，廚房裡其他人的饞蟲也被勾了上來。不自覺地瞄了過來。

寧汐想了想，索性笑著喊道：「張大哥、來福哥，我這兒包子還多得很，都來嚐嚐吧！」

來福笑嘻嘻的湊了過來。「汐妹子，我可早就等妳這句話了。」說著，拿起一個包子大大的咬了一口，誇張地讚個不停。

張展瑜也笑著過來吃了一個，心裡暗暗唏嘘不已。寧汐果然天分出眾，連包子都做得這麼好……

就這麼你一個我一個，不一會兒布兜裡的包子就被吃了個精光。

寧汐暗暗想著，就算寧有方接下來有什麼異常，也絕不會疑心到包子上來了吧！

番瀉葉的功效雖然猛烈，可至少也得等過上三、四個時辰才能顯出來。寧有方吃了那幾個加了料的包子之後，倒是挺有精神，忙著準備起了食材。

寧汐還是第一次見到沒有處理過的魚翅，很是好奇的湊了過來。「爹，這就是魚翅嗎？看起來也沒什麼特別的嘛！」那一大盆魚翅呈現出淺淺的灰白色，實在不起眼。

寧有方啞然失笑。「妳可別小瞧了這不起眼的東西，等做出來妳就知道什麼是人間美味了。」又壓低了聲音說道：「今天先用水泡發，等明天做成了菜餚，我給妳留一碗。」

寧汐微微一愣，卻見寧有方得意的眨眨眼。

明天的魚翅宴他是主廚，這點小特權還是有的。難得有這樣的好機會，當然得讓寶貝閨女也嚐嚐魚翅是個什麼味道。

寧汐的心裡酸酸的，不知花了多少力氣，才將眼角的淚意壓了回去，故作歡快的撒嬌。「那可說好了，我要吃一大碗。」

寧有方寵溺的笑了笑。「好好好，保准給妳留一大碗。」故意誇張的用手比劃了盆口那麼大的一碗。

寧汐噘著嘴巴跺腳，扯著寧有方的袖子直搖。「討厭，爹，您又取笑我了！」

寧有方樂得哈哈大笑起來，只覺得生平最得意愉快的莫過於此刻了。

寧汐卻在心裡悄然嘆息。只有她知道，這一次，將會成為寧有方的最大遺憾……

第五十二章 鬧肚子了

到了中午，寧有方開始覺得肚子有些不舒服。一開始他也沒留意，強自撐著做了幾道菜，可肚子卻越來越疼，只得跑了趟茅房，之後似乎又好了些。寧有方便沒吭聲，依舊埋頭做菜。

到了下午，他一連上了五、六次茅房，出來的時候，手腳發軟連走路的力氣都快沒了，這才察覺出不妙來。

胡老大等人依舊在忙著準備第二天的宴席食材，見寧有方臉色發白走路都沒力氣，皆是一愣。

「寧老弟，你這是怎麼了？」胡老大關切的走了過來問道。

寧有方有氣無力的苦笑一聲。「也不知今天吃了什麼不乾淨的東西，竟然鬧肚子了。」

若放在平時，這實在不算什麼，告假休息兩天就是了。可明天卻是太白樓的重要日子，也是他期待已久的大好機會。怎麼能在這個時候出這樣的岔子？

胡老大眉頭一皺。「你別做事了，快些到屋子裡休息會兒去，說不準到了晚上就能好些了。」廚房後面就有供住宿的屋子，其中就有一間是寧有方的。

寧有方遲疑了片刻說道：「不用了，還有好多事沒忙完……」

「爹，您還是快些去休息吧！」寧汐也湊了過來，一臉關切的說道：「有什麼事，讓我們做就是了。」

這番瀉葉的功效果然猛烈，才過了兩、三個時辰，寧有方就有了這樣的反應，也不知接下來會怎麼樣……

還沒等她想完，就見寧有方又是臉色一白，咬牙跑去了茅房。

胡老大皺著眉頭，喊了胡青過來。「胡青，你去告訴孫掌櫃一聲，就說寧大廚鬧肚子了，只怕今天沒法子做事了。」

胡青正要點頭，就聽寧汐的聲音清晰的響了起來。「胡伯伯，讓我去和孫掌櫃說吧！」寧汐的小臉上滿是擔憂，眼圈都隱隱的紅了，看起來煞是惹人憐愛。

胡老大看得心裡一軟，嘆口氣。「也好，就由妳去說一聲好了。」

寧汐點點頭，低著頭匆匆的去了前樓。

太白樓裡的客人基本上都散了，只剩下三三兩兩的還坐在那兒喝酒，孫掌櫃正忙著低頭算帳。

寧汐醞釀了一下情緒，淚珠在眼眶裡直打轉。「孫伯伯……」

孫掌櫃聽到這熟悉的聲音，立刻笑著抬起頭來。待見到寧汐紅著眼睛可憐兮兮的樣子，頓時一愣。「汐丫頭，這是怎麼了？」

寧汐吸了吸鼻子，哽咽著說道：「我爹鬧肚子了，連走路的力氣都快沒了……」

孫掌櫃臉色頓時一變。寧有方可是明天魚翅宴的主廚，這樣的節骨眼上，他竟然生了病，這可真是大大的糟糕了！

「快些領我去看看。」孫掌櫃急急的從櫃檯後走了出來。

寧汐點點頭應了。

就在此刻，忽然有幾個人進了太白樓，寧汐眼角餘光瞄到那個身著絳色衣衫的熟悉身影，反射性的頭痛起來。

難得今天沒見到他，正慶幸著呢！沒想到都過了午飯的時辰，居然又來了……

領先的那一個，正是陸家老爺。他平日很忙碌，極少踏足太白樓，今天這麼匆匆的趕過來，當然是為了明天宴席的事情。

孫掌櫃不敢怠慢，連忙笑著上前迎了各人。

寧汐也無奈的跟了上去，好在此時沒人有閒空搭理她，她只要站在一旁候著就行了。

至於那雙似有若無的落在她身上的視線，她很自然的選擇視而不見，眼角餘光偶爾瞄到一眼，也立刻就收了回來。

容瑾漫不經心的看了異常老實安分的寧汐一眼，嘴角微微翹起。

這小丫頭，裝模作樣的功夫真是一等一啊！在他面前伶牙俐齒氣得人牙癢，這個時候倒是老實得不得了……

陸老爺看來心情極好，笑呵呵的問道：「明天的宴席準備得怎麼樣了？」

孫掌櫃忙笑道：「等這波客人都散了，晚上就不做生意了，徹底的打掃一遍。新的碗盤也都到了，明天一大早就擺上。至於廚房那邊，食材也都準備得差不多了……」

陸老爺滿意的點點頭，隨口問道：「還是寧有方掌廚吧！」

孫掌櫃先是點點頭，接著又苦著臉嘆氣。「本來定好了由他掌廚的，不過，剛才汐丫頭跑來告訴我，說寧大廚剛才鬧肚子了。也不知明天還有沒有力氣……」

陸老爺眉頭一皺，不假思索的說道：「快帶我去廚房看看。」平時倒也罷了，這樣的時候偏偏生了病，真夠鬧心的。

孫掌櫃一迭連聲的應了，連忙在前帶路，陸老爺等人都跟了上去。

寧汐自發的跟在了後面，心裡暗暗忐忑起來。

她一心想著讓寧有方避開這次宴席，躲開和四皇子的相遇，卻沒想到，寧有方身為主廚，臨陣卻出了岔子，很容易招來東家老爺和孫掌櫃的不快，只盼著這次的「意外」不要影響寧有方在太白樓的地位才好……

「小丫頭，妳爹昨天還好好的，今天怎麼突然就鬧肚子了？」容瑾慢悠悠的走在寧汐身邊，看似隨意的問道。

寧汐嘆口氣應道：「我也不知道，中午的時候我爹忽然就覺得肚子疼，然後開始鬧肚子，我看著真是急死了。」

容瑾瞄了寧汐一眼，忽地笑著說道：「據我所知，四皇子最愛吃的就是魚翅。以妳爹的手藝，若是精心準備，倒有幾分可能被他看中。妳爹不早不遲的今天鬧了肚子，真是可惜了……」說著，還意味深長的看了寧汐一眼。

寧汐被他深幽的目光看得渾身發毛，警惕之心大起，口中隨意的附和道：「是啊，好可惜。」

好在從前樓到廚房也沒多遠，寧汐進了廚房就腳底抹油，迅速地從容瑾身邊溜走了。

寧有方正面色萎靡的坐在椅子上休息，見了東家老爺一行人進來，頓時一驚，忙強撐著起身和眾人打招呼。

他站得稍微有點久了，身子竟然晃了晃，寧汐連忙上前攙扶著寧有方，不用裝也是一臉的憂色。

這番瀉葉的效果真是猛烈，寧有方吃了幾個加料的包子就成了眼前這副樣子，不用想也知道，明天肯定是不能做事了。

陸老爺一見寧有方這架勢，立刻皺了眉頭，沈聲問道：「好好的，怎麼忽然就鬧肚子了？」語氣中那一絲責怪之意顯而易見。

寧有方一臉的羞愧不安，說話都不利索了。「我、我也不知道，上午還好好的，過了中午就覺得肚子不舒服了……」

孫掌櫃關切的插嘴問道：「寧老弟，你是不是吃了什麼不乾淨的東西？」

寧有方擰著眉頭苦苦的思索，想了半天也沒覺得今天吃了什麼不妥的東西。「中午和大伙兒一起吃的，應該沒問題。」不然也不可能就他一個人拉肚子吧！

陸子言皺著眉頭問道：「那早上呢！」

寧有方反射性的應道：「早上只吃了幾個包子，都是我閨女親手做的，絕不可能有問題。」

聽了這句話，寧汐的心裡一顫，像是有什麼在扯著她的心，酸酸澀澀的，苦苦的。

對不起，爹，你這麼全心全意的相信我，我卻辜負你的信任了……

此時此刻，容不得她露出半點異樣。所以，她只能挺直了身子，故作無辜的面對眾人的目光。

容瑾瞄了寧汐一眼，淡淡地笑道：「寧姑娘親手做的包子，肯定是沒問題的。」

寧汐沒有吭聲，垂下眼瞼，不著痕跡地避開了容瑾的目光。

陸老爺不耐煩聽這些，皺著眉頭問道：「去抓幾副藥喝喝看吧！實在不行，明天就只能換人了。」

寧有方咬牙點頭，臉色無比的蒼白，那份懊惱和自責幾乎掛在了臉上。

這樣重要的宴席，苦苦等待了多年的好機會，卻要這麼擦肩而過，讓他如何能甘心？

陸老爺又打量了其他幾位大廚幾眼，溫和的問道：「除了寧大廚，還有誰會做魚翅宴嗎？」

王麻子自然不肯放過這樣的好機會，咳嗽一聲，諂媚的笑著走上前來。「見過東家老爺，小的不才，也曾學過烹製魚翅……」

話音未落，就聽朱二哼了一聲，像是自言自語，聲音卻又足以讓在場的所有人都聽見。「三腳貓的手藝，就別拿出來丟人現眼了，免得砸了我們太白樓的招牌。」

王麻子心裡氣得快吐血了，恨恨的瞄了朱二一眼，若不是礙著陸老爺等人都在，只怕早就和朱二吵起來了。

其他幾位大廚，聽了朱二的話都在心裡偷樂。

王麻子平日裡說話刻薄，人緣最差，偏偏又總愛和寧有方較勁。寧有方廚藝最好，做主廚各人心裡都服氣，可王麻子嘛，就差得遠了吧！

陸老爺皺了皺眉頭，瞄了孫掌櫃一眼。

孫掌櫃咳嗽一聲，笑著打圓場。「這樣吧，若是寧大廚明天不能掌廚，就請胡大廚代為掌廚和統籌安排一下。」除了寧有方之外，五個大廚裡就數胡老大資歷最老，廚藝也最老道了。

胡老大略有些意外，忙點頭應了，眼裡掠過一絲驚喜。

寧有方卻是連一絲笑容都擠不出來了。

第五十三章　愧疚

陸老爺叮囑了胡老大幾句，就拂袖走了。從頭至尾，都沒多看寧有方一眼，顯然對寧有方鬧出這樣的意外很是不快。

孫掌櫃欲言又止，最終嘆了口氣，拍拍寧有方的肩膀，也跟著走了。

寧有方本就滿心的懊惱，肚子又疼得厲害，再受這般的冷遇，心裡別提多憋屈了。

偏偏此時肚子又痛了起來，就算全身無力，也得撐著再往茅房跑。張展瑜倒是乖覺，見寧有方沒了力氣，立刻扶著寧有方走了。

寧汐默默的立在原地，心裡五味雜陳。

一切都按著她的計劃進行，她應該高興才對。可是，寧有方的驕傲和尊嚴，卻在這樣的意外面前蕩然無存。現在的他，心裡一定很難受很難受吧……

造成這一切的，卻是他最最信任的女兒。如果有一天知道了實情，他會怎樣的失望傷心？她簡直想都不敢想……

不，不會有這一天的。

這一切都是她一個人秘密進行，從頭至尾都沒第二個人知道，更沒有留下任何蛛絲馬跡，寧有方不可能知道的！

而且，她做這一切，都是為了保護他，不管到了哪一天，她都足可以問心無愧！

寧汐咬著嘴唇，在心裡默默的安慰自己。

就在此時，張展瑜攙扶著寧有方回來了，寧有方臉色很是蒼白難看，連站著都有些吃力。

寧汐急急的迎上前去，擔憂地說道：「爹，您還是快些到後面的屋子裡休息會兒吧！我這就出去給您抓藥。」

寧有方想逞強也沒那個力氣了，苦笑著點了點頭。

張展瑜陪著寧汐一起攙扶著寧有方到了屋子裡休息。見寧汐一臉憂色，張展瑜想了想說道：「這樣吧，妳在這兒陪著寧大廚，我出去抓藥吧！」

寧汐正想點頭，忽然想起了什麼，立刻婉言拒絕了。「不用了，還是我去吧！前面廚房這麼忙，就不煩勞張大哥了。」

還是別讓張展瑜幫忙了，要是被他發現什麼不對勁可就不妙了。

張展瑜眸光一閃，瞄了寧汐一眼，終於什麼也沒說，點點頭就出去了。

寧汐柔聲叮囑道：「爹，我很快就回來，您先好好睡會兒。」寧有方無力的點點頭，連說話的力氣都沒了。

短短半日工夫，一個生龍活虎的壯實漢子就虛弱到這樣的地步，只能說這番瀉葉的功效實在太猛烈了！而且，她下手也太「重」了些……

寧汐懷著內疚和自責的心情，一路小跑出了太白樓，不遠處就是陳記藥鋪，寧汐卻沒進去，而是又跑遠了一些，到另一家藥鋪裡抓了藥。

那夥計殷勤的叮囑道：「這兒共有三劑藥，每份放三碗水，熬成一碗給病人喝了。三頓一喝，保准立刻有起色。」

三頓就有起色？

寧汐手中的動作頓了頓，試探著問道：「到明天中午就能好了嗎？」

那夥計不無自得的笑道：「小姑娘妳儘管放心，我們這兒的藥材貨真價實，如果明天不見效，我把藥錢退給妳都行！」

寧汐連忙擠出笑容，著意地誇了幾句，才退出了藥鋪。剛一出藥鋪，就擰起了眉頭。

不行，要是到了明天就有起色的話，以寧有方的性子，肯定會硬撐著繼續到廚房裡掌勺的。

想來想去，也只能在熬藥的時候動點手腳了。

寧汐回了太白樓之後，就忙著去煎藥，眾廚子們都在忙活，自然也沒人留意她。

她悄悄的將一包藥材分成三份，只取了其中一份熬藥，這樣熬出來的雖然也是一大碗，可藥的分量卻是明顯不足。既能緩解寧有方的病情，又不至於好得太快。

寧汐忙活了半天之後，端著藥碗到了寧有方的屋子裡。

寧有方在這其間又去了趟茅房，現在連起身說話的力氣都沒有，寧汐用勺子一勺一勺的餵寧有方喝了那碗湯藥。

一碗熱呼呼的湯藥下肚，寧有方稍稍恢復了些力氣，自嘲地笑道：「真沒想到我也有這樣狼狽的一天。」

他的身體向來硬朗，極少生病，可這一次，卻是來得又急又重。就算是鐵打的漢子，也禁不住這樣跑茅房的啊！

再一想到掌廚露臉揚名的大好機會就這麼在眼前溜走了，他的心裡就更懊惱難受了。

寧汐本就心虛又歉疚，見寧有方沒精打采悶悶不樂的，心裡更是隱隱作痛，忙安撫道：「爹，既然生病了，就要好好的休息，這樣的機會以後說不定還有的。」

寧有方苦笑一聲，長長的嘆了口氣。「傻丫頭，這洛陽離京城這麼遠，皇子們怎麼可能常來，就算以後再來，也不見得再到太白樓來了。」

再說了，出了這樣的岔子，陸老爺和孫掌櫃肯定對他都有些意見，也不知道他這個主廚的位置還能不能坐得穩……

寧汐口中不停的安撫著寧有方，心裡卻想著——皇子也好，容家三少爺也罷，都離洛陽遠遠的才好。她可不想再和這些故人有一絲的牽扯。

眼看著天黑了，寧有方卻依舊懨懨的沒有力氣，看來是沒力氣回去了。

寧汐想了想，說道：「爹，我先回去跟娘說一聲，待會兒再回來陪您。」

寧有方哪裡捨得她這樣來回折騰，一迭連聲的說道：「不用了，妳就直接回去吧！明天早上再過來也不遲。我一個大男人，哪裡要人陪。」

再說了，這兒一排屋子住的都是大男人，寧汐到底是姑娘家，在這兒太不方便了。

寧有方如此堅持，寧汐也只得應了，臨走前將藥包放在一旁，隨口叮囑了一句。「這一份藥得分三頓喝，今天晚上的已經喝過了，明早我會早點過來熬藥的。」

寧有方隨意地點了點頭，催促道：「天不早了，妳還是快點回去吧！要不，我再讓展瑜送妳……」

寧汐連忙搖頭，堅持一個人回去。

回了家之後，寧汐輕描淡寫地將寧有方鬧肚子的事情告訴了阮氏。阮氏被嚇了一跳，連忙追問道：「好好的，怎麼就突然鬧肚子了？是不是妳爹吃了什麼不乾淨的東西了？」

寧汐堅決的搖頭否認了。「沒有沒有，我一整天都和爹吃一樣的東西，您看我不是好好的嗎？娘，您就別擔心了，我已經抓了藥，熬好給爹喝下了，最多一、兩天就能好了。」

阮氏雖然焦慮，到底沒親眼見到寧有方生病的樣子，只得無奈的點點頭，沒有再問什麼。

這一夜，寧汐輾轉反側，壓根兒沒睡好。

偶爾迷迷糊糊的睡著了，腦子裡卻浮現出寧有方憤怒的面孔——

「汐兒，妳怎麼可以這麼對我？我是妳爹啊，妳怎麼忍心在我吃的包子裡動手腳？我真是白疼妳了！」

「爹，對不起，我真的不是成心的。」寧汐心痛如絞，一臉哀求的解釋。「我只是不想你再出事，我這麼做，是在保護你啊……」

寧有方冷哼一聲，眼裡射出寒光。「別說了，我沒有妳這樣的女兒！從此以後，妳也別叫我爹！」然後，不顧寧汐的哭泣哀求，毅然轉身飄遠了。

「爹，別扔下我……」

寧汐喃喃的夢囈，醒來之後，才發現自己滿臉的淚水。

還好，剛才只是一個噩夢。寧有方永遠也不會知道真正的實情，也不會有任何人知道是她從中做了手腳。可是，她的心裡為什麼還是這麼難受？

一整天的歉疚和自責，在深夜的這一刻，全都湧了上來。

寧汐抱著雙膝，無聲的啜泣著，淚珠滑過臉頰，迅速的滴落到被褥裡。

不管是為了什麼理由，她都做出了傷害寧有方的事情。如果有朝一日，寧有方知道了這個秘密，一定會很傷心很失望吧……

可是，除了這麼做，她又有什麼辦法呢？

她想讓寧有方好好的活下去，想讓家人都平平安安的活下去，想避開高不可攀的四皇子，也只能這麼做了。

希望這件事早點過去，希望四皇子一行人早些回京城。從今以後，她和家人就能平靜的過自己的小日子了。

想及此，寧汐的心情總算平靜了不少，又迷迷糊糊的睡著了。

隔日早晨，阮氏見了寧汐，不由得一愣。「汐兒，妳的眼睛怎麼了？」細細看去有些紅腫，倒像哭過似的。

寧汐掩飾的笑了笑。「剛才有隻小蟲子飛進了眼裡，揉了幾下，就成這樣了。」

阮氏不疑有他，溫柔的叮囑道：「妳路上小心點。還有，妳爹生著病，妳可一定要好好照顧他，別讓他帶著病做事。」

寧汐不假思索的點頭應了。今天中午就是四皇子的接風宴了，她可要好好的盯緊了寧有方才行。

一路跑到了太白樓之後，寧汐的小臉紅撲撲的，額頭還冒出了汗。

「爹，我來了！」寧汐笑著推開屋門，沒想到屋子裡空無一人。

看來又是上茅房了……

寧汐一想到自己就是始作俑者，不免有些心虛，連忙幫著收拾起了床鋪。眼角餘光忽地瞄到了床邊的空碗，不由得一愣。

看來，已經有人幫著熬好藥送過來了。

再一看到旁邊散開的藥包，寧汐的臉色徹底變了。

第五十四章　意想不到

寧汐記得很清楚，昨天晚上臨走之前，三個藥包都捆紮得好好的。可是現在，其中兩個都被拆開了，裡面的藥材空空如也。

難道是誰把這兩包藥一起熬了給寧有方喝了嗎？

想及此，寧汐的臉都白了，手裡的被褥不自覺的滑了下去。老天，千萬不要是那個樣子，否則可就真的功虧一簣了……

寧汐定定神，反覆命令自己鎮定下來，先找到寧有方再說，一切自然就都明白了。

剛一轉身，就見寧有方皺著眉頭走了進來，臉色還是不太好看，有些萎靡不振。

寧汐稍稍放了心，關切地湊上前去問道：「爹，您今兒個精神好些了嗎？我這就給您去熬藥……」

寧有方笑著擺擺手。「不用不用，我一大早起來，就熬了兩包藥喝下去了。雖然還在鬧肚子，不過，可比昨天好多了……咦？汐兒，妳怎麼了？臉色怎麼這麼難看？」

寧汐暗暗握緊了拳頭，掌心一片刺痛，不知花了多少力氣，才勉強吐出了幾句話。「爹，我昨晚不是跟您說過了嗎？這一包藥得分三次喝。是藥三分毒，您一次喝這麼多，傷了身子怎麼辦？」

千防萬防，也沒想到寧有方會趁她不在，偷偷的加大了藥的分量。

這麼一來，寧有方在中午前很有可能恢復體力繼續掌勺，而她之前所做的一切，也很有可能就這麼白費了……

寧有方自知理虧，一臉陪笑。「汐兒，妳別生氣嘛！我是想著，藥劑分量重一點，好得也能快一點，說不定到了中午我就能去做事了……」

「不行！您不能去！」寧汐心裡一緊，不假思索的喊了起來，那語氣異常的決絕，帶著不自覺的懼怕，甚至微微顫抖了起來。

寧有方愣了一愣，察覺出不對勁來。「汐兒，妳這是怎麼了？」

寧汐咬咬嘴唇，逼著自己鎮定下來，放柔了語氣說道：「爹，您身子不舒服，就別惦記著廚房那邊了。有胡伯伯他們幾個在，一定能將今天的宴席做得好好的。」

寧有方將心底那一絲莫名的怪異感覺壓了下來，笑了笑說道：「妳放心吧，我會量力而為的，要是實在沒力氣掌勺，就在一旁幫著指點指點。」

胡老大廚藝老道，尤其擅長烹煮肉類，可對魚翅的做法並不特別擅長。至少，比起他來還差了一籌。

今天偏偏又是這麼重要的宴席，若是呈上去的菜餚貴客不滿意的話，對太白樓的聲譽也會大大有損啊！

寧汐再也想不出任何理由反對，只能眼睜睜的看著寧有方慢慢的向廚房那邊走去。而她卻只能呆呆的立在原地，失魂落魄的等待著前世的一切重演……

寧有方走了幾步，沒聽到背後有動靜，詫異的轉過頭來。見到寧汐一臉慘白的樣子，頓時愣住了。「汐兒，妳不跟我一起去嗎？」

今天的寧汐實在是有些反常，讓他不由得生出幾許疑惑來。

寧汐看到寧有方詫異的眼神，心裡一緊，忙擠出笑容來。「爹，您真的有力氣走路了嗎？還是我扶著您吧！」說著，很自然的走上前來，笑吟吟的攙扶著寧有方的胳膊，剛才那一剎那的失神彷彿從來沒有發生過。

寧有方笑著點點頭，心裡嘀咕不已。女兒漸漸大了，果然心思越來越難琢磨了。

父女兩個各懷心思，面上卻是若無其事，一路說笑著到了廚房裡。

幾位大廚都在忙著準備中午的宴席，其他的廚子在忙著做冷盤，二廚們則負責切菜配菜。打雜跑堂的都到了前樓，佈置桌席去了。

一切井井有條，忙中有序。

胡老大正在指揮著眾人做事，見寧有方晃悠悠的走過來，忍不住皺了眉頭。「寧老弟，你身子還沒好，還是回屋子休息吧！這裡有我們，你還不放心嗎？」

寧有方連忙笑道：「我早上喝了藥，覺得精神還不錯，就過來轉轉。你們繼續忙，別管我。」

胡老大想了想，笑著點頭。「也好，你沒體力上鍋，站在一邊指點指點我們也是好的。」

雖然這麼說有傷自尊心，可寧有方是太白樓廚藝最好的廚子，卻是鐵打的事實。尤其是魚翅宴，更是寧有方的拿手好菜，有他在一旁指點，自然是好事一樁。

此言正合寧有方的心意，笑著點頭應了。

有寧有方坐鎮，胡老大就像吃了定心丸似的，來回跑得更有精神了。

寧汐本該和幾個學徒一起去幫著打下手，可此時的她實在沒有這份心情。索性一直站在寧有方身邊，腦子不停的轉著，想著接下來的對策。

離開席還有一個多時辰，如果寧有方恢復了體力，肯定會掌勺。她根本攔不住！可是，讓她這麼眼睜睜的看著舊事重演，實在是心有不甘啊！

看來，只能狠下心腸再做點小動作了……

寧汐正默默的盤算著，就聽身後傳來了熟悉的聲音，卻是陸子言和孫掌櫃一起來了。不用問也知道，肯定是來叮囑眾位廚子精心準備宴席之類的。

奇怪的是，素來和陸子言同進同出的容瑾這次卻沒跟著來，難道他已經回京城了嗎？沒看到那張慵懶又欠扁的俊臉，寧汐的心情忽然好了許多。

孫掌櫃叮囑了一圈之後，笑著走過來拍拍寧有方的肩膀。「寧老弟，現在好些了嗎？」

寧有方笑著說道：「好多了，就是手腳發軟，還沒什麼力氣。我再休息一會兒，過會兒再吃點東西，說不準到正式開席之前就有力氣做事了。」

孫掌櫃樂呵呵的點了點頭。「那可最好不過了。寧老弟，你可是我們太白樓裡手藝最好的，今天真該好好的露一手。說不定能在貴人面前露個臉，從此飛黃騰達呢！」

這話可一下子說到了寧有方的心坎裡，他不假思索的點點頭。「我盡力試試。」

寧汐扯了扯寧有方的衣袖，低聲提醒。「爹，您身子還沒好呢！哪裡有力氣做事……」

寧有方不以為然的笑道：「我就做幾道菜，這點力氣總是有的。」

孫掌櫃笑著介面。「對對對，別的菜都讓他們幾個做，你做幾道拿手的就行了。」

話說到這分上，寧汐也不好再多嘴，心裡暗暗嘆口氣，有些苦苦的。

陸子言一直默不出聲，此時也笑著走上前來安撫道：「辛苦寧大廚了，做幾道好菜壓軸就行。只要這次宴席順利，到時候給大伙兒都發個紅包。」

此言一出，眾人都高興地笑了起來，連帶著做事都多了幾分力氣。寧有方更是來了精神，樂呵呵的吩咐張展瑜給他下碗麵來。吃飽了才有力氣做事嘛！

陸子言瞄了寧汐一眼，忽地咳嗽一聲，輕聲喊道：「寧姑娘。」

寧汐微微一愣，笑著應道：「東家少爺有何指教？」雖然這些日子常常見到這位東家少爺，可他主動搭話還是第一回呢！

陸子言看著那雙異常明亮清澈的眼眸，不知怎麼的，竟然有些困窘，不知道該說什麼好了。「呃，沒什麼指教……」

老天，這是什麼傻話！陸子言懊惱得差點咬到舌頭。

寧汐噗哧一聲笑了起來，本就秀美的小臉像絢爛的春花一般盛開。「東家少爺，你到底想說什麼？」

陸子言迅速的恢復了鎮靜，笑著說道：「沒什麼，我就是想問一問，妳在太白樓待得還習慣嗎？」

寧汐抿唇輕笑。「我很喜歡待在這兒，要是東家少爺不嫌棄，我還想以後留在這兒做廚子呢！就是不知道東家少爺會不會嫌棄我是個女孩子……」

「不會不會！」陸子言的眼睛亮了起來，直直的看向寧汐。「妳願意留在這兒就好。」

寧汐心裡微微一動。

她不是對情事一無所知的小姑娘，自然能看出陸子言對她有些好感。平心而論，陸子言出身良好，又溫和有禮，相貌更是清俊，怎麼看都是「上品」。

只是，現在的她對男女情愛早已心灰意冷，就算是世上最俊俏的男兒站在她面前，只怕她也生不出愛慕之心了……

寧汐淡淡的笑了笑，並未再說什麼。

陸子言頓時有些訕訕，不太自然地收回了目光，站了片刻，就隨孫掌櫃一起出去了。臨走之前，終於又忍不住看了寧汐一眼。

那個巧笑倩兮的少女，只笑盈盈的站在那兒，就已是世上最美的風景，令人忍不住流連。

可是，她的目光卻一片澄澈，和他的目光在空中遙遙對視，平靜無波。

陸子言略有些黯然的轉過了頭。

寧汐卻沒留意陸子言臨去前的那一瞥，她的全副心思都放在正吃著早飯的寧有方身上，看寧有方吃得香噴噴的樣子，顯然很有胃口。

一碗熱騰騰的麵條下肚之後，寧有方恢復了不少力氣，朝寧汐咧嘴一笑。「汐兒，來替我打下手。」也就是說，他已經能勉強撐著做事了。

第五十五章　做手腳

今天的宴席，自然不是誰都有資格參加的。來的都是洛陽城裡的重要官員，再加上四皇子帶來的一行人，整整有十桌。

宴席正式開始之前，冷盤已經一一送了上去。

幾位大廚各自負責的幾道菜式，之前早已分好了，此時都有條不紊的忙碌著準備起來。

胡老大見寧有方還算有精神，笑著說道：「寧老弟，你打算做哪幾道菜？」

寧有方不假思索的應道：「我做一道乾燒魚翅，還有一道蟹粉魚翅吧！」雖然只有兩道菜，可這兩道卻是最最費時費工的，還得供應十桌的分量。對現在的寧有方來說，確實不算輕鬆了。

胡老大點了點頭，就到自己的小廚房忙活去了。

寧有方看似有精神，其實身體還是虛得很，很多體力活都做不了，便指派張展瑜和寧汐兩人忙得團團轉。

「展瑜，把雞肉切成小塊，豬肘剖開切成塊……」

「汐兒，火腿切得厚一點，把豆芽的頭尾摘掉……」

寧汐忙得暈頭轉向，一時也顧不上想什麼點子，等寧有方站在鍋邊開始做乾燒魚翅了，才開始暗暗著急起來。

寧有方自然不知道寧汐腦子裡在想著什麼，低聲說著。「汐兒，仔細留意這乾燒魚翅是怎麼做的。」說著，立刻專注的忙活起來。

寧有方先放了一勺豬油，將薑絲和蔥白段爆香，然後放入雞湯和紹酒，將魚翅焯熟，然後撈出魚翅，將剩餘的湯汁全部倒掉。反覆兩次過後，才算去掉了土腥味，用乾淨的紗布將初步處理好的魚翅包好。

接下來，將雞肉放入鍋裡煸炒，待雞肉呈半熟時，再放入豬肘和火腿，然後放入雞湯慢火熬煮。黃豆芽則在另一個鍋的熱水中焯水去生，然後迅速放入鍋中一起翻炒。最後，再放入魚翅。

雖然他渾身乏力，可站到鍋灶前的這一刻，立刻迸發出了專注和熱情，眼眸亮得似能放出光來。

他的額頭冒著虛汗，遠沒往日有力氣，近距離的看著，甚至能察覺到他握著鐵鍋的手在微微的顫抖。可即使如此，他依然全神貫注的將所有心思都放在了鍋裡正烹煮的乾燒魚翅上。

寧汐的心也跟著顫抖起來，一想到接下來自己要做的事，那股無法抑制的愧疚感就在心頭翻滾不休……

「汐兒，別走神，好好看著。」寧有方頭也沒回的叮囑道：「這道乾燒魚翅的奧妙之處就在最後的收汁，一定要注意掌控好火候。」

寧汐雖然另懷心思，可卻下意識的認真看了起來。待見到寧有方神乎其技的收汁技巧之後，寧汐忍不住驚嘆出聲。「爹，您好厲害！」

寧有方咧嘴笑了笑，熟稔地將鍋中的乾燒魚翅裝到盤子裡。

這盤乾燒魚翅顏色透亮，半透明的湯汁冒著誘人的熱氣，香氣四溢。只這麼看著，寧汐便開始嚥口水了。

寧有方啞然失笑，寵溺的說道：「妳別急，這盤先得上桌。我還得再做九份一樣的。到最後一份的時候，一定給妳留一碗。」

寧汐笑著點點頭，鼻子忽然有些酸酸的，似有什麼就要奪眶而出。她暗暗握拳，用盡所有的力氣，才將淚意壓了下去。

好在寧有方又轉過頭去忙活起來，沒有留意到她的這一絲異樣。

接下來再做九份一模一樣的菜，對寧有方來說自然沒多少難度。不過，要想每一份都做得美味可口，保持一樣的水準，就不是容易的事情了。

張展瑜一直在忙著準備蟹粉魚翅的配料，很識趣的沒朝鍋邊張望。

寧汐想了想，笑著湊了過去。「張大哥，你去幫我爹打下手吧！我在這兒準備配料就行了。」

所謂打下手，其實並沒什麼事要做，反而正是偷師學藝的大好機會，做過學徒的當然都懂。

張展瑜手中的動作一頓，眼裡掠過一絲驚喜和灼熱，旋即又壓了下去，故作鎮靜的推辭。「不用了，寧大廚做菜的時候不喜歡有人在旁邊打擾的。」

寧汐甜甜的一笑。「站在鍋灶旁邊實在太熱了，我可受不了了，你就去替我一會兒嘛，我待會兒就換你回來。」

張展瑜其實巴不得立刻就過去，可又怕寧有方不高興，遲疑地瞄了寧有方一眼，欲言又止。

張展瑜的那點小心思幾乎掛在了臉上，那份渴望更是一覽無遺。寧汐心知肚明他根本沒法拒絕這樣的提議，索性又朝寧有方撒嬌。「爹，我被爐火烤得熱死了，想在這邊休息會兒，讓張大哥替我一會兒好不好？」

從小到大，只要是她提出的要求，寧有方從沒拒絕過，這次也沒例外。

寧有方只稍微猶豫了片刻，就笑著應了。「好好好，妳就在那邊做配料吧！有什麼不懂的，就問一聲。展瑜，你過來吧！」

張展瑜跟著他做了這麼久的二廚，一直安分老實，並沒偷師，這次就讓他跟著學學怎麼做魚翅好了。

張展瑜努力壓抑著心裡的激動興奮，立刻點頭應了。

寧汐俏皮的朝張展瑜眨眨眼，張展瑜回了個燦爛的笑容，喜孜孜的站到了寧有方的身邊打下手去了。

不用想也知道，接下來的時間裡，張展瑜絕不會有閒空再往案板這邊多看一眼了。

寧汐的嘴角露出一絲狡黠的微笑，迅速地拿起刀，有模有樣的切起了配菜。

然後趁著身後兩人都全神貫注的時候，寧汐迅速的用手捏了些鹽，撒在那一大碗黃亮亮的蟹粉裡。再拿起筷子攪拌了幾下，還故意大聲說道：「爹，這蟹粉不夠鬆軟，我用筷子攪拌一會兒。」

果然，寧有方隨口就應了，連頭都沒回。

至於張展瑜嘛，從頭至尾眼睛都沒捨得眨一下，一直緊緊的盯著鍋裡呢！

寧汐做手腳成功，心裡別提多愉快了。

鹽為百味之首，再美味的珍饈佳餚，只要稍微鹹了一點，難免就會失了幾分味道。這其中的差別雖然並不明顯，可長期食不厭精、吃慣美味菜餚的貴人們，還是能嚐得出來的。這麼一來，四皇子自然也就不會留意到寧有方的廚藝了。

這樣的計策若是用在別的廚子身上，肯定不行。因為上菜之前，誰都會親口嚐一嚐菜餚的味道如何，味道稍微有些偏差，肯定不會就這麼呈上去，可用在寧有方的身上卻是最妙不過。

寧有方對自己的手藝極有信心，菜餚出鍋裝盤的時候，從來不會嚐一口。只要他依著自己的習慣放鹽調味，這道蟹粉魚翅，必然會鹹了點……

寧汐心情好極了，接下來做事也有了勁頭。

十盤乾燒魚翅都上桌了之後，寧有方總算鬆了口氣。按著上菜的順序，這道蟹粉魚翅應該是最後再上，算是壓軸的主菜了，他可以坐下休息會兒再忙活了。

寧有方笑著喊了聲。「汐兒，過來，這碗是留給妳的，嚐嚐看好不好吃。」

寧汐笑嘻嘻的湊了過去，拿起筷子挾了一口送入口中，頓時驚嘆出聲。「又軟又滑又香，真好吃啊！」最難得的，是那份嚼勁和口感，確實是別的菜餚無法比擬的。

寧有方自豪的笑了笑。「魚翅是八珍之一，口感極好，又最是美味營養，當然好吃。」

寧汐說：「最關鍵的，是做這道乾燒魚翅的大廚手藝高超，自然能做出難得一見的美味了。」

寧有方被這記馬屁拍得渾身舒暢，眉眼都笑得擠到了一起。

寧汐津津有味的將一碗乾燒魚翅吃了個精光，大大飽了口福，再一想到被加了料的蟹粉，心裡就更愉快了，臉上的笑容一直從未停過。

胡老大今日也忙得滿頭是汗，一路小跑著過來叮囑。「寧老弟，菜快上得差不多了。最後這道蟹粉魚翅可是壓軸的菜式，你可要精心準備。」

寧有方爽朗的一笑。「你放心，保准不會出一點岔子。」說著，振作了精神站了起來。

胡老大顯然對寧有方也深具信心，聞言笑了笑便走了。

寧汐自動自發的站到了鍋邊，緊緊的盯著寧有方的一舉一動，尤其是在放調味料的時候，更是目不轉睛。

寧有方忙裡偷閒的瞄了她一眼，打趣道：「別擔心，妳爹當了十幾年廚子了，不會失手的。」

「那是肯定的。」寧汐喉嚨有些發乾，硬是擠出笑容點頭附和。

呈半透明狀的魚翅在鍋中不停的翻滾著，各式配料都已經下了鍋。就等著將蟹粉下鍋煮熟，這道菜就能完工了。

了。

「汐兒，去把蟹粉拿來。」寧有方一邊照看著鍋中的菜餚，一邊吩咐。

寧汐立刻應了聲，把一大碗蟹粉捧了過來，一開始手微微有些顫抖，旋即用力的穩住了。

寧有方迅速的舀了一勺蟹粉倒入鍋中，鍋中的魚翅頓時被染上了金黃透亮的色澤，煞是好看。顛了顛鍋，起鍋之前又舀了勺豬油澆上去，然後裝在專門用來裝湯羹的青瓷大碗裡。

來福站在旁邊，剛看了一眼，就忍不住嘆道：「寧大廚，這道蟹粉魚翅，肯定會讓貴客們讚不絕口。」

寧有方咧嘴笑了笑，忽然說道：「拿個小勺子過來，我來嚐一口看看。」

雖然他沒有嚐菜的習慣，可這一道蟹粉魚翅是他預備讓貴客們驚豔的拿手好菜，當然要格外留心才行。

第五十六章　指責

本來笑吟吟的寧汐，聽到這句話後立刻被嚇出了一身冷汗。

不，千萬不能讓寧有方嚐……

眼看著張展瑜已經殷勤的拿了把乾淨的小勺子過來，寧有方已經舀了一勺就要送往口中。寧汐急中生智，嬌嗔的扯著寧有方的衣袖，裝出一副嘴饞的樣子。「爹，我替您嚐嚐吧！」

寧有方啞然失笑。「妳剛才吃了這麼多，還餓啊！」

張展瑜和來福都悶笑起來。

寧汐厚著臉皮笑道：「我想嚐嚐蟹粉魚翅是什麼味道嘛！爹，難道您還信不過我的味覺嗎？」

寧有方一想也是，笑著將那勺蟹粉魚翅遞到了寧汐的嘴邊。「好好好，妳來嚐嚐看。」

寧汐不假思索的張口吃了下去，然後……被燙得哇哇直叫，那勺蟹粉魚翅看起來沒什麼熱氣，可到了口中卻燙得不得了。

寧有方又是好笑又是心疼。「妳這丫頭，就不知道慢點吃嗎？這蟹粉魚翅看起來一點熱氣都沒有，其實燙著呢！」

寧汐不停的吐著舌頭，眼淚汪汪的，一副可憐兮兮的樣子。「爹，您不早點告訴我……」嗚嗚，她的舌頭都被燙得發麻了。

寧有方忍俊不禁的大笑起來，朝來福擺擺手，來福立刻機靈的端著蟹粉魚翅上桌去了。

張展瑜悶笑著倒了碗涼開水過來，寧汐喝了幾口，舌頭總算不那麼麻了。

確定寧汐沒什麼大礙之後，寧有方才問道：「汐兒，剛才的蟹粉魚翅味道怎麼樣？」

寧汐眨著水靈的大眼，笑著讚道：「有蟹的鮮美，還有魚翅的甘甜，吃到口中滑而不膩，實在是無可挑剔。」除了稍微鹹了那麼一點點……

寧有方立刻放了心，專心致志的繼續忙了起來。

等最後一盤蟹粉魚翅被端走上桌之後，寧有方總算全身放鬆了。而寧汐，更是深深的吐了口氣。

太好了，一切總算要結束了！

今天過後，就和前世的一切都了斷了緣分。從此以後，他們一家人就可以在洛陽城裡和和美美的過自己的小日子了。

寧汐越想越開心，笑容越發的燦爛明媚。

其他幾位大廚也都閒了下來，索性湊在一起閒聊起來。這個謙虛地說「我今天做的菜不算好，也不知貴客們喜不喜歡」，那個更謙虛地說「老兄你就別謙虛了，你可比我強多了」。看似自謙，其實都在沾沾自喜今天自己發揮得實在不錯。

寧有方可從不知道謙虛兩個字怎麼寫，一聽眾人問他發揮如何，立刻不客氣地吹噓道：「我今天就做了兩道菜，不過，這兩道菜都做得很順手，尤其是最後上的蟹粉魚翅，肯定能得到貴客們的稱讚！」

諸位廚子都紛紛噓出聲來。

胡老大揶揄的笑道：「寧老弟，你可別吹過了頭。」

寧有方咧嘴一笑。「我可沒亂吹，要是不信，你們就問問我閨女，她今天幫著嚐了一口，直誇好呢！」

大廚們一起唰地看了過來。

寧汐鎮靜的點頭微笑。「是啊，爹今天做的這道蟹粉魚翅真的很好。」

這幾個月來，寧汐靈敏過人的味覺早已征服了眾人，見她也這麼說，幾個大廚倒是都相信了，紛紛笑著說道：「寧老弟，您今天要是得了賞賜，可得好好請客。」

寧有方爽快的點頭。「好，到時候我一定請你們喝最好的花雕。」

一提到酒，眾人的饞蟲都被勾了上來，頓時眉開眼笑。

正說笑著，就見孫掌櫃匆匆的跑了過來，卻是一臉的凝重，臉上根本沒多少笑容。

寧汐心裡一動，不自覺地屏住了呼吸。

寧有方卻沒察覺到孫掌櫃的異樣，笑著打招呼。「孫掌櫃，宴席結束了嗎？貴客們說了什麼沒有？」

孫掌櫃擰著眉頭，沈聲說道：「寧大廚，今天最後那道蟹粉魚翅是你做的吧？」

兩人私下裡交情不錯，當面都是一口一個寧老弟，像這樣一本正經的稱呼「寧大廚」的時候卻是少之又少。

寧有方也察覺出不對勁來了，收斂了笑容應道：「是我做的，怎麼了？」

眾廚子也都關切的看了過來。

孫掌櫃嘆口氣說道：「剛才知府大人的長隨來找我，說是蟹粉魚翅做得有些鹹了……」

寧有方震驚不已，霍然站起身來。「不可能！我放鹽從沒失過手的！」做了這麼多年廚子，這點自信他還是有的。

孫掌櫃皺眉說道：「我也知道你沒失過手，可今天這道菜上了桌之後，貴客們都說有些鹹了。」

作為壓軸的重要菜式，卻被貴客們挑出這樣明顯的缺陷來，實在是不容忽視的一大敗筆。如果真的惹得四皇子不高興了，只怕整個太白樓都要跟著遭殃啊！

寧有方的臉唰地白了，喃喃地自語。「不可能的，我不可能失手的……」

王麻子陰陽怪氣的聲音響了起來。「寧大廚，你剛才不是還在吹噓那道蟹粉魚翅做得好嗎？現在這又是怎麼回事？」

甄胖子也忍不住問道：「寧老弟，蟹粉魚翅上桌之前你嚐了沒有？」

寧有方茫然地搖了搖頭。「我沒嚐，讓汐兒替我嚐了……」

孫掌櫃急得直跺腳。「唉，這麼重要的宴席，怎麼能不嚐一嚐就上菜？你可真是糊塗了！」

「是啊，你怎麼能不嚐嚐就讓端走？誰沒個失手的時候，可也得看看是什麼場合吧！」

「就是就是，要是連累了我們大伙兒，看你怎麼辦……」

到了這時候，誰也顧不得寧汐了，紛紛指責起寧有方來。

寧有方慘白著一張臉，身子卻異常的僵直，清晰地說道：「我不可能多放了鹽，絕不可能！」這是他的自信，也是他最大的驕傲。就算眾人都指責，他也堅信自己根本沒失手。

眾人愣了一愣，頓時安靜了下來。

王麻子忽地說了句。「對了，汐丫頭當時不是嚐了一口嗎？讓她說說看，到底是不是鹽放得過了？」

眾人的目光一起看了過來。

尤其是寧有方，幾乎是迫不及待的說道：「汐兒，只有妳嚐過，妳老老實實的告訴爹，到底有沒有多放了鹽？」

那眼神裡滿是信賴，就像是溺水的人抓住了最後一根救命的稻草。

寧汐放在背後的手早已顫抖個不停，看著寧有方充滿希冀的眼神，用盡全身的力氣把心裡的愧疚壓了下去，狠下心說道：「對不起，爹，剛才我被燙了一口，沒嚐出鹹淡來。」

眾人一起譁然，不滿的看向寧有方。

寧有方身子顫了一顫，臉色一片晦暗，腦子裡更是一片空白！然後只覺得天旋地轉，雙腿一軟，眼前一片模糊。

寧汐嚇得魂飛魄散，飛速地衝了過來扶住寧有方，焦急的問道：「您怎麼了？爹，您不要嚇我……」

眼淚不知什麼時候溢出了眼角，心裡更是如刀割一般疼痛。

對不起，爹！對不起！

我不想讓您丟這個臉的，我更不想看到您這麼傷心難過。可是，我不能再眼睜睜的看著您走上前世的那條不歸路。

我只想您好好的活著！

淚水肆意地噴湧而出，早已模糊了臉頰和視線。

她看不清眼前的一切，只知道緊緊的依偎在寧有方的身邊，感受著那份溫熱的體溫，心裡不停的默唸著——

您一定要好好的活著！

寧有方並沒真正昏倒，只是一時怒氣攻心情緒太過激動，才出現了類似昏厥的症狀。此刻慢悠悠地清醒過來，卻被寧汐的嚎啕大哭嚇了一跳，連忙低聲哄道：「汐兒別哭，不是妳的錯。都怪爹太不小心了，沒有親自嚐嚐。別哭啊，爹沒怪妳。」

寧汐身子顫了顫，眼淚落得更凶了。斷斷續續的說著。「都怪我……都是我的錯……爹，對不起……」那份說不出口的愧疚，狠狠地糾痛了她的心。

寧有方乾巴巴的擠出個笑容。「妳被燙了一口，嚐不出鹹淡也是正常的，爹不怪妳。別哭了啊！」

寧汐的哭聲頓了一頓，然後撲在寧有方的懷裡哭了起來。

小小的身子顫抖個不停，哭聲裡似乎夾雜著太多的傷心和無奈，不知不覺的感染了周圍的眾人。

那份害怕被牽連的忿忿不平，不知不覺中被寧汐的淚水澆滅了，幸災樂禍的嘲弄，在見到父女情深的這一幕之後，更是悄然地散去。

廚房裡異樣的安靜，唯有寧汐的哭聲迴響。

胡老大忍不住幫著說情。「孫掌櫃，寧老弟這兩天身子不適，強撐著做菜，一時失手也情有可原，你就別怪他了吧！」

甄胖子也連忙附和。「是啊，宴席也快結束了，好不好也都成定局了，還是想想該怎麼應付要緊。」

孫掌櫃想了想，嘆道：「也罷，若是待會兒問起來，我就照實說好了，估摸著貴客們也不會這麼不通情理的。」

話音剛落，來福急匆匆的小跑了進來，滿臉抑制不住的興奮之色。

一個身著白衣的翩翩少年跟著走了進來，微笑的面龐頓時照亮了整個廚房，聲音清朗又悅耳。「請問哪一位是寧大廚？」

那熟悉無比的聲音清晰的傳入寧汐的耳中。

寧汐身子一顫，哭聲戛然而止。

第五十七章　邵晏

這個溫潤悅耳的聲音，曾在她的耳邊親暱的說著最溫柔的情話，曾在她最深最美的夢裡出現過無數次。

就算隔得再遠，就算周圍都是嘈雜的說話聲，她也不會錯辨這個聲音。

寧汐怔怔的轉身，一眼便看到了站在來福身邊那個相貌清雅溫潤如玉的白衣少年。

那雙含笑的眼眸、令人如沐春風的微笑，還有微微翹起的唇角，都是如此的熟悉……

邵晏……果然是你來了！

重生之後，寧汐曾下過無數次決心，再也不要想起這個人，再也不要見到這個人。怎麼也沒想到，今生的相遇竟然比前世更早……

而且，還是在她毫無防備最最狼狽的時候，他就這麼突如其來的出現在了眼前。

寧汐垂下眼瞼，心裡一片紛亂，簡直快要窒息了，心劇烈地疼痛著。

邵晏微笑著看了眾人一眼，很有耐心地又問了一次。「請問，哪一位是寧大廚？」

寧有方這才回過神來，忙擠出笑容應道：「小的正是。」心裡卻惴惴不安起來。看這架勢，該不是貴人要喊他去訓話的吧！

邵晏笑了笑說道：「四皇子殿下有請寧大廚去說說話，不知寧大廚是否有空？」

說「請」，當然是客套話。四皇子的「邀請」，誰敢推辭說沒空？

寧有方心裡一片苦澀，臉上卻得擠出笑容來。「是是是，小的有空，現在就過去。」

胡老大等人都用憐憫的目光看了過來。想也知道，寧有方此行肯定沒什麼好果子吃了……

邵晏一直極有禮貌，雖然面前站著的不過是身分卑微低下的廚子，可他依舊微笑以對，說話語氣很溫和。「既是如此，那就有請了。」

寧有方深呼吸口氣，懷著悲壯的心情點了點頭。

剛走出一步，袖子忽然被扯了扯，寧有方疑惑地扭頭看了一眼，正迎上寧汐哀求的眼神。「爹，我陪您一起去。」

寧有方從沒拒絕過寧汐，這一次卻是皺起了眉頭，板著臉孔說道：「胡鬧，這樣的場合妳一個小姑娘跟著去湊什麼熱鬧，乖乖的留在這兒等我。」

寧汐扯著寧有方的袖子不肯鬆手，固執的說道：「爹，我要跟您一起去。」

不管如何，她也不能任由寧有方一個人去應付這樣尷尬的場面，更害怕事情再有什麼變故。所以，她非得跟著一起去不可！

寧有方頭痛了，別看寧汐平時嬌嬌柔柔的，可一旦犯起強來，簡直是十頭牛也拉不回來。

若是別的事情也就依著她了，可眼下要去見的可是堂堂大燕王朝的四皇子。之前做的菜又出了點小毛病，想也知道去了準沒好事，他哪裡捨得讓寧汐跟著一起去遭罪。

「汐兒，別鬧了，爹去去就回。」寧有方只得放軟了聲調哄道。

寧汐用袖子擦了眼淚，小臉上滿是堅決。「今天都怪我，沒嚐出蟹粉魚翅的鹹淡，如果四皇子殿下問起來，就由我來應對好了。」

寧有方急得直跳腳，正待再說什麼，就聽邵晏淺笑著提醒道：「四皇子殿下最不喜歡做事磨磨蹭蹭的，更不喜歡等人，還請寧大廚快些走吧，免得惹來四皇子不快……」

話音未落，那個嬌柔秀美的少女忽地抬起頭來，直直的看著他。「我也跟著爹一起去，行嗎？」

那清澈明亮的雙眸乍看很平靜，可細細看去，卻蘊含著莫名的複雜和感傷。明明只是第一次見面，可這種似曾相識的感覺又是從何而來？

邵晏心裡悄然一動，臉上的笑容卻越發的溫和。「也好，寧姑娘就請跟著一起來吧！」

寧姑娘……

寧汐酸澀地笑了，心裡那份難以言喻的痛楚，忽地慢慢散開了。

是啊，現在的她對邵晏來說，只是一個陌生人而已。

所有的情愛糾葛，都已成了前塵往事。她曾死心塌地的愛過，也曾傷心欲絕地恨過。可現在，一切都煙消雲散了！

他是邵晏，她是寧汐。他們的人生再無交集，相逢也只是路人罷了。

寧汐微微一笑。「小女子多謝公子了。還請公子稍待片刻，我和爹稍微收拾一下再去覲見四皇子殿下，不然也太失禮了。」

這樣文縐縐的說話方式，早已銘刻在她的腦海裡，此時自然而然的冒了出來。

邵晏笑著點了點頭。

寧汐立刻拉著寧有方到了隔壁的小廚房裡，快速地為他整理了衣衫頭髮，又迅速地為自己收拾了一下。

寧有方這才回過神來，急急的低語。「汐兒，妳還是別去了吧！」

堂堂的皇子，對平民百姓來說，簡直是高不可仰的存在。在這樣的貴人面前，他們就如同螻蟻一般，哪裡敢輕易說話。

寧汐輕笑一聲，安撫道：「爹，您放心，我知道輕重，保證不會亂說話的。」

四皇子是未來大燕王朝的皇帝，外表隨和可親，實則善於隱忍，又心狠手辣。這樣的人物，就算她有再大的膽子也不敢招惹啊！

寧有方還待再說什麼，寧汐卻已經扯了他走出去。

邵晏雖然已經等得有些著急，可臉上卻沒有一絲不耐，微笑著點頭示意，在前領路。寧有方無奈的嘆口氣，心裡暗暗祈禱著，今天可千萬別再出什麼紕漏了……

寧汐反而鎮定得多，默默地跟在寧有方的身後，目光時不時的落在前面的邵晏身上。

邵晏比她大四歲，也就是說，現在的他應該是十六歲。比起記憶中那個溫文儒雅處變不驚的男子來，現在的邵晏稍顯稚嫩，可那份溫潤如玉的翩翩氣質，卻和以前一樣……

寧汐垂下眼瞼，不願再回想這些，逼著自己將思緒重新回到眼前最迫切的這件事上來。

那道蟹粉魚翅確實鹹了那麼一點點，對寧有方這樣的大廚來說，這一點點可就不是小事了。四皇子特意讓邵晏來「請」寧有方過去，也不知道會說些什麼……

寧有方顯然也在惴惴不安，在進了荷花廳的那一刻，腿都有些發軟了。

好在此時大部分官員都退了席，安閒坐在席上的，只有三個人。其中一個年約四旬，正是洛陽的知府大人。

正中間的那個青年男子，年約二十。容貌並不算特別出眾，可渾身上下卻散發著令人難以忽視的氣度。臉上最最醒目的，就是那兩道眉毛，又黑又濃，長長的斜入鬢角。正是四皇子！

寧汐前世見過四皇子數次，可卻從沒機會和他說過話，對他的性情脾氣並不清楚。所知道的那一些，都是陸陸續續從邵晏和寧有方口中聽來的。

在她的腦海裡，這個人一直是模糊不清高高在上的。

可後來，大皇子和三皇子在爭奪太子之位時紛紛落馬，緊接著就是先皇出了事，再然後四皇子登基成為新皇，寧有方則成了新皇登基後的犧牲品……

這一切的一切，無不昭示著四皇子的心機深沈心狠手辣，也讓寧汐對眼前這個男子生出了一種莫名的害怕和恐懼。

寧汐的眼角餘光只瞄了四皇子一眼，便立刻移了開去，落到了最後一個人的身上……

咦？怎麼是他？寧汐微微一愣。

那個俊美得不似凡人的少年，依舊穿著鮮亮的絳色衣衫，嘴角掛著懶洋洋的笑意，狹長的鳳眸微微瞇著，似笑非笑地看了她一眼。

寧汐幾乎反射性的撇了撇嘴，扭過了頭去，那份無法言語的緊張倒是退散了不少。

寧有方顯然很是緊張，在下跪請安的時候，腿腳發軟，踉蹌了一下，差點摔了一跤。

寧汐被嚇了一跳，連忙扶住寧有方。

知府大人擰起了眉頭，沈聲呵斥道：「在四皇子殿下面前，怎麼這般不小心。」

寧有方身子瑟縮了一下，連辯駁一句都不敢，唯唯諾諾地應了一聲，老實的束手立在一邊。

寧汐滿眼的擔憂，卻也不敢造次，無奈的鬆了手，也跟著站到了一旁。眼觀鼻鼻觀心，雙手放在身側，簡直老實得不可思議。

容瑾忽地嗤笑了一聲。

這顯然不是什麼禮貌的舉動，可四皇子卻絲毫不介意，反而笑著偏過了頭去。「你笑什麼？」語氣很是隨意親暱。

寧汐心裡又是咯噔一下。

在前世裡，容瑾足不出戶，極少接觸外人，若不是因為那張美麗的臉孔，只怕根本沒人記得容家還有這麼一位三少爺。

四皇子卻是極活躍的，熱衷一切吃喝玩樂的消遣，這樣的兩個人，當然沒什麼交集。

可現在看來，容瑾和四皇子卻是很熟稔。

這個認知，讓寧汐無來由的一陣心慌。總覺得有些事在她重生的那一刻，悄然地發生了詭異的變化……

容瑾慵懶的聲音響了起來。「我這些日子天天到太白樓來，寧大廚見了我可從沒這麼害怕過。看來，四皇子殿下真是不怒而威啊！」

四皇子挑了挑濃眉。「你是在調侃我嗎？」

容瑾笑了笑。「豈敢豈敢！」話語雖然謙卑，可神情卻全然不是那麼回事。

四皇子不但沒生氣，反而樂得哈哈笑了起來。

剛才一直緊繃著的氣氛，隨著這一笑，立刻微妙的鬆弛了下來。

第五十八章　逃過一劫

寧有方額上一直冒著冷汗，現在總算稍稍輕鬆了一些。

四皇子上下打量寧有方幾眼，淡淡地問道：「今天的乾燒魚翅和那道蟹粉魚翅都是你做的嗎？」

一提到蟹粉魚翅，寧有方的臉色立刻有些不自然了，結結巴巴地應道：「正、正是！」

四皇子漫不經心的笑了笑。「乾燒魚翅味道不錯，那個蟹粉魚翅嘛……」

寧有方不自覺的哆嗦了一下，心都停跳了一拍。今天的蟹粉魚翅做得鹹了，四皇子肯定是要怪責他了吧……

寧汐的心也高高的提到了嗓子眼，悄悄的抬起頭看了四皇子一眼。

卻見四皇子輕笑著挑了挑眉。「……做得很好！」

眾人都是一愣！

寧汐的心一顫，反射性的抬起頭看了過去。

這是怎麼回事？蟹粉魚翅明明有些鹹了，知府大人還特地派身邊的長隨去數落孫掌櫃一通。四皇子怎麼會是這個反應？

容瑾挑了挑眉，扯了扯唇角，意味深長的瞄了寧有方父女一眼，在看到寧汐蒼白的小臉後，眉頭微不可見的皺了一下。奇怪，這小丫頭今天是怎麼了？似乎有些不太對勁啊……

寧有方幾乎不敢相信自己的耳朵，錯愕地抬起了頭，近乎有些無禮地應了句。「四皇子殿下，您不覺得蟹粉魚翅有些鹹了嗎？」

四皇子哈哈一笑，說道：「我倒是覺得別的菜式口味都有些淡了，只有這道蟹粉魚翅最合我的口味。來人，看賞！」

寧有方大大地鬆了口氣，眼裡頓時射出了喜悅的光芒來，立刻跪下磕頭謝恩，歡喜的接過了那兩個閃亮的銀元寶。

這一切實在是太太令人意外了！

誰能想到四皇子口味偏重嗜吃鹹一些的食物呢！這一次，真是誤打誤撞的投其所好了。他的運道太好了！

寧汐沒有抬頭，俏臉卻更加蒼白了，雙手暗暗的握緊。一切就到此為止吧！老天保佑，四皇子千萬別再有別的念頭了……

然後，四皇子的聲音又響了起來。「你叫寧有方是吧！在太白樓裡待了多少年了？」

寧有方戰戰兢兢的應道：「小的在太白樓裡做了六年的主廚了。」心裡暗感奇怪，不是讓他來領賞的嗎？怎麼四皇子這麼有閒情雅致問起這些閒話來了？

事實上，眾人也都在暗暗驚詫呢！

邵晏陪伴四皇子多年，卻是最清楚他的脾氣，會意地笑了笑，溫和的接著說道：「寧大廚無須緊張，四皇子殿下脾氣隨和，問你什麼你就說什麼，不用害怕。」

寧有方陪笑著點點頭，壓根兒不敢抬手擦汗。

寧汐卻知道前世的那一幕即將在她眼前上演，手腳一片冰涼，一顆心緩緩沈入谷底。她所做的一切努力，在這一刻看來，真是天真又可笑。原來，不管她怎麼做，事情終究會按著前世的軌跡進行……

而她，只能這麼眼睜睜的看著，無能為力束手無策！

眼前這個男人，是大燕王朝的皇子，也是將來的皇上，身分貴不可言。她就算有再大的膽子，也不敢在他面前造次……

怎麼辦？到底該怎麼辦？

寧汐死死咬著唇，低垂著頭，不敢讓任何人察覺她的異樣，頭腦裡是一片混亂迷茫。

此時，就聽四皇子慢悠悠的說道：「我的府裡，有四個廚子，寧大廚可願意做第五個？」

意外一波連著一波，寧有方張大了嘴巴，簡直不知要做何反應才好。

知府大人顯然也極為意外，卻及時的笑道：「承蒙四皇子殿下青睞，真是寧大廚的福氣，也是整個太白樓的福氣。」說著，瞄了寧有方一眼。「還不快點謝恩！」

四皇子既然張了口，哪還有拒絕的餘地？再說，這樣的好事，平時想求也求不來啊！

寧有方總算回過神了，撲通一聲跪了下來。「小的……」

「爹，」寧汐心裡狂跳不已，再也顧不得隨意插嘴會惹來什麼惡果了。「別去京城好不好？」

寧有方一愣，手心裡直冒冷汗，急急的朝寧汐使眼色。

這是什麼場合，她一個女孩子怎麼可以隨意插嘴？若是惹來四皇子不快，小命隨時可能不保啊！

四皇子城府極深，並未板起臉孔發火，只是挑了挑眉，淡淡地看了那個膽大妄為的少女一眼。

熟悉他脾氣的邵晏卻知道這是他動怒的先兆，連忙笑著打圓場。「寧姑娘，四皇子殿下看中了寧大廚的手藝，特地聘請寧大廚去京城的皇子府做廚子，這可是天大的喜事，還不趕快謝恩？」心裡暗暗為這個小姑娘捏了把冷汗。

寧汐撲通一聲跪了下來，怯生生地抬起頭來。「小女子見過四皇子殿下，小女子心裡有話不吐不快，還望四皇子殿下饒恕小女子的不敬之罪。」

那張巴掌大的小臉，分外的楚楚可憐，那雙明亮的眼眸，更是如春水盈盈，竟是異常的秀美。

四皇子打量了她一眼，眉頭稍稍平緩下來。「好了，妳想說什麼就說吧！」男人對待美麗的少女，總會多幾分寬容的。

寧汐立刻磕頭謝恩，恭恭敬敬地說道：「多謝四皇子殿下，小女子斗膽放肆一回。小女子生在洛陽長在洛陽，所謂故土難離，還望四皇子諒解小女子的心情。」

四皇子笑了笑，卻看向寧有方。「寧大廚，這也是你的心意嗎？」

寧有方不敢遲疑，立刻磕頭請罪。「小女說的，也正是小的心裡話，還望四皇子殿下不要怪罪。」

雖然不知道寧汐為什麼會鬧了這麼一齣，可到了這一刻，他也只能順著寧汐的意思說下去。不管怎麼樣，寧汐的安危才是最最要緊的。

就算會惹得四皇子大發雷霆，他也得挺身而出站在女兒的面前！

四皇子忽地笑了，閒閒地對容瑾說道：「真沒想到，我竟有被人拒絕的這一天。」

這輕飄飄的一句話，令人琢磨不透其中的意味，可有一點卻是顯而易見的，四皇子殿下此刻的心情不算很好。

知府大人聽得臉都白了，恨恨地瞪了那兩個膽大包天的父女一眼，暗暗咬牙。這兩個不知好歹的東西，可千萬別連累到他……

容瑾挑了挑眉，笑著應道：「既然如此，勉強也沒什麼意思，好廚子多得是，以後遇到合意的再聘到府裡就是了。」

四皇子啞然失笑。「你說得輕巧，好廚子確實多得是，可真正合我意的可沒幾個。要不，回去之後，把你府裡的廚子讓一個給我。」

容瑾咧嘴一笑。「你看中哪一個，儘管張口，我會記得叮囑一聲，做菜的時候多放點鹽，保准就能討四皇子殿下歡心了。」最後一句，很明顯是打趣了。

四皇子哈哈笑了起來，拍了拍容瑾的肩膀。「好好好，一言為定！」

容瑾不動聲色地挪了一下，避開了四皇子的手，口中卻笑道：「讓他們退下吧，總跪在這裡，未免打擾了我們說話的興致。」

四皇子漫不經心的點點頭，朝邵晏使了個眼色。

邵晏會意的頷首，笑著說道：「好了，你們兩個可以退下了。」

寧有方和寧汐一直跪在那兒，頭都沒敢抬過，聞言都悄悄鬆了口氣，連忙一起磕頭行禮，然後起身退了出去。

直到安然踏出荷花廳的那一刻，寧有方的心才算落回了胸腔。全身早已冷汗涔涔，簡直像是逃過了一劫似的。

他緊緊的閉著嘴唇，拉著寧汐快速的下了樓，一路未曾停歇。一直跑到了廚房後面的屋子裡，緊緊的關上了門之後，才長長的呼出一口氣。

寧汐的手被握得生疼，卻不敢出聲，低著頭站在寧有方面前。

寧有方用袖子擦了汗，定定神，終於嘆道：「汐兒，妳剛才差點闖了大禍知道嗎？」

那可是堂堂的四皇子啊，紆尊降貴的親口邀請他去皇子府做廚子，簡直是天大的榮耀。寧汐竟然膽大包天的替他張口拒絕，簡直……簡直就是不知死活！

寧汐低低的應了聲。「爹，對不起……」

寧有方緊緊的盯著寧汐的臉，終於起了疑心。「妳今天到底怎麼了？」

寧汐今天的行為實在是太反常了，細細一想，似乎從一大早開始，就很不對勁了，只是他從沒懷疑過自己的寶貝女兒會對他隱瞞什麼，更不可能疑心有些事是她故意為之，可到了這一刻，他實在沒辦法自圓其說了。

寧汐，妳心裡到底在想些什麼？妳到底要做些什麼？

寧汐心裡一顫，知道寧有方已經起了疑心。她有心想解釋幾句，卻不知該從何說起。

對寧有方來說，這是他一生之中最大的機遇。能得到四皇子的青睞，能到京城去，意味著他將踏上一個更高的臺階。或許將來會有更多的機遇，說不定有一天便能一償心願，進宮做御廚……

可是，這一切卻都因為她的幾句話煙消雲散了，甚至還差點惹怒了貴人……

寧有方定定的看著寧汐，緩緩地問道：「汐兒，妳告訴爹，妳今天到底是怎麼回事？」

寧有方有多溺愛寧汐，沒人比寧汐自己更清楚。

從小到大，只要她要的東西，不管多貴，寧有方都會買來哄她高興。只要她張口提出的要求，寧有方更是從來沒有拒絕過。

對著寧暉，寧有方沒少大呼小叫過，可對寧汐，他卻是捨不得責罵一句，從來都是輕聲細語的哄著，像這樣凝重的語氣，已經算是極為罕見的責怪了。

寧汐看著寧有方緊緊繃著的面孔，心裡五味雜陳，別提多憋屈難受了。這一刻，她忽然生出一個衝動。

要不，就把前世的一切都告訴寧有方吧！這樣，她就再也不用苦苦隱瞞一切，更不用絞盡腦汁的想方設法避開前世的悲劇。

可就在張口的一剎那，她又忽然猶豫了……

——未完，待續，請看文創風093《食全食美》2

天才廚藝美少女遇上天下最挑剔刁嘴的美少年

重生的試煉．穿越的新鮮

人情的溫暖．溫柔的情意

精緻烹煮的美食佳餚，佐以專一的愛情調味，

引得你食指大動、會心一笑……

食全食美 全套八冊

真情流露派寫作大手／尋找失落的愛情

文創風092 **1**
她對愛的癡傻竟換來寧氏全族遭到滅門之禍。
既然老天爺讓她重生，她定要好好的活一回！
從此，她不再是那個不解世事、爹疼娘寵的嬌嬌女，
她求爹答應教她廚藝，憑著過目不忘及異常靈敏的味覺，
她肯定能成為世上獨一無二的名廚。
她要避開前世所有的禍端，守護所有的親人。
她要看清楚所有人的真面目，不再受人欺瞞。
但容瑾這男人卻是她看不明白的，遇上他，她就上火……

文創風093 **2**
這個寧汐，是長得像個精緻的娃娃似的，模樣討喜，
但她不饒人的小嘴和倔強的性子，他領教得可多了！
哼！她想山高水遠不必再見，他偏不如她的願，
要知道少了她在眼前晃，他生活可就太平淡無聊了……

文創風094 **3**
這容瑾自大自傲，說話又毒辣，可實在太俊美了，
他只要淺淺一個微笑，都會令少女心神蕩漾。
不過迷戀他的少女之中可不包括她。
但看著他運用聰明才智地將鼎香樓炒得火紅，
她心生佩服之餘，覺得他的毒辣似乎沒那麼難忍了……

文創風095 **4**
容瑾的出身、絕美的容貌、睿智才情……
看得愈多，就愈明白他真有高傲狂妄的資格。
她配不上出身高貴的他，可他老是來撩撥她的心，
連夜探香閨這種事他都做得出來，她根本拿他沒轍……

文創風096 **5**
在他心裡，這寧汐什麼都好，就是太招人喜歡的這點不好！
迷了他就算了，還迷了一堆男人，
惹得他老大不痛快，吃不完的飛醋！
看來他下一步要籌劃的就是怎麼樣儘快娶她進門……

文創風097 **6**
寧汐知道大皇子想要的是她身上所具有的神奇異能，
她不想嫁入皇室當妾，更不想容瑾為了她衝動惹禍。
如果能平安地度過這次的危難，她願意早點嫁給容瑾……

文創風098 **7**
不能怪他性子急，娶妻這事他是一天也不想忍了！
心愛的女人遭人覬覦的感覺真是糟透了。
只要寧汐還沒娶進門，他就名不正、言不順，
無法大方地行使他作為丈夫的權益！

文創風099 **8** 完
這次容瑾真的無法低頭了，瞧他把她寵成什麼樣？
他全然地對她坦白，她卻藏著自己的秘密，
還是關於另一個男人的，這下更是氣極了！
婚後最大的爭執於是展開，冷戰就冷戰吧……

輕鬆好笑、令人噴飯之宅門大家／棠茉兒

肥妃不好惹

文創風 089 上

這個王妃實在當得很憋屈，
王爺討厭她、妃妾排擠她、下人不甩她，
不過這些都不打緊，
眼下最急的是——
她得盡快減肥成功才行！

穿回古代、還成了皇長子睿親王的王妃，這些離譜的事她都能勉強接受，
但……她上輩子究竟是造了什麼孽，做什麼這樣嚴懲她啊？
這位叫若靈萱的王妃右邊眼瞼上有個紅色胎記，像被人打了一拳似的，
而且不僅醜，還長得肥……是很肥！人要吃肥成這樣，也實在太過分了些，
有這副肥到走幾步路就喘的身子，她還能成啥事啊？
別說王爺夫君厭惡她、整個王府中沒人將她這王妃放在眼裡，
就連她自個兒攬鏡自照，都很想一把掐死自己算了！
難怪連她底下的幾個小妃妾們都不怕她，還害她掉入湖中，丟了性命，
看來，當務之急得先努力減肥才成，否則她逃命都逃不遠了，能奈對方何？
接著她得要好好露兩手，讓所有人知道，她可不是當初那隻任人欺侮的病貓！

文創風 090 中

古代的妻妾爭鬥
對她而言雖然是沒啥可看性及威脅性，
但一不小心誤入陷阱的話，
可也是會被折磨得掉一層皮呢！
瞧她，不僅是皮，連肉都掉了好幾圈……
嗯？這也算是因禍得福吧？

蛤？林側妃吃了她代人轉交的糕點後，就中毒暈死過去了？
由於糕點是林側妃的親姑姑林貴妃送的，沒道理害自個兒的姪女，
所以她堂堂王妃倒成了唯一的加害者，理由不外是妻妾間的爭寵吃醋，
呿，這簡直是笑話！一來，她若要下毒，會親自出馬讓人有機會指證嗎？
這種搬不上檯面的小兒科手段，根本是在侮辱她若靈萱的智慧嘛！
二來，她壓根兒不愛王爺夫君，喜歡的另有其人，哪來的因妒生恨啊？
他高興愛誰就去愛誰，她求之不得，最好他能答應和離，那就再好不過了，
偏偏這裡不是她說了算，他要關押她候審，她也只能乖乖就範，
慘的是，林貴妃趁王爺外出時，派人來帶她進宮「問話」，對她大動私刑，
嗚～～她該不會莫名其妙命喪宮中吧？她這也太坎坷了點吧？

文創風 091 下

古代生活太乏味，
她不找點事來做可要無聊死啦！
唔，如今呢是肥也減了，
妃妾們的迫害事件也一一解決完，
接下來不如邊開店調劑身心，
邊挑選下一任夫婿好了……

若靈萱萬萬沒想到，自個兒瘦下來、臉上的紅疤又治好後，竟會美成這樣！
這下可好，不僅夫婿君昊煬看她的眼神愈來愈曖昧兼複雜，
就連小叔君昊宇對她的愛意也是愈來愈藏不住，害她一時左右為難，
沒想到老天像是嫌她不夠忙似的，連皇叔君狩霆也來插一腳，對她頻頻示好！
唉唉，她以前又肥又醜時就遭人排擠陷害了，再這麼下去還焉有命在？
嘖，不管了不管了，她決定先把感情放兩邊，賺錢擺中間，
倘若能在古代開間肯德基及麻將館，讓百姓們嚐嚐鮮，有得吃又有得玩，
到時銀子肯定會大把大把地滾進來，唉唷喂，光想她都快開心地飛上天啦！

宅門界新天后／不游泳的小魚傳授宅門、宮門終極奧秘！

望門閨秀 全套七冊

嫡女出口氣 姊妹站起來——

百年大族、詩禮傳家，但宅門裡可不是風平浪靜；
她一個小小姑娘，上鬥祖母、姨娘，下鬥不長眼的僕人，
還要小心不懷好意、摸不清底細的姊妹，更要護住母親平安，
唉，大小姐真的好忙啊……

文創風 082 1

她這嫡長女怎能過得比庶女還不如？
該她的，自然要拿回來；
怎知人太聰明也不對，
竟然因此受人青睞，
兩位世子突然搶著求娶她？！

文創風 083 2

這紈袴公子非她心中良人，
況且她還沒過門，
他府裡小妾已經好幾房，
但她既然是他明媒正娶的妻，
就得聽她的，讓她好好整治侯府——

文創風 084 3

本以為嫁給葉大公子不是個好歸宿，
還沒培養感情，
就得先處理妾室、婆婆，
但他成了丈夫卻乖巧得很，
事事以她為重，簡直是以妻為天……

文創風 087 6

俗話說小別勝新婚，
葉成紹才離開多久，她便思念得緊，
可他在兩淮辛苦，
她也不能在京城窩著，
也是要為兩人將來盤算一下……

文創風 088 7 完

做個大周的皇太子是挺不錯，
但若這皇太子過得不如意，
也不必太眷戀；
此處不留人，自有留人處，
天下可不只大周才有皇太子可當啊……

文創風 085 4

人說在家從父、出嫁從夫，
但她還沒確定丈夫的真心，
可是不從的；
不過只要他心中只有自己，
那什麼都好說了……

文創風 086 5

相公的身分是說不得的秘密，
知情的和不知情的，都緊盯著他倆，
這要怎麼生活啊？
不如遁到別院去逍遙，
順便賺點錢……

文創風 092

食全食美 1

國家圖書館出版品預行編目資料

食全食美 / 尋找失落的愛情著. --
初版. -- 臺北市 : 狗屋, 民102.06-民102.07
冊 ; 公分. --（文創風）
ISBN 978-986-328-078-1（第1冊：平裝）. --

857.7　　　　102009599

著作者	尋找失落的愛情
編輯	王佳薇
校對	黃薇霓　黃亭蓁
發行所	狗屋出版社有限公司
地址	台北市104中山區龍江路71巷15號1樓
電話	02-2776-5889～0
發行字號	局版台業字845號
法律顧問	蕭雄淋律師
總經銷	知遠文化事業有限公司
電話	02-2664-8800
初版	102年6月
國際書碼	ISBN-13　978-986-328-078-1
原著書名	《十全食美》，由起點女生網（www.qdmm.com）授權出版

定價250元

狗屋劃撥帳號：19001626

網址：love.doghouse.com.tw　E-mail：love@doghouse.com.tw